三明学院学术著作出版资助项目；三明学院外国语言文学（翻译）项目成果

论现代小说的广角镜作用

［爱尔兰］弗兰克·奥康纳◎著

张 伟◎译

九州出版社
JIUZHOUPRESS

图书在版编目（CIP）数据

论现代小说的广角镜作用／（爱）弗兰克·奥康纳著；
张伟译 . -- 北京：九州出版社，2025.3. -- ISBN 978-
7-5225-3736-8

Ⅰ . I106.4
中国国家版本馆 CIP 数据核字第 20257PJ562 号

论现代小说的广角镜作用

作　　者	（爱）弗兰克·奥康纳 著　张 伟 译
责任编辑	毛俊宁
出版发行	九州出版社
地　　址	北京市西城区阜外大街甲 35 号 （100037）
发行电话	（010）68992190/3/5/6
网　　址	www.jiuzhoupress.com
印　　刷	唐山才智印刷有限公司
开　　本	710 毫米×1000 毫米　16 开
印　　张	14.5
字　　数	207 千字
版　　次	2025 年 3 月第 1 版
印　　次	2025 年 3 月第 1 次印刷
书　　号	ISBN 978-7-5225-3736-8
定　　价	78.00 元

引　言

　　这本书的大部分内容是我于1953—1954年在哈佛暑期学校所做的一系列讲座。我要出版这些内容的原因是，在我看来，无论其缺点如何，它们都填补了一项空白。这本书试图涵盖一门伟大的艺术，若非如此，那就只能将其拆分成若干部分，就像大卫·塞西尔勋爵①的《维多利亚时代早期的小说家》——促使我尝试这个主题的灵感之源。同样，我也应该把沃尔特·艾伦②的《英国小说》③翻出来看看，如果当时有这本书的话。

　　正如批评家的判断一样，我担心，这完全是我自己的心理作用。很多年来，我一直在研究梦境语言的问题，不是作为一个心理学家，而是作为一个对语言问题感兴趣的作家。我认为，这项研究似乎不支持任何现有的精神分析理论。相反，它似乎强调了判断与本能之间传统意义上的区别。在梦境中，这种区别通过父亲和母亲的隐喻得以体现出来。

　　当然，我并不想在这永恒的辩证法之中偏袒任何一方。做梦的主要目的是为了让这两种力量保持平衡。当一种力量或另一种力量受到威胁的时候，冲突就会发生。认识到这一点有助于我们理解某些作家，因为在这些作家身上，冲突是显而易见的，还不具有其他重要意义——比方说，简·奥斯汀和

---

① 大卫·塞西尔勋爵（Lord David Cecil, 1902—1986），20世纪英国传记作家、文学评论家、教育家。
② 沃尔特·艾伦（Walter Allen, 1911—1995），20世纪英国小说家、评论家。
③ 《英国小说》，即 *The English Novel: A Short Critical History*（1954）。

屠格涅夫。

　　当我完成这本书的时候，我发现自己正在听一位俄国女士愤怒地抱怨着，在她的房子里——在她的房子里！——一个德国客人竟敢这样说，简·奥斯汀是比陀思妥耶夫斯基更好的小说家。我希望我能笑出来，可是，这让我再次认识到我为自己所设定的这项工作的重要性。我只能再说一遍，文学是一门非常不纯粹的艺术。文学几乎不可能不是这样，因为文学承载着交流的重任——至少，在小说中——大量信息的交流。但是，我不会放弃希望，但愿我们在天堂还会听到能彻底解决简·奥斯汀和陀思妥耶夫斯基问题的讲座。

目　录
CONTENTS

第四部分　现实的荒凉

第五部分　镜子的后面

第一部分 01

先驱者

第一章

初　期

1

　　二十世纪的前二十五年，我是在爱尔兰一个小镇上长大的，这就会让我把十九世纪的小说视为一种当代艺术形式。我们散步的那条郊区街道是涅夫斯基大街，包法利夫人就住在街对面。伟大的凯尔特语学者奥斯本·伯金①过去经常引用另一个学者朋友的话。这位学者朋友是约瑟夫·奥尼尔②，他在爱尔兰的戈尔韦市长大。他这样说："对我来说，文学意味着三个名字——他们都是俄国人。"我不记得自己曾经做过如此笼统、概括性的声明，但我的确记得伯金告诉我这个故事的时候，我的第一个想法是"哪三个名字？"爱尔兰内战期间，我被俘的时候，口袋里有一本陀思妥耶夫斯基的《白痴》。

---

① 奥斯本·伯金（Osborn Bergin，1873—1950），爱尔兰凯尔特语学者，出版多本现代爱尔兰语课本。1908 年，担任爱尔兰教育学院教授。1909—1940 年，担任都柏林大学古爱尔兰语和中古爱尔兰语教授。辞职后，出任都柏林高等研究院凯尔特研究学院资深教授。

② 约瑟夫·奥尼尔（Joseph O'Neill，1878—1952），爱尔兰教育家、作家。1923—1944 年，担任爱尔兰自由州教育部常任秘书。代表作《英格兰下的土地》（*Land Under England*，1935）是一部反法西斯小说，借地下世界的公民受到心灵感应的控制这一奇幻表述，讽刺希特勒的极权主义。

我在科克市监狱遇到的第一个人显然是巴布林，他来自屠格涅夫的故事。

　　我从来都没有因为这样的成长背景而感到后悔。在我看来，十九世纪的小说仍然是无可比拟的最伟大的现代艺术形式，甚至比与之有很多共同点的交响乐还要伟大，或许比希腊剧院诞生以来任何其他流行的文学形式都要伟大。我们不只是为了叫出那一大串伟大的名字：简·奥斯汀、司汤达、狄更斯、萨克雷、巴尔扎克、屠格涅夫、托尔斯泰、陀思妥耶夫斯基、福楼拜、特罗洛普。你还可以把这些伟大的名字再增加一倍，也不会觉得他们作品的质量有任何明显的偏差。这些伟大的名字应该使我们感到满足，我们面对的是一个文学世界。十九世纪的小说就像戏剧之于雅典人和伊丽莎白时代的人一样——这是一种伟大的大众艺术。这种艺术形式以一种在十八世纪或者二十世纪都无法想象的方式为整个社会所共享。

　　库普林有一个感人的故事，讲的是希腊东正教的一位老执事是如何被要求参与将托尔斯泰驱逐出教会的行动。既然托尔斯泰这个名字起初对他没有任何意义，他就以歌剧选段的方式来练习他的咒语。后来，他开始恢复理智——例如，《哥萨克》作品中的小场景——他开始意识到他要求开除教籍的这个人是谁。当这一刻到来时，他突然爆发出一声欢呼，这么多年来还真没碰到过这回事。当然，这可不是批评，正如布雷特·哈特①的诗歌描写营地的矿工为小内尔的去世而哭泣，这也不是批评。小说仅仅受到大众的欢迎是不够的，但流行的艺术形式受到大众欢迎也是故事的一部分。托尔斯泰的小说更直接地写给执事，而不是写给，比如说，李维斯先生。

---

①　布雷特·哈特（Bret Harte，1836—1902），19 世纪美国小说家，美国西部文学的代表作家，以描写美国加利福尼亚州的矿工、赌徒、娼妓享有盛名，代表作是短篇小说集《咆哮营的幸运儿》（*The Luck of Roaring Camp and Other Stories*，1870），曾出任美国驻德国克雷菲尔德和英国格拉斯哥两地领事。

2

我们按照国家而不是按照时期来写文学史的方式使我们很难真正欣赏十九世纪的小说。狄更斯、萨克雷和特罗洛普在英国文学史上往往相形见绌，而简·奥斯汀则无足轻重。当然，还有相当迷人的人物，比如说，盖斯凯尔夫人。然而，我知道，至少有一本法国文学史。在这样的作品中，任何人都可以合理地推断出司汤达和福楼拜是微不足道的作家，他们根本不值得与勒贡特·德·列尔①这样伟大的诗人相提并论。

研究小说的时候，我们有必要记住，欧洲文学唯一自然的分类是按照时期来划分。任何一位英国小说家与他所处时代的法国小说家的共同点都可能比他与不同时代的英国小说家的共同点要多。这并不意味着同一时期的所有小说家都同样会受到彼此的影响。俄国小说家会立刻受到英国小说家的影响，但是，俄国小说家对英国小说家的影响却直到很久以后才显现出来。所有这些都意味着，相互的影响把小说家连在一起。我们永远也不要忘记十九世纪的小说是十九世纪的艺术，是欧洲的艺术。它所有的变化仅仅是局部的，相对来说不太重要的。有一次，我打印了一份清单，上面的书目是我用几分钟时间从我自己的书架上匆匆记下来的。我再次把这份清单打印出来，因为这些作品教给我关于小说的知识比我读过的任何关于这个话题的作品教给我的都要多。

1850 年　　狄更斯《大卫·科波菲尔》、霍桑《红字》

1851 年　　霍桑《七个尖角阁的房子》

1852 年　　托尔斯泰《童年》、萨克雷《埃斯蒙德》

---

① 勒贡特·德·列尔（Leconte de Lisle，1818—1894），19 世纪法国诗人，代表诗集有《古诗》（1852）、《野诗》（1862）、《悲诗》（1884）。

　　1853 年　狄更斯《荒凉山庄》

　　1854 年　狄更斯《艰难时世》

　　1855 年　特罗洛普《巴彻斯特养老院》、托尔斯泰《塞瓦斯托波尔》

　　1856 年　屠格涅夫《罗亭》

　　1857 年　福楼拜《包法利夫人》、特罗洛普《巴彻斯特大教堂》

　　1858 年　屠格涅夫《贵族之家》、艾略特《教区生活场景》

　　1859 年　托尔斯泰《家庭幸福》、屠格涅夫《前夜》、梅瑞狄斯
《理查·弗维莱尔的苦难》

　　1860 年　托尔斯泰《哥萨克》、艾略特《弗洛斯河上的磨坊》

　　我们不需要有很强的批判意识就能看出，这里讨论的不是三种艺术，
而是一种艺术。这种艺术形式的起源、发展和衰落必须追溯到一个共同的
根源。

　　几乎可以肯定的是，十九世纪的小说起源于欧洲的中产阶级。法国大革
命使他们摆脱了在知识方面对贵族的依赖。虽然这种艺术形式传到了美国、
西班牙和意大利，但它主要还是英国、法国、俄国这三个国家的产物。德国
似乎从来就没有出现过一流的小说家。我所知道的唯一原因是《泰晤士报文
学增刊》上一位评论家提出的。他认为，在德国，大学的哲学教学使受过教
育的德国人不适应小说所要求的那种可塑的、具体的思维模式。为了支持这
一理论，我们可以举个例子。屠格涅夫是一个学习哲学的学生，他似乎很难
摆脱哲学的影响，如果他确实这样做过的话。

　　某些学者认为小说真的是一种非常古老的形式，值得一提的就有"希伯
来小说"和"希腊小说"。他们这种想法倒是让人觉得便于讨论。接受这一
观点的人自然而然地认为，爱德华·摩根·福斯特对小说的定义是相当完整
的。福斯特先生对小说的定义其实是借用的——一定程度上的散文体小
说——"而且，"他补充道，"那对我们来说已经够好了。我们也许可以进一
步补充说，范围应该是不少于五万字。为着这些讲座的缘故，任何超过五万

字的虚构的散文体作品都是小说。如果在你看来这个定义是缺乏哲理的，那么，你能想出另一种定义，它将会包含《天路历程》①、《享乐主义者马里乌斯》②、《幼子冒险记》③、《魔笛》④、《瘟疫年纪事》⑤、《牛津爱情故事》⑥、《拉赛拉斯》⑦、《尤利西斯》⑧ 和《绿色寓所》⑨，或者给出这些作品不能入选的理由。"

我们让福斯特先生看到暴力的一面是不对的，但是，恐怕他的定义是缺乏哲理的。他对篇幅的限制只会让事情变得更糟，这会让圣经学者所谓的

---

① 《天路历程》（*Pilgrim's Progress*，1678），寓言讽刺小说，作者是 17 世纪英国作家、布道家约翰·班扬（John Bunyan，1628—1688）。

② 《享乐主义者马里乌斯》（*Marius the Epicurean*，1885），作者是 19 世纪英国作家华特·佩特（Walter Pater，1839—1910）。这部哲理小说以公元 2 世纪罗马皇帝奥勒利乌斯时代的社会生活为背景，通过主人公在追求美的享受和寻求理性认识之间的矛盾，表达了佩特的美学思想。

③ 《幼子冒险记》（*The Adventures of a Younger Son*，1831），半自传小说，作者是 19 世纪英国作家、冒险家爱德华·约翰·特雷劳尼（Edward John Trelawny，1792—1881）。

④ 《魔笛》（*The Magic Flute*，1780），原型是童话故事《璐璐的魔笛》（*Lulu，Oder Die Zauberflote*），源自诗人维兰德（*Christopher Martin Wieland*，1733—1813）的童话集《金尼斯坦》（*DSCHINNISTAN*，1786—1789）。1780 年后，席卡内德改编成歌剧《魔笛》（*Die Zauberflote*），是莫扎特最杰出的歌剧之一。

⑤ 《瘟疫年纪事》（*The Journal of the Plague*，1722），作者是 18 世纪英国小说家丹尼尔·笛福（Daniel Defoe，1660—1731）。小说描述了 1665 年大瘟疫袭击下的伦敦城。

⑥ 《牛津爱情故事》（*Zuleika Dobson, or An Oxford Love Story*，1911），这部小说是关于牛津生活的一出滑稽戏。作者是 20 世纪英国漫画家、作家马克斯·比尔博姆（Max Beerbohm，1872—1956）。

⑦ 《拉塞拉斯》（*Rasselas*，1759），或《阿比西尼亚国拉塞拉斯王子传》，这是一部富于道德教诲和哲理思考的小说。作者是 18 世纪英国文学评论家、诗人、散文作家、传记作家塞缪尔·约翰逊（Samuel Johnson，1709—1784）。

⑧ 《尤利西斯》（*Ulysses*，1922），小说，作者是 20 世纪爱尔兰作家詹姆斯·乔伊斯（James Joyce，1882—1941）。

⑨ 《绿色寓所》（*Green Mansions*，1904），作者是 19 世纪英国作家、自然学家、鸟类学家威廉·亨利·赫德森（William Henry Hudson，1841—1922）。小说讲述了一个委内瑞拉诗人、博物学家及政治流放者与热带雨林中一个鸟姑娘里玛的浪漫故事。

"希伯来小说"被排除在外。毕竟，《托比特之书》①和《天路历程》一样有资格被称为小说。福斯特先生这个定义的问题在于，他采用大量早于小说的现存的叙述形式。这些叙述形式不仅与小说不同，而且彼此也不相同——史诗的散文体译本、中世纪的浪漫故事、中世纪的传奇故事、圣经的传奇故事、宗教寓言故事和讽刺故事——然后，他将这些形式重新定义为小说。如果《天路历程》是一部小说，那么，《特达利斯的幻象》②同样也是小说；如果《牛津爱情故事》是一部小说，那么，这个世界上的任何作品都可以称为小说。福斯特先生自己对小说人物的讨论令人敬佩，但是他的讨论却和小说毫不相干，因为人物在小说中没有必要的位置——事实上，有一群现代评论家也是这么想。

　　我年轻的时候，评论界过去一直有个公理。那就是小说是一种相对较晚的形式，只有《堂吉诃德》出现之后这种形式才被人们认可。如果现在有人要求我们承认《堂吉诃德》和这本书中所取笑的中世纪浪漫传奇都是小说，那似乎是很不幸的。我认为那些并不是小说。我相信《堂吉诃德》和《多情的狄亚娜》有明显的性情方面的差异，这种性情方面的差异与我们在简·奥斯汀的《诺桑觉寺》和《奥托兰多城堡》中发现的差异是相同的。我相信这种性情方面的差异是小说的关键。随着科学思想的发展、交通设施的改善、印刷书籍的日益普及，这种差异变得更加显著。到了十九世纪，这种差异已经成为小说必不可少和显而易见的要素，并且被小说家们认可。尽管时至今日，那些评论家中的小说崇拜者可能会撇清他们之间的一切关联。

----

① 《托比特之书》（*Book of Tobit*），也称为《托比亚斯之书》或《托比之书》，是公元前 3 世纪或 2 世纪的著作。这是一部具有多种历史参考资料的小说作品，将祈祷、道德劝诫、幽默和冒险与民间故事、智慧故事、旅行故事、浪漫和喜剧的元素结合在一起。

② 《特达利斯的幻象》（*Visio Tundalis*），这是一份源自 12 世纪的宗教文本，主要关于爱尔兰骑士特努格达勒斯（Tnugdalus），又称为坦达利（Tandale）的彼岸视觉体验。这份宗教文本在拉丁语、法语、意大利语和英语的各种手稿中都有出现，并且揭示了一种对同类文学著作有重大意义的趋势。但丁的《神曲》出现之前，这份宗教文本是中世纪关于天堂和地狱最复杂、最精妙的想象。

十九世纪的小说能够成为轰动一时的大事件，这在很大程度上是由于通过小说这种形式，现代世界的科学情愫最能起到控制作用。特罗洛普批评狄更斯的理由是他的小说不够逼真，而狄更斯为自己辩护的理由是他并不是说逼真不重要。相反，大卫·塞西尔勋爵可能会告诉我们"夸张是狄更斯的想象力发挥作用的标志"。就目前看来，这个说法可是千真万确，尽管在治安法庭上这并不是个好建议。但是，狄更斯自己告诉我们的却是"这几页所陈述的关于大法官法院的一切基本上都是真实的，而且，是在真实性允许的范围之内"，"斯奎尔先生和他的学校是当下现实情况模糊而无力的写照。他们故意压抑着，克制着，唯恐大家认为他们不真实"。

十九世纪的读者和十九世纪的小说家都承认想象力和真实性之间存在着奇怪的关系，而特罗洛普在《菲尼亚斯·芬恩》有趣地描述了他自己在纠正事实方面遇到的困难。他的一番话简洁地总结了这一点。这种奇怪的关系代表了一代又一代历经苦难的故事叙述者，以及拥有专业知识和批判思维的读者的呻吟。

这个可怜的小说家经常发现，他自己对事物的描述总的来说是错误的。评论家如此粗暴地告诉他，而他的心腹朋友们如此温柔地告诉他。在他讲述这些事情之前，他很受感动，并讲述了一些他还不曾了解其本质的事情——这是一个非常诚实的小说家应该做的。他在十月份抓鲑鱼，三月份猎杀鹧鸪。他种的大丽花在六月份盛开，他养的鸟儿在秋天歌唱。他在复活节之前开放歌剧院，他召集议会于某个星期三晚上开会。接下来，法律编织出那些可怕的陷阱！在这些激动人心的日子里，一个小说家怎样才能在没有司法困难的情况下写出他所需要的刺激人性的东西？他又怎样才能让他的小帆船避开这么多的暗礁——当暗礁和浅滩被蓄意安排好，使领航员上船成为一种必要？至于那些法律的陷阱，一个仁慈的领航员确实会不时地给一个可怜的小说家伸出援手——然而，这个小说家一般都很谨慎，不接受援助。但是，在庄严的内阁会议上，他又能从谁那里得到任何帮助呢？

特罗洛普在取笑他所玩的这个游戏的规则，尽管他仍然认识到规则的存在。但是，当狄更斯抗议有人指控他对大法官法院的描述不准确时，当巴尔扎克在《高老头》第一章大声喊出"一切都是真实的"时，他们并没有取笑游戏的规则。他们坚持认为，他们误解了规则的主张根本不是一种好的评论。当特罗洛普告诉我们，多年来他是如何与他笔下的人物相处，逐渐爱上他们，崇拜他们，遗憾地与他们分别。这些人物只不过是他的"口头安排"的说法也不是一种好的评论。故事的真实性和人物的真实性是十九世纪小说的内在要素，也可以说十九世纪的小说是根据真人真事写出来的。任何无视这两个内在要素，无视文学批评所立足的传统惯例的评论几乎都不会产生任何影响，反而显得无关紧要。

3

作为一种艺术形式，小说实际上是莎士比亚时代发育不健全的行业喜剧和诙谐喜剧的进一步发展。"我这里会有一位公民，他应该是我的同行。我这里会有一位杂货商，他应该做一些令人敬佩的事情。"博蒙特①认为他笔下的商人很有趣。历史似乎也这么认为，因为这场运动在政治方面好像还不太成熟。甚至，戏剧本身也基本上消失了。只是在我们这个时代，西森教授发现了一些法律文件。他还展示了一个剧院，剧院的外观很像十九世纪的小说，对报纸上关于不幸的婚姻和不合理的遗嘱之类的"好故事"有着敏锐的洞察力。

无论如何，人们很难想象戏剧怎么会成为伟大的中产阶级艺术。中产阶

① 弗朗西斯·博蒙特（Francis Beaumont，1584—1616），欧洲文艺复兴时期英国剧作家。

级可是清教主义的载体。况且，虽然他们对大部分艺术表示怀疑，他们却十分厌恶戏剧。《傲慢与偏见》中的柯林斯先生可能自吹自擂地说过"他从来不读小说"，但是，简·奥斯汀自己在处理业余戏剧表演时的语气也同样令人沮丧。这种伟大的中产阶级艺术只能是一种民间艺术。这一事实本身就会使作者的创作方法有很大不同。在戏剧这样的公共艺术之中，幻觉是观众在一致同意的情况下创造出来而成为约定俗成的惯例。在一种完全依赖于印刷的纸张和孤独的读者的艺术之中，没有什么惯例被认为是理所当然的，幻想的元素必须由作者来提供。遭遇海难的水手原来是失散多年的姐妹，这样的桥段让新手有太多的不满。读者的理解力在一定的时间和范围内才能发挥作用。这个事实意味着小说对读者的吸引力越来越大，或者，小说以叙事性的形式，明显地基于读者的经验；又或者，另一种形式，以故意藐视概率这种元素的形式。浪漫传奇的衰落意味着胡言乱语的瞎话又重新出现。

这是特罗洛普在我前面引用的文章中所写的一套现实主义规则的一个主要原因。他的读者试图挑他的错。这一套规则自有其缺点，尽管那些不喜欢小说这种形式的人们通常认为这并不是什么缺点。如我所见，他的主要缺点就是，通过诉诸理解力而不是想象力，小说倾向于打破喜剧和悲剧原有的经典划分模式。因为喜剧更多的是理解力的艺术，这对于喜剧作家来说是有利的。简·奥斯汀可能是英国最伟大的小说家，或者说，在小说这种形式中真正的悲剧极其罕见，这并不是没有原因的。大部分以悲剧效果为目标的小说——《呼啸山庄》就是这样的例子——与其说是小说还不如说是浪漫传奇。伟大的诗人和戏剧家也许会因为缺乏幽默感而更加出色，但是，如果小说家缺乏幽默感的话——正如我所想，劳伦斯，甚至托尔斯泰就是如此——那么他一开始就会处于不利的情况。

中产阶级是在苏格兰东南部的低地而不是英格兰建立了自己的政治地位。他们的态度在荷兰风俗画中得到充分的体现。除了道德激情这种文学对艺术的主要贡献之外，一个荷兰人的内心世界应该被推选为十九世纪小说家的理想素材。荷兰绘画澄清了我们在伊丽莎白时代中产阶级的剧院遗迹中已经可以辨认的东西。当小说出现的时候，它首先是以家庭和市民为主。它会专注于研究社会和个人在社会中的位置，也会专注于不同阶级、职业和贸易的结构，而不是神话的、历史的过去。

一部分原因是这个主题的性质，另一部分原因是印刷的纸张和孤独的读者强加给作者的技巧。所以，作者处理的方法是现实的而不是浪漫的，是平淡的而不是诗意的。十九世纪的小说中一些最伟大的时刻正是这种类型的小场景。它们可能来自布鲁盖尔的一幅画：在黄昏的微光中，从远处看到多尔切斯特的景色；在阳光下，一辆干草车在一个乡村小镇的街道上蹒跚而行，车子经过时把起居室的墙壁涂成了黄色；一群长矛枪骑兵快速地移动着，沿着一条树荫遮蔽的小巷投入战斗。这就是小说评论家所说的"文学的驯化"。当一个评论家说小说是"英雄主义和浪漫主义的衰落"时，他也是这个意思。

小说不仅在素材方面是有限的，在世界观和人生观方面也是有限的。中产阶级在很大程度上对简化新教教义所体现的宗教问题负有责任。十九世纪小说的道德观在很大程度上是商人阶级的道德。对此，十九世纪的小说明显遭受了最严格的审查制度，而它所受到的影响远远不止于此。中产阶级对金钱财富而不是对等级地位感兴趣，对性格品质而不是对出身教养感兴趣，对诚实正直而不是对头衔荣誉感兴趣——除非在司汤达的作品中，他愤怒地反抗当时的金钱狂热——十九世纪小说的各种危机往往发生在一个非常狭隘的道德范围之内。有时候，这个范围太狭隘了。对担任可以追溯到中世纪的牧师职位的顾虑——中产阶级讨厌中世纪的挂名职位——或者，对一张二十英镑的支票的误解，这是特罗洛普应对危机所需要的全部动机。就目前关于性的自由讨论而言，《安娜·卡列尼娜》和《德伯家的苔丝》向我们展示了极限。然而，正是这种简单、清晰、精细的道德规范——像小学生的荣誉准则一样简单——赋予十九世纪小说特有的深沉的人类情感。正如荷兰绘画中墙砖的闪光之于我们未受损害的美感一样，这种人类情感也能满足我们未受损害的道德感。这也让十九世纪的小说避免了使得整个伊丽莎白时代的悲剧陷入自身道德混乱的泥沼的命运。

尽管有其局限性，小说仍然是一种极其严肃的艺术。有时候，在托尔斯泰的《塞瓦斯托波尔》中，我们得到的印象是，战争主题从来没有被巧妙地处理过。这是对人类生命和尊严的尊重，是表达人道主义情感的正常媒介。对待这个主题最富有成效的方法之一就是小说家对死刑和鞭刑的反应，因为他们都被这些事情所困扰。从狄更斯和屠格涅夫到契诃夫和哈代，没有什么比这一点更能清楚地揭示一个人对人生的终极态度了。当斯威夫特对着笛福的耳朵吼叫的时候，我们还处在小说时代之前；当劳伦斯愤怒地要求绞死一个相貌没有引起他兴趣的意大利罪犯的时候，我们知道小说时代已经过去。通过研究小说，我们其实是在研究历史。

我们不妨以《塞瓦斯托波尔》作品本身为例。年轻的托尔斯泰第一次描写战争。他描写的战争不是令人激动的诗意想象中的样子，而是人们的智力所理解的样子。在英国方面，第一个战地记者，《泰晤士报》的威廉·霍华德·拉塞尔，也在做同样的事情。尽管他面对的是不同的对象，并采取了不同的方式。英国的小伙子们，因为暴晒和饥饿而垂死挣扎。他们正被运送到斯库台湖，由一个比托尔斯泰大不了几岁的年轻英国女人照料。她尽力证明，女护士不一定就是另一个小说家所描述的，醉酒无知，通称为赛瑞·甘普的荡妇。当战争结束的时候，她的传记作者伍德姆·史密斯小姐告诉我们，那个年轻的女人处于自责的痛苦之中，她整晚都在房间里踱来踱去。"哦，可怜的人们，"她在日记中写道，"我是一个坏母亲。我回家了，把你一个人留在克里米亚的坟墓里——仅仅六个月之内，有八个兵团，百分之七十三的人患病——现在还有谁想到那些？"

我在想，除了一个年轻的俄国军官和一个年轻的英国护士之外，还有谁会想到其他与塞瓦斯托波尔有关的事情呢？她是一个护士，激发了许多人内心的诗意情怀。然而，她也可能会用莎士比亚似的痛苦呼喊谈论着百分比的数据，因为她是统计诊断的发明者。"英雄主义和浪漫主义的衰落？"确实如此吗？

事实恐怕是，我不仅是十九世纪的现实主义者，也是十九世纪的自由主义者。我不确定现实主义或自由主义本身是不是一件好事，但是，至少我相信它们是同一种心态的不同方面。我有个想法，保守主义和浪漫主义可能是同一种心态的两个方面。我甚至认为文学上的象征主义和自然主义实质上是相似的心态。正如我自己，作为一个现实主义者和自由主义者，我必须维持我那温和的、混乱的自由主义的方式。总的来说，在我看来，它们都是糟糕的心态。

　　废除死刑是大错特错。如果我是个独裁者，我会立即下令绞死那个老家伙。我应该让这些法官变得敏感易怒，生动逼真；他们不应该是不切实际的知识分子。他们会本能地认为一个人是邪恶的，所以我要毁了那个人。马上去做。因为美好而温暖的生活正处于危险之中。（戴维·赫伯特·劳伦斯《大海与撒丁岛》）

原谅一个老派的自由主义者，对他宽容一点，可我不喜欢他那种语气。我一点也不喜欢。作为一个自由主义者，我讨厌提高嗓门。但是，我真的必须这么说，我认为用简·奥斯汀的小说中伍德豪斯先生的话来说就是"那个年轻人身体不适"。

第二章

简·奥斯汀：逃离幻想

1

任何显示英国小说在1810年之后的十年发生了什么的时间表都揭示了一个不同寻常的事实——这个事实就是，尽管从严格意义上来讲，简·奥斯汀是她同时代最受欢迎的小说家，尽管在小说出版的时候，她的作品在瓦尔特·司各特及其模仿者的作品面前黯然失色，然而，小说却没有按照他的方式发展，反而是按照她的方式发展了。到1850年，司各特和人们对历史小说的狂热崇拜几乎荡然无存。当然，我并不是说这是她的影响造成的；相反，我确信这跟她没有任何关系。我的意思是说，她需要相当的机敏才能认清自己的正确方向。再者，促使她拒绝摄政王提议她应该写一部关于克伯格家族历史小说的可不仅仅是谦虚这么简单。

这是评论家们没有认识到的关于简·奥斯汀的事情之一，而这使得很多关于她的评论变得毫无意义。简·奥斯汀是一个极具文学修养，深谙文学之道的女性。从她少女时代的努力到《桑迪顿》的出版，她的作品中随处可见她对文献的参考。这表明她的阅读面是多么广泛，她在阅读时是多么专注于思考。她是以一个有创造力的作家的方式而不是以一个学者的方式进行思考；也就是说，她带着自己的问题进行阅读，在阅读中融入对自己的问题的思考。任何学术评论家都会适当地回避这种方式，正因为如此，如果我们要理解她的创作，就必须先理解她的评论。

她早期的作品既是小说又是文学评论。这些作品一开始是取笑她不赞成或不喜欢的某些类型的文学作品，特别是小说，尤其是那些让人沉溺于想象和情感的小说。她的第一部重要作品是《诺桑觉寺》。尽管在创作进入成熟期后，她对这部作品略有改动，然而，作为一部小说，它仍然受到文学评论这种因素的影响。因为我们再也读不到她所批判的哥特式浪漫小说。于是，我们错过了她所提出的观点。这种情况在小说发展的历史进程中反复出现。真正小说家的性情总是反对小说中的浪漫主义，而简·奥斯汀只不过是反对哥特式浪漫小说。正如塞万提斯反对中世纪浪漫传奇一样，结果也差不多。他们反对的东西消失了，于是，他们反对的理由也随之消失。他们反对的理由却从来都不像文学史上看起来那么简单。塞万提斯并不仅仅是由于不喜欢而对中世纪的浪漫传奇进行戏仿。也许，更确切地说，为了求得心安，他太喜欢中世纪的浪漫传奇了。

《诺桑觉寺》中的凯瑟琳·莫兰是简·奥斯汀笔下那些以牺牲她们的判断力为代价而纵情想象力的女主人公之一。作者以她所了解的事实严厉地批判她。目前来看，在简·奥斯汀的一生当中，一位年轻的女士所能了解事实的范围大大地增加——也就是说，1775 年到 1817 年之间——即使，在我们看来，这个范围仍然显得过于狭窄。总体来说，这是由于交通运输状况有了相当大的改善，而交通运输在小说发展史中的作用比评论家们所意识到的重要得多。简·奥斯汀很清楚这一点。"五十英里的好路又算得了什么呢？"她在《诺桑觉寺》这部小说中的一个人物问道。"只有半天多一点的路程。是的，我认为这是一段很近的距离。"

这番话可超出了十八世纪早期小说家的想象。就算那样，小说中的人物也仍然受到严格限制，而简·奥斯汀拒绝超越这些限制。要做到这一点，她必须把自己放到她所批评的人物的位置上，她还必须运用想象力。对于那些抱怨她的创作题材狭隘的评论家们，情况就是如此。这是由她自己观察事物的局限性决定的。人们对此做出了判断精准的评论，她从来没有描写过两个男人在没有女人在场的情况下进行讨论的场景，因为她不知道在这种情况下男人会怎么说话。我认为，没有人注意到这一点。虽然爱德华·菲拉斯和达西先生都处在极其不同寻常的情况之下，但是他们的处境比作者处理的那些情景对小说家来说更让他们感兴趣，而我们在作家所处理的情景中却从来没有见过他们。我们只有他们自己对埃莉诺和伊丽莎白的描述。

这样做根本不是出于艺术方面的考虑。这是因为作者的主题——她所痴迷的东西，你或许会说——是想象力，她只能以科学家的方式将其孤立才能观察到这一点。她的作品的逼真性与其他任何伟大的小说家的完全不同，因为她的小说中有一种东西能够让人同时想起科学技术和宗教仪式。正如人们通过判断所理解的那样，真实性是她的目标，而扰乱这一目标的一切都会被消除。我相信我这么说是正确的。尽管她笔下的女性角色都具有女性特质，但是她们没有一个人说过谎——这一点值得称赞，但这不是现实主义。

由于我们对当代小说的无知，我们在《诺桑觉寺》开头的几个章节失去很多乐趣。然而，这种乐趣却适用于当时还没有被写出来的大量小说——比方说，狄更斯的小说。作者指出，在日常生活中，所有支撑浪漫小说的道具都消失不见了。

　　　　附近一个贵族都没有；不，甚至一个男爵也没有。他们的熟人之中，没有一个家庭抚养和资助过一个在他们家门口意外发现的男孩，没有一个年轻人来历不明。她的父亲没有受监护的未成年人，这个教区的乡绅没有孩子。

但是，这种戏谑的分析可不仅仅是一个精力充沛的女孩对拉德克里夫太太做出的反应。它还有更多意义。因为它有助于我们了解简·奥斯汀自己的标准，而这些标准从来没有完全离开过我们的视野。我们以凯瑟琳动身前往巴斯的那段描述为例。

当离别时刻临近时，莫兰太太作为母亲的那种焦虑感自然会变得最严重。她们在一起的最后一两天时间，她能从这次可怕的分离对她心爱的凯瑟琳有一千种不祥的预感。这一定会让她伤心欲绝，淹没在她的泪水中。当然，在她内室的告别会上，最重要的、最适当的建议一定要从她智慧的嘴里说出来。

一点也没有！

实际上，莫兰一家人所做的和这次重要的旅程有关的一切都相当适度合理而且沉着冷静。这似乎更符合平凡生活的普通情感，而不是那种精致脆弱的情感，也就是女主人公第一次离开家的时候总是会激起的那种柔情。

"平凡生活的普通情感"——这些正是简·奥斯汀对小说的标准。一个人只有对熟悉和了解的社会进行过密切的观察才能收集到这些信息——实际上，这是一个局限于"五十英里的好路"的社会。值得注意的是，她不仅不会猜测男人们在女人不在场的情况下会说些什么，也不会猜测他们在达西和菲拉斯那样微妙的私人场合会做些什么，她甚至不愿意对"五十英里的好路"以外的事情做任何猜测。尽管凯瑟琳·莫兰在小说结尾时对她自己处境的总结非常有趣，但更有趣的是，这是对那些让简·奥斯汀写拿破仑战争的评论家们的一个完整的答复。凯瑟琳·莫兰就是简·奥斯汀，她发现了可能被认为是真理的东西。这一点说明了她的创造者对她自己的想象力施加的限制。

尽管拉得克里夫太太的所有作品都很迷人，她的模仿者的作品甚至也是如此，然而，至少在英格兰的中部地区，人的本性也许不是在她们身上可以找到的。关于阿尔卑斯山脉和比利牛斯山脉，以及山间的松树林和人们的恶习，她们可能会给出准确的描述。意大利、瑞士和法国南部可能会像她们所代表的地方一样硕果累累，令人震惊。凯瑟琳不敢怀疑她自己国家以外的地方。即使是在自己的国家，如果处境艰难的话，她也会屈服于西部和北部的极端主义。但是，在英格兰的中部地区，根据当地的法律和那个时代的风俗习惯，即使有个不受人喜爱的妻子，人们的生活也肯定会有一定的安全保障。

这些文字揭示的东西远远超越了温文尔雅的文学乐趣，它们是简·奥斯汀的自省。我知道什么？没有女人盯着他们看的时候，男人们可能还是老样子；无论是在英格兰北部还是在白金汉郡，人的本性可能是一样的；但是，有一些东西，作者只能去相信，她和她自己的契约就是她只能去写她自己观察到的事物。这样的作品几乎可以被描述成见证了真实的艺术。在这种艺术之中，作家呼吁上帝来见证她说的话是真实的。

2

简·奥斯汀正狂热而严肃地接近小说的逼真性这一棘手的问题。不仅如此，她还拥有很多小说家所缺乏的东西，那就是，她对她所从事的艺术怀有深深的敬意。有那么一段时间，当认真严肃的读者认为读小说比打牌好不了多少的时候，她却认真地对待小说，她憎恨所有对小说的批评。即使通过她那生硬而不自然的文笔，人们也能感觉到一种一点也不文雅的激情的悸动。

尽管我们的作品比世界上任何其他文学机构的作品提供了更广泛、更自然的乐趣，但是，没有一种文学形式受到这么多批评。无论是出于骄傲、无知，还是时髦，我们的敌人几乎和我们的读者一样多。虽然对于《英格兰历史》第九百个删节者，或者把弥尔顿、蒲伯、普赖尔的几十行诗歌，《旁观者》的一篇文章，斯特恩的一个章节，收集成册并出版的人，有一千个人、一千支笔来称颂他们的能力，可是，人们似乎普遍希望去谴责小说家的能力，低估小说家劳动的价值，以及轻视那些只拥有天才、智慧、品味的人们所推荐的表演。"我不是小说的读者——我很少浏览小说——不要以为我经常阅读小说——对于一本小说来讲，这确实很好。"这是常见的流行语——"那么，你正在读什么，女士——？""哦，只是一本小说。"这位年轻女士回答，这时，她放下书，假装漠不关心，或是瞬间感到羞愧难当。"这只不过是塞西莉亚、或卡米拉，或贝琳达"；或者，总而言之，只不过是一些作品。这些作品展示了最伟大的精神力量，这些作品中有对人性最透彻的认识，对人生最愉快的描述，最生动的机智和幽默，所有这些都是用最好的语言传达给世界。现在，如果这位年轻女士是在和一册《旁观者》而不是一本这样的小说打交道，她会多么虔诚地把这本书拿出来，说出书的名字。虽然她不太可能忙着阅读这本大部头出版物的任何部分，而这本书无论内容还是形式都不会让一个有品位的年轻人反感。这份报纸的内容往往是对一些不可能出现的情况、反常奇怪的人物，还有与人们的生活不相干的话题的描述；这些文章的语言也是，通常都很粗俗，似乎是对人们所能忍受的这个时代有着不好的想法。

我们不能被简·奥斯汀的彬彬有礼，甚至是她偶尔的无精打采而误导，认为她绝不可能是一个拥有如此令人惊叹的批判精神的年轻女子。她对浪漫主义的态度也不像表面上看起来那么简单。难道她描写拉得克里夫太太的小说"迷人"仅仅是出于文学方面的礼貌表达吗？又或者，她发现这些小说的确如此？我之前说过，凯瑟琳·莫兰就是简·奥斯汀。我怀疑在现实生活中，她知道自己是个感情用事的人。那是她创作的一个主题：想象力与判断力之间的冲突。她在《理智与情感》和《爱玛》，甚至在《傲慢与偏见》和《桑迪顿》中一而再再而三地回到这个主题。直到最后，她终于在《劝导》中疲倦地宣布休战。

　　像《诺桑觉寺》一样，《理智与情感》是她在少女时期创作，又在成熟时期修改过的作品之一。这部作品同样具有浓厚的文学气息。《诺桑觉寺》攻击了想象力；《理智与情感》攻击了情绪化的感情是想象力的一部分。玛丽安·达什伍德正是这么个浪漫的年轻女士。她沉迷于浪漫主义文学，特别是诗歌，这让她犯了她那明智的姐姐所能避免的所有错误。这是英文版的《包法利夫人》，用典型的英国人的分寸感和典型的英国小说的写作手法，为的是给人带来快乐而不是教导。作为一件艺术品，这部小说并不能完全让人满意。不管玛丽安在对自然美的喜爱方面表现得多么误入歧途，我们发现同情她要比同情那些处在对立面的人物角色容易得多，特别是爱德华·菲拉斯。他说：

　　　　我认为这是一个非常不错的国家——群山环绕，山势非常陡峭。树林里似乎到处都是好木材，山谷看起来温暖舒适——肥沃的草地和一些整洁的农舍分散各处。这完全符合我对一个非常不错的国家的想象，因为，美丽与实用结合在一起了。

　　爱德华完全符合我对一个令人讨厌的人的想法。事实上，这并不是简·奥斯汀本人对自然景色的看法。她让《曼斯菲尔德庄园》中的艾德蒙对那些早年没有学会欣赏大自然的人表示同情，而《曼斯菲尔德庄园》是她最严肃的一本小说。除非我们假设埃莉诺和玛丽安代表的是喝醉的简·奥斯汀和清醒的简·奥斯汀，否则，我们很难理解这本书；除非我们明白，玛丽安对自然美和诗歌的热爱是作者所共有的。多年以后，当她已经身处弥留之际，简·奥斯汀打算让她笔下的一个人物说："诗歌的不幸之处在于，它很少能安然地被那些完全享受诗歌的人所欣赏；只有真正可估量的强烈感情才是本来不应该轻易去品尝的那种感情。"如果一个句子的语气有什么意义的话，那番话流露出来的可不是 个不喜欢诗歌的女人的情感，而是一个深爱诗歌而心情难以平静的女人的情感。我们无法确定，那个如此喜欢拿浪漫主义文学开玩笑的女孩是否沉醉其中，然而，我们敢肯定那个如此喜欢拿浪漫传奇开玩笑的她倒是知道不少浪漫传奇。如果我没看错的话，她是一个害怕自己的感情太过强烈的女人。她驾驭着噩梦，有时候，她把手里的缰绳拉得太紧。

正是这种对自己情感的恐惧使她成为一个道德家，而这也往往弱化了她最优秀的作品。《理智与情感》的情况就是如此。我们并不能真正同情小说中那些代表着理智的人物。于是，我们不得不求助于可怜的玛丽安，而小说是要求我们不赞成，不喜欢她的。这就是简·奥斯汀容易出错的典型模式。每当她暴露出这样的弱点时，都是由于她的小说带来的效果和她的初衷截然相反。她这么做是因为道德家和艺术家，判断力和直觉意识，两种力量总是在她身上交战。再者，她从来没有真正区分过尊重与喜爱，前者是道德家的目标，而后者是艺术家的目标。在艺术中，知识只能通过我们的情感传达给我们。

这一点在她描绘的英雄形象中表现得特别明显。当奥斯汀想要描绘一位英雄时，她往往会描写她自己性格中男性化的一面，这也是她尊重的一面。她笔下的英雄们显然代表着判断力。尽管在现实生活中，他们也必须与直觉和幻想做斗争。结果就是，他们迟早都会变成现代心理学家所说的"父亲形象"。每个男人都会爱上伊丽莎白·贝内特。我还没见过哪个女人会爱上达西先生或奈特利先生。

简·奥斯汀第一部成熟的小说是《傲慢与偏见》。这是一部如此完美无瑕的小说，人们很难对这部作品说出什么有新意的东西。那些女孩子的家庭生活是一个人经历的一部分，就像某些家庭一样。一个人在青春期的时候会被这样的家庭吸引，而当这个人成年之后，这个家庭仍然会萦绕着她，让她觉得至少这是真实的。简·奥斯汀自己对这部小说的评论仍然是最好的。

它太轻了，太亮了，闪闪发光；它想要阴影；如果可能的话，它想在这里和那里延伸出很长的，有意义的一章；如果不可能，那就是一些与故事无关的，严肃的，华而不实的废话；一篇关于写作的随笔，一篇对沃尔特·司各特或波拿巴历史的评论，或者任何与总体风格的戏谑口吻和警句文体形成对比，从而给读者带来并增加乐趣的东西。

我说过，这位年轻女士有一种惊人的判断力。她所欣赏的才华与轻盈很显然是她非常认真地写作和改写的结果。大多数读者都没有注意到开篇几个章节在写作技巧方面的精心设计。在这里，写作材料以戏剧化的形式组织起来，以便把观点阐述和情节发展结合在一起。"亲爱的贝内特先生"，第一个场景开始了。我们只能从对话随意的提示中收集信息，贝内特先生和贝内特太太有孩子；一个叫丽兹的女孩是父亲的最爱；至少还有另外两个孩子——简长得漂亮，而莉迪亚是个好脾气；然后，还有第四个女孩叫玛丽，她学习用功；最后，我们知道贝内特太太一共有五个女儿，这五个女儿都没有出嫁。在叙述方面，这是一件非常困难的事情。读者的注意力永远不会像在剧院那么集中，但是，这里的文字是这么有趣，我们根本没有注意到我们是如何被消遣的。整整六个章节之后，我们清醒了。我们不仅在没有意识到的情况下获得了所有必要信息，而且还准备在丈夫和妻子之间站队。

这里使用的另一种手法同样有效，也同样大胆。大多数评论家和所有的小说家都知道"叙述视角"的问题。这个问题让亨利·詹姆斯夜不能寐，甚至像《呼啸山庄》这样的小说杰作也提醒他们如果选错了叙述视角，他们就会受到惩罚。而且，重要的事情必须从叙述者的视角来看待。然而，从本质上来讲，叙述者根本不可能存在。简·奥斯汀出色地解决了这个经典的问题，她只是完全忽略了叙述视角。伊丽莎白·贝内特是女主人公。大多数读者随时都会告诉你，这个故事是从她的视角讲述的。实际上，小说的叙述自由地在大部分人物的脑海中进进出出，只是更多地停留在她身上，而不是其他人身上而已。这样叙述的结果是，大量的细节描写在我们眼前不停地移动，却不会让我们感到厌烦。比方说，设想一下，这样一段话：

> 整个晚上全家人都过得很愉快。贝内特太太看到她的大女儿受到纳瑟菲尔德派对上很多人的喜爱。宾格利先生和她跳了两支舞，他的姐妹们也对她另眼相看。简也和她的母亲一样为此感到高兴，只不过她表现得更安静，不像母亲那么张扬。伊丽莎白感受到了简的快乐。玛丽听到有人在宾格利小姐面前提到她，说她是附近一带最有学识的姑娘；凯瑟琳和莉迪亚很幸运，她们一直都有舞伴，这是她们在舞会上唯一学会关心的事情。

这本书是如此精彩，给人们一种完全客观的印象。实际上，我们从来没有远离简·奥斯汀的中心主题。唯一不同的是，在这里，她超然地处理了这个问题。简和伊丽莎白就是我们在《理智与情感》中看到的那对姐妹。她们未来的丈夫，宾格利和达西，是她们之间对立面的男性化对等符号。格外幸运的是，真正的区别在于，简·奥斯汀放弃了说教，允许人物自己的判断有自己的失误。达西的傲慢造成了诸多磨难，仿佛这是想象出来的缺点一样，而伊丽莎白的幻想被如此多的机智和魅力所强化，似乎这是理解力的另一种形式。我们可以忽略伊丽莎白的差错；我们却从来都不能忽略玛丽安·达什伍德的差错，而至于玛丽·克劳福德就更不用说了！

如果在《傲慢与偏见》中，简·奥斯汀这个道德家放假了，那么在《曼斯菲尔德庄园》中，她有了痛快地大显身手的机会。于是，她的这种做法给这本书带来严重破坏。这不是像《理智与情感》那样一部次要作品的相对失败；这是一部重要著作的彻底失败。这本书几乎可以被描述为艺术上错误的喜剧，所有的错误都来自作者。因为我们在这里完全可以发现，我提到过的她的弱点在小说中带来的效果与她打算要产生的效果恰恰相反。

她试图让我们尊重范妮·普赖斯和艾德蒙·伯特伦，讨厌亨利和玛丽·

克劳福德。艾德蒙爱上了玛丽，这是很自然的事情，因为她是书中唯一一个任何明智的男人都会爱上的女人。但是，她和她的哥哥都热衷于业余的戏剧表演。这最终导致艾德蒙的已婚妹妹遭到诱奸和艾德蒙对玛丽·克劳福德的幻灭。简·奥斯汀显然认为这是一个理想的结果，就像改造败家子兄弟汤姆一样。"从温普尔街的可悲事件所引起的自责，他觉得他那毫无道理的行为造成了危险的亲密关系。这在他的脑海中留下这样的印象，二十六岁的时候，他既不缺乏理智，也不缺乏同情心，这个印象的良好效果是持久的。他变成他应该成为的那种人——对他父亲有用，稳定而安静，不是只为自己而活。"人们徒劳地想在叙述者的脸上寻找笑容。

　　结果反而是，我们讨厌范妮·普赖斯和艾德蒙·伯特伦，却把我们全部的感情都给了克劳福德兄妹。如果我们喜欢继续阅读这本书，那只是因为我们喜欢读的方式与作者当时写的方式截然相反。任何同意大卫·塞西尔勋爵关于简·奥斯汀从来没有超越她的艺术范围而写作的观点的人应该读一下《曼斯菲尔德庄园》。除了伯特伦夫人和诺里斯太太出现的有趣场景，这本书的一切都写得很好，而且都超出了她的艺术范围。如果你通读全书，你会发现作者在试图抨击我们的道德感的字里行间明显地流露出怨恨的、吹毛求疵的语气。"不同意""谴责""腐败的""邪恶""恶行""不当行为""罪恶""犯罪""罪行""过错""冒犯""憎恶"，这是书中几个带着道德上的歇斯底里从而对读者尖叫的词语。这种道德上的歇斯底里让他感到震惊和迷惑。再者，道德本身就处于相当低的等级。当她回到父母在朴茨茅斯的简陋住宅时，范妮·普赖斯表现出来的态度并不怎么得体。

　　毫无疑问，这一切自有其道理，但是，我们很难看出这些道理是什么。正如莱昂内尔·特里林①指出，这并不是说简·奥斯汀不熟悉业余的戏剧表演，因为她自己家里就有。不，这里的戏剧表演，就像她早期作品中的风景和诗歌一样，它们并不是作者不喜欢的东西，反而是作者非常喜欢的东西。

---

① 　莱昂内尔·特里林（Lionel Trilling，1905—1975），20 世纪美国著名社会文化批评家、文学家，生前为美国哥伦比亚大学教授，"纽约知识分子"群体的重要成员。

这就像在某个时刻，那个对艺术充满热情的天才女孩会被一些对文学和戏剧颇有才华的阿谀奉承者浪费感情。对我而言，书中最发人深省的段落是，范妮不喜欢的亨利·克劳福德念莎士比亚的戏剧给她听。他念得颇有戏剧性，逐渐地吸引她全部的注意力。

> 无论是尊严还是骄傲，是温柔还是悔恨，或者是任何其他需要表现出来的情感，他都可以表现得同样漂亮。这真的很戏剧化。他的表演第一次教会范妮，戏剧可能会带来怎样的乐趣。他的阅读又让他所有的表演重新呈现在她面前。
>
> 艾德蒙观察着她的注意力发生变化的过程，他觉得很有趣，也很满意，看着她是怎样慢慢地放下一开始似乎占据她全部心思的针线活；还有，当她一动不动地坐着，针线活是怎样从她手里滑落下去的；最后，一整天都故意避开他的那双眼睛又转过来，盯着克劳福德了。简而言之，她的眼睛盯着他，直到克劳福德的目光被吸引到她身上。这时，书本合上，魔咒也被打破了。

"诗歌的不幸之处在于，它很少能安然地被那些完全享受诗歌的人所欣赏……"这句话重复得太明显，不像是偶然说出来的。简·奥斯汀把艺术看作一种诱惑的手段。我的印象是，她在《曼斯菲尔德庄园》尝试了一种不同的小说形式，这是对她所痴迷的东西的现实主义处理。她的写作技巧与众不同，在描写朴茨茅斯的时候，她试着做了一件她以前从来没有做过而且以后也不会再去做的事情：司各特风格的乡土特色。如果情况是这样，她完全没有看到她的主题不适合现实主义的处理方式；另外，诗歌、戏剧，或对于自然美的热爱，这些内容的呈现，好像它们真的都是性格上的缺陷一样，只能让她自己成为漫画式的人物。

3

　　《爱玛》《劝导》和《桑迪顿》已经是一个生病的女人的作品。这个生病的女人不会是简·奥斯汀，除非她也抓住疾病作为错误想象力的一方面。这三个故事都写了很多虚构的病人，这些病人倾诉着他们的病痛，对他们的医生很热情，还会比较他们最喜欢的疗养胜地的空气。这就是人们经常提到的，她在小说《桑迪顿》中选择不寻常的主题的真正原因。

　　　　"温菲尔德先生极力推荐我们去，先生，否则我们就不该去。他把这个地方推荐给所有的孩子们。然而，尤其适合小贝拉喉咙的问题——海边的空气和海水浴。"

　　　　"哦，亲爱的，但是，至于大海对她有没有好处，佩里还有些疑问；对于我自己来说，我也许从来没有告诉过你，我早就完全相信大海很少对任何人有用。我确信有一次它差点要了我的命。"

　　《爱玛》是简·奥斯汀最后一次大胆的想象。正如凯瑟琳·莫兰一样，任何不同寻常的事情都能激发爱玛的想象力，可是，她的想象力总是不能准确地发挥作用。很显然，她往往把她的想象力描述成"洞察力"。她结交了一个叫哈里特·史密斯的私生子，这个姑娘没有"洞察力"去发现她的父亲是谁。小说还不到两页，爱玛就断定哈里特的父亲是"一位绅士"。三十页之内，她就确定哈里特的父亲是"一位有钱的绅士"。奈特利先生是爱玛的仰慕者，他告诉爱玛的家庭教师，爱玛的主要缺点是什么。这和简·奥斯汀笔下所有的女主人公都差不多。"她绝对不会屈从于任何需要勤勉和耐心的事情，她也绝对不会让幻想屈从于理性。"（这是那个时期的心理学，司汤达的父亲也曾对司汤达发表过类似的看法。）爱玛清醒的时候，她甚至意识到了这一点，并下定决心，她有责任"要在她的余生抑制想象力"。

但是，她的决心却持续不了多长时间。她反对哈里特与一位受人尊敬的年轻农场主结婚，反而鼓励她吸引教区牧师埃尔顿先生的注意，这几乎毁了哈里特的一生。爱玛继续把她的"洞察力"运用到一个叫简·费尔法克斯的姑娘收到的一件神秘礼物上面，这件神秘礼物是一架钢琴。她虚构了简和她的雇主之间的风流韵事，她让自己和弗兰克·丘吉尔的故事给这些浪漫幻想画上圆满的句号。然而，弗兰克·丘吉尔和简已经秘密结婚了。最后，她承认自己犯的错误，嫁给了她的真正爱，而且一直爱着她的——奈特利先生。

《爱玛》没有《傲慢与偏见》那般精彩，但是，这个难题是小说题材本身就有的。《爱玛》这部小说的主题不好，因为这是一个闭路式的选题；所有重要的事情都发生在女主人公的头脑中。这个头脑还真是古怪，不仅不能准确地观察事件，也不能判断自己的想法和自己的动机。当爱玛出错的时候，一切都取决于读者即刻察觉的能力。这个故事必须使用最少的外形描写。作者为了掩盖她自身主题的笨拙而使用的技巧与手法使这本书对知晓内情的读者来说是一种乐趣和奉承。

简·奥斯汀似乎被她发明的这种写作技巧逗乐了，于是她把这个技巧运用到爱玛以外的角色身上。到第四个章节的时候，我们得到关于爱玛的真爱的第一个提示。这时，她对哈里特说"一百个人之中大概也找不到一个像奈特利这样的绅士"。当埃尔顿太太发现他是个绅士的时候，这句话为后边出现的伟大篇章做好了准备。奈特利先生自己也没有表现得更敏锐，因为他不仅告诉韦斯顿太太"我不知道她是否已经见到她喜欢的男人"，他也提到爱玛十四岁时拟定的阅读清单，并补充说"我记得这份书单对她的判断力起了很大作用，所以我保留了一段时间"。这一点令人愉快。邻居的关心可从来不会让一个男人保留一个十四岁少女的阅读清单！

随着时间的推移，我们这个时代的读者对这本书产生了独特的兴趣，因为弗洛伊德出现的九十年之前，简·奥斯汀别无选择，她只能自己去发现和解释潜意识。凭借高超的技巧，她探索到爱玛的自我欺骗。这项任务是如此有趣，于是她把这个技巧运用到奈特利和哈里特这样的人物身上。这就是爱玛，她让自己相信奈特利爱上了简·费尔法克斯。

　　她反对奈特利先生结婚的想法丝毫没有减弱。她只看到这件事的弊端。这将会让约翰·奈特利先生非常失望，从而也会让伊莎贝拉非常失望。这种改变会对孩子们造成真正的伤害——对孩子们来说，这是最令人痛心的变化和物质方面的损失——极大地减少父亲的日常安慰——至于对她自己来说，一想到简·费尔法克斯要去多维尔修道院，她就受不了。他们这些人为了一个奈特利太太做出让步！不——奈特利先生绝对不能结婚。小亨利必须依然是多维尔的继承人。

实际上，那个在爱玛充满幻想的头脑中从来没有出现的念头就是，因为她自己爱上了他，所以奈特利先生才绝对不能结婚。在埃尔顿太太称呼奈特利先生为"奈特利"的伟大篇章中，我们看到爱玛在无意识的控制下，完全不知道自己在做些什么，想些什么。从字面上来说，按照弗洛伊德的理解，我们已习惯，不用对她的行为负责。有时候，我在想有多少读者领会了爱玛情感爆发的言外之意。

　　她立即喊道："令人难以忍受的女人！"这比我预想的还要糟糕。绝对不能忍受！奈特利！我简直不敢相信。奈特利——她之前从来没有见过他，称他为奈特利，还发现他是一位绅士。一个粗俗的暴发户和她的E［埃尔顿，译者注］先生，她亲爱的新郎，她的资源，还有，她那矫揉造作的装腔作势和缺乏教养的华丽打扮。实际上，发现奈特利先生是一位绅士。我怀疑他是否会回敬她的赞美，而发现她是一位淑女。我简直不敢相信！她还提议我们应该联合起来成立一个音乐俱乐部！人们会以为我们是知心朋友！还有，韦斯顿太太！她还感到吃惊，那个抚养我长大的人应该是个贵妇人。越来越糟！我从来没有见过她这样的人。远远超乎我的期望。哈里特都不值得跟她相比。哦，如果弗兰克·丘吉尔在这里，他会对她说些什么？他会多么生气，又会多么开心。哦，我直接就想到他了。他总是我第一个想到的人！我是怎么发现的！弗兰克·丘吉尔经常出现在我的脑海——！

这种非凡的写作技巧产生的效果就是，这段话与詹姆斯·乔伊斯类似的段落不相上下。乔伊斯的情况是，作者试图表达某些还没有到达显意识的东西，这就会促使他用象征的手法来表达。爱玛人生中最喜欢的人一个个展示出来，就像这些人呈现在作者的脑海一样：他们是奈特利先生、韦斯顿太太，还有对弗兰克·丘吉尔幻想的依恋。爱玛把最后也是最不重要的一个夸大为最主要的一个。她可能以为她真的拆穿自己了，但是，她的自知之明跟司汤达的自我认知差不了多少。

更有趣的是，简·奥斯汀把这些无意识的喜好进行了戏剧化描写。一个很好的例子是，奈特利两兄弟讨论爱玛和她姐姐伊莎贝拉的笔迹。约翰认为她们的笔迹很相像。"是的，"他的兄弟（乔治）犹豫地说，"有相似之处。我知道你的意思——但是，爱玛的手握笔最有力。"一个更好的例子是，哈里特不再对埃尔顿先生抱有希望这一令人愉快的场景——或许，她试图放弃。

"我的确记得，"爱玛大声喊道，"我记得很清楚。说到云杉啤酒。哦，是的！奈特利先生和我都说过我们喜欢这种啤酒，埃尔顿先生似乎也下定决心要喜欢上它。我记得很清楚。停一下——奈特利先生就是站在这里，不是吗？我觉得他就是站在这里。"

"哦，我不知道。我想不起来 [哈里特说]。这很奇怪，可我就是想不起来。埃尔顿先生坐在这里，我记得，差不多是我现在坐的位置。"

批评《劝导》这部小说几乎和批评《桑迪顿》和《沃森一家人》这两

部作品伟大的片段一样困难。不管我们对这两部作品有什么感觉，它们都是没有完成的作品。没有人知道，像简·奥斯汀这样毫不留情又灵活多变的艺术家在小说出版之前会对这些作品做些什么。

除了小说自身了不起的优点，《桑迪顿》的非凡之处还在于，这本书揭示了简·奥斯汀对诗歌的厌恶。我曾经说过，她把艺术看成一种诱惑的手段。爱德华爵士是最出色的文学诱惑者，他依靠诗歌去影响那些靠他的魅力无法影响的人。夏洛蒂是一个以适当的谨慎态度来对待诗歌的姑娘。她说的话值得注意。"我很愉快地读了彭斯《诗集》中的几首诗，但是，我还不是那么富有诗意，不能把一个人的诗歌与他的性格完全分开；众所周知，可怜的彭斯做事非常不合常规，这极大地干扰了我对他诗行的欣赏。我很难相信他作为情人的感情真实可靠。我不相信他所描写的男人情真意切。"再一次，我只能说这并不是一个不喜欢诗歌的女人的情绪。我甚至可以说这不是一个不欣赏"不合常规"的女人的情绪。

《劝导》的写作风格有些杂乱无章，这本书充分体现了作者在文体上的最大弱点，即热衷于摄政时期盛行的惯用时态。这本书写的都是关于一个生病女人的忧郁与愁思。她在海水浴场寻求健康，思忖着可能会属于她的完整人生，要是她年轻的时候选择了不同的道路该有多好。所有被压抑的激情，对浪漫传奇、诗歌和自然美的激情，都带着一种济慈式的，对可能发生的事情的遗憾出现。

这本书的形式也让人感到某种疲乏和单调，因为那个令人惊叹的女人再一次发现一种全新的技巧。这一次，她的小说更贴近弗吉尼亚·伍尔夫而不是乔伊斯。整个故事是由亨德尔第四乐章咏叹调与变奏曲构成，还包含一个中心场景的一系列诡异回声。小说中甚至还有一个詹姆斯式的象征，大海是安妮·艾略特出于谨慎而拒绝的，完整人生的象征——"一个不自然的开始"，正如作者冷酷地补充说。我们在最感人的那一幕中看出这一点。这时，她那荒唐的父亲，沃尔特·艾略特爵士，问他的律师："克罗夫特上将是谁？"他的女儿出人意料地回答："他是白人海军少将。"这句话给我们一种沉思多年的效果。她遇到的每一个人，发生在她身上的每一件事，只会让她想起自己的愚蠢。无论是她父亲对水手肤色的看法那段场景的滑稽模仿，还是克罗夫特太太对船上生活的怀念。在这本奇怪、孤独而又美丽的书中，几乎所有的事情都被人偷听到，就像安妮听到路易莎·穆斯格罗夫说起克罗夫特太太一样："如果我像她爱上将一样爱着一个男人，我就会永远和他在一起，没有什么能把我们分开，我宁愿和他在一起翻船，也不会被任何人安全地赶走。"或者温特沃斯上校说："当涉及重要事情的时候，他和她也会遭殃。当他们处于需要坚毅性格和精神力量的环境时，如果她没有足够的决心去忍受对这样一件小事无聊的干扰。"一切都是遥远的、暗示的、象征的。即使温特沃斯的朋友在场也只会让安妮想到他们可能是她的朋友。本威克上校失去年轻的妻子，这只会让她觉得他还会找到另一个伴侣，而她注定要带着遗憾生活。我们不允许任何一个戏剧性情节去打断这些亲密声音的长篇独白。甚至安妮和哈维尔上校争论男人和女人忠诚的那场危机也只有温特沃斯听到。安妮所得到的他受这件事影响的唯一暗示就是他的钢笔掉到地板上的声音。

灵光一闪的场景只会揭示原来那个简·奥斯汀。本威克上校是个鳏夫，他对诗歌很着迷，而她觉得这一定是性格软弱的标记。我们不需要被告知，任何一个能被这种傻话安慰的人在没有傻女人的情况下很快就会完成他的安慰。

除此之外，这本书的危机从来没有真正得到解决。其情感效果来自作者性格中本能一面的泛滥，来自作者意识到这一次使安妮·艾略特的生活误入歧途的不是幻想而是判断力。"她年轻时被迫变得谨慎行事，随着年龄的增长，她学会了浪漫——不自然的开端的自然结果。"到最后几页的时候，简·奥斯汀所能做的就是回到她原来的位置。

"我向她屈服，这么做是正确的（安妮说，指的是她的良师益友，拉塞尔女士），还有……如果我不这样做的话，我继续维持婚约比我放弃婚约，本来应该承受更多的痛苦，因为我的良心应该会感到痛苦。只要人的本性允许我有这种情感，我就没有什么可责备自己的；如果我没有弄错的话，强烈的责任感对女人来说并不是件坏事。"

故事中悔恨的激情之后，人们忍不住去想，简·奥斯汀是如何坚定地写下最后几句话。这些话的基调与之前的一切都大相径庭。当然，这本书的开头会让人觉得有些不自然；如果《劝导》一直都是她的崇拜者们的最爱，这很可能不是因为小说的文学价值，而是因为她能感受到这是她年轻时强加给自己的束缚的自然结果，这是她的想象力对判断力的报复。

第三章

司汤达：逃离现实

1

　　司汤达的小说与狄更斯和巴尔扎克的小说是同时代，从这个意义上来说，他的小说也许应该与这些小说放在一起考量。然而，司汤达的作品与狄更斯和巴尔扎克的作品毫无共同之处，却在气质和风格方面与简·奥斯汀的作品如此接近，从这个意义上来说，最好还是把他们两个放在一起考量。司汤达和简·奥斯汀的文学同行是屠格涅夫和托尔斯泰，他们之所以是前者的同行，原因在于他们的创作背景实际上正是司汤达和简·奥斯汀的创作背景：他们都是十八世纪的孩子。他们对风格的看法是一致的，而他们诚实正直的职业操守也是如出一辙。人们不会想到诚实这个词与狄更斯和巴尔扎克有什么关联。

　　否则，我们很难想象还有哪两个作家会如此不同。司汤达去过很多地方，经历过很多事情，而简·奥斯汀却一直束缚在她那五十英里的好路和她对伟大世界的纯真想象之中。她害怕想象力是万恶之源，而司汤达却致力于他的想象力。无论什么时候，只要他稍微逃离哪怕一会儿，他就会疑惑哪里不对劲。他遗憾地承认，"我和安吉丽娜在一起时的身体状况剥夺了我的很多想象力"。在生活中，他是她最不喜欢的人：他是玛丽安·达什伍德、凯瑟琳·莫兰、克劳福德姐妹、爱玛，所有这些人物的集合体。奈特利先生抱怨爱玛，说她"绝不会屈从于任何需要勤勉和耐心的事情，她也绝不会让幻想屈从于理智"。这恰恰正是司汤达的父亲对他的抱怨。他父亲说的是"如果他能学会让幻想屈从于理智的话，他就会成为一个最成功的人"。年轻的司汤达只能遗憾地写下"我的判断完全是我的情感的消遣"。

尽管假想的配对游戏没能在狄更斯们和巴尔扎克们中间给简·奥斯汀找来合适的伴侣，可是，想到她自己和司汤达可以相配还是让人感到愉快和值得的。这样做极有可能显得简单粗暴，甚至也有可能，以刑事法庭对其中一个人的谋杀指控而告终。但是，他们的子孙后代会觉得非常有趣。正如爱尔兰传奇故事中的男诗人对女诗人所说，"我们两个人的孩子应该会很有名望"。

他们两个具有典型特征。我们对她的了解少之又少，几乎是一无所知。除了通过日记和自传，我们甚至都没法去了解他，而他的日记和自传的数量和坦率程度几乎可以和英国传记作家鲍斯威尔①相媲美。如果她不是个小说家的话，她或许什么也不是，但是，他算得上大器晚成，多年后才最接近他想要成为的样子。同时，他想要去做的事情只不过是小说家的工作而已，这一点让人心存疑惑。因为他把小说仅仅看成日记和自传的延伸，这是一种探索他自己性格失衡的新方法。他说，"为了改过自新，有人劝告我要了解自己"。在文学方面，他最接近蒙田，尽管他和鲍斯威尔、卢梭、佩皮斯②有很多相似之处。

司汤达生于 1783 年，是后来被称为"杂种"的彻罗宾·贝尔和亨丽埃特·加尼昂的儿子。他七岁的时候，母亲就去世了。他非常爱他的母亲，认

---

① 鲍斯威尔（James Boswell，1740—1795），18 世纪英国传记作家、现代传记文学的开创者。

② 佩皮斯（Samuel Pepys，1633—1703），17 世纪英国日记作家、海军行政长官。《佩皮斯日记》（*The Diary of Samuel Pepys*，1660—1669）生动再现了王政复辟期间伦敦官方和上层阶级的生活。

为她很可能有意大利血统。后来，他落入姨妈塞拉菲之手，他很讨厌姨妈，但是，他却得到姑奶奶的疼爱。因此，他把西班牙血统归功于她——正如他自己所说，这是"在我人生前三十年里，我属于高贵的西班牙血统的卑鄙的自我欺骗"之一。这件事一点也不卑鄙。这是世界上每个被误解的孩子都知道的私生子幻想的一部分（这意味着每个孩子都是如此吗？）。这个幻想的有趣之处在于，它持续了这么长时间。最重要的是，它与意大利和西班牙有关。那些书写司汤达的人似乎都没有意识到，他对法国的怨恨是由于他把法国与他性格中来自父亲的一面联系在一起。后来，他飞去意大利，这绝不仅仅是为了追求爱情和艺术。这样的做法同时也解决了一个孩子气的冲突，在这场冲突中，意大利代表着他的母亲。

司汤达后来遇到的很多困难都可以追溯到他母亲的去世。因为，母亲的去世使得父亲把抚养他的责任推给他所憎恨的人。他沉溺于私生子的幻想和青少年时期的自虐，要不是他性格特别敏感，这两件事都不会对他造成多大的伤害。对于他这种性格的人来说，过度沉溺于幻想的结果是一种敏锐的、近乎女性的敏感。1799 年，当司汤达怀着成为剧作家的愿望来到巴黎的时候，我们可以肯定，他是"带着修女的气质"，而且"害怕得连手帕也不敢用"。他给自己买了两把手枪，这几乎成了他生活中的一个象征。后来，当他鼓起勇气和妓女在一起的时候，他把手枪放在一个温柔的英国女孩床边，吓得她魂不附体。他总是预备着把自己的生命高价出售给任何一个可能试图夺取他性命的暗杀集团。他一生都在太平洋上游荡，几乎像母牛一样悠闲的本性正是他绝大多数同胞的特征。他对待爱情也是如此。尽管他的想象描绘了令人发狂的爱情的欢乐，但是，同时也描绘了令人感到恐怖和羞辱的可怕景象。这在很大程度上让他变成一个口吃的低能儿。他写道，"我总是像一匹倔强的马"，"看不到事物的本来面目，却对想象中的障碍和危险不断地逃避。好的一面是，我的勇气通常能够经受住考验，我会非常自豪地面对最大的危险"。这可远远不是"好的一面"。当他的意志战胜想象。当然，从本质上来讲，这和他所遭受的苦难极不相符。随后出现一种压倒一切的反高潮和厌倦感，直到想象力重新开始工作。他像往常一样清楚地说，"这种性情的人会生活在无聊的恐惧之中"。他问自己，"那么，巴黎就是这样吗？"每当他的生命中发生一件大事，他都会问自己同样的问题。他也会让他笔下的男女主人公问这个问题。

1800 年，司汤达跟随意大利军队动身出发。他带着一把剑，这把剑对他来说太大了，他不知道如何使用这把剑。问题是，这把剑被他的第一匹马带走了，然后，他发现自己受到了攻击。17 岁的时候，他还染上梅毒，这个病让他的后半生遭受折磨，并最终结束了他的生命。对于一个爱做梦、长相难看、性情浪漫的男孩来说，这可真是不走运。在意大利，他也爱上安吉拉·皮耶特拉格吕阿，这是司汤达三段伟大爱情中的第一段，尽管直到 1811 年她才成为他的情人。爱情是他一生的大事，但是，他那容易激动的性情继续妨碍着他。"如果再向前走一步，我宁愿打爆自己的头，也不愿意告诉一个或许爱我的女人我爱她。我已经 28 岁，环游世界，也有了自己的个性。"可是，即使那个女人拉手风琴的时候，他的想象力还在搞砸他的幸福。当他的血管里流着西班牙最高贵的血液，而他成为一个荣誉等身的人时，他对待爱情就像对待军事行动一样。但是，爱情和战争的相似之处微乎其微，他只能给他自己和他爱的女人带来痛苦。

> 你的爱情（他的一个情妇写道），对于一个女人来说，是最可怕的不幸；如果她拥有幸福，你就夺走她的幸福；如果她拥有健康，你就让她失去健康；她越爱你，你就会对她越严厉和残忍；当她说"我仰慕你"时，你就会让这个系统运作起来，将她的痛苦细化到她所能承受的极限，甚至超过这个极限。

这封信的口气绝对真实。事实上，这里也不可能有其他不同情况。因为司汤达和鲍斯威尔一样，他们是所有作家中最具有自我意识的。他们无休止地观察着他们所创造出来的效果，总是在演戏，从来都不做回自己。而且，几乎和鲍斯威尔一样，他们对形势或人物的耐心探究无能为力。他手里总是拿着那两把可恶的手枪。凌晨两点，他英勇地冲出去，在客厅里搜寻着黑手帮，还庆幸自己有勇气这么做。然后，当他陷入无聊之中，他就会谴责这个世纪的人们缺乏进取之心。他的散文也是如此：神经紧张得像触了电似的，不时地爆发出一阵阵令人意想不到的感伤情调和拙劣可笑的模仿。他日记也充满了故弄玄虚的神秘事件——蹩脚的英语和意大利语，虚假的人名和误导性的线索，也许是或者也许不是用来欺骗间谍，而在他转过身的一刹那，间谍们可能会去或者可能不会去看这些。关于这个问题，他的编辑们总是容易上当受骗。如果司汤达真的受到怀疑，这只能是因为他会继续伪装，并且发明密码。间谍狂热症只是他总体自我意识的一部分。他每时每刻都有这种想法，有人可能正在监视他，他会对任何一个碰巧发现他的日记的诚实的人呼吁，不要去读。因此，他也经常向他自己那一代人，以及十九世纪八十年代、二十世纪初或二十世纪三十年代的人发出呼吁。对于司汤达来说，历史本身就是一个间谍。

在司汤达独创性的基础上出现一种倾向。这种倾向和鲍斯威尔的一样伟大，那就是把他提升为一个有独特天赋的小说家。但是，司汤达作为小说家的才能比他的崇拜者所意识到的要有限得多。直到他去世那天，他仍然是想象力的囚犯，一个桀骜不驯、不可征服的囚犯。这个囚犯的斗争可远比大多数自由人的行为有趣得多。然而，他依然是一个囚犯，没有真正伟大的小说家那种超凡脱俗的思想。

1802 年，他回到巴黎。从 1803 年到 1809 年，他是布伦瑞克市的行政官员。他在俄国战争中服役，并且参与了从莫斯科撤退的行动。拿破仑倒台之后，他回到意大利，开始一个文人的职业生涯。1830 年，他出版了他那两部伟大作品的第一部——《红与黑》。1839 年，他出版了第二部——《帕尔马修道院》。如果没有巴尔扎克不请自来的崇高赞扬，这部作品几乎没有人注意到。1842 年，司汤达去世，留下大量未发表的手稿，包括一部未完成的非常有趣的小说，《吕西安·娄万》，还有另一部小说的梗概。

当代传记作家这样描写他的晚年生活，"我们看到，这个想象力丰富的男孩的粗鄙笨拙已经变成一种强烈的讽刺，把虔诚的人们彻底击垮"。他的朋友们喜欢他，对于那些欣赏他作品的人来说，他仍然是最可爱的作家。用歌德的话来说，他是"永远追寻火焰般绚烂的死亡"的作家之一。这个男人，就像叶芝心爱的人一样：

谁的灵魂不能忍受
日常生活的好处。

2

1828年，司汤达在报纸上读到一桩谋杀案的报道，犯人是来自司汤达的家乡格勒诺布尔城的一个名叫贝特的教会学生。贝特做家庭教师的时候勾引了雇主的妻子。随后，他又勾引了另一个雇主的女儿，被神学院开除。最后，他把自己的堕落归咎于第一个雇主的妻子，并在教堂枪杀了她。

这些事件发生在他自己的小镇上，这让任何小说家都会感到兴奋。司汤达以一种典型的罗曼蒂克的方式读了这个故事，并且认为他自己就是这个教会学生。这时，拿破仑开始在他的作品中扮演起与帕内尔在乔伊斯的作品中同样重要的角色，而他之前一直对拿破仑持批判态度。帝国政权的富丽堂皇开始显现出来，与之形成对照的是随之而来的肮脏，以及贪婪的惯性反应。拿破仑之后的法国就像革命之后的爱尔兰，司汤达感受到年轻时充沛的精力。正是这种力量驱使他去了意大利、德国、俄国，而现在，这种力量必须通过教堂才能驱使他前进——红色让位给黑色。这个变化很明显。如果亨利·贝耶尔是在他那个时代的格勒诺布尔城长大的话，他就会成为贝特那样的人。他也必须抑制他的想象、理智、骄傲，变得温顺和虚伪，掩饰他对君王的崇拜。他也可能会死在断头台上。

司汤达能把他自己和贝特这样的角色联系起来，这充分说明了他的想象力。这部小说还没等写完，他就发现自己陷入严重的困境。当然，事实是司汤达对贝特不感兴趣；他只对司汤达感兴趣。在小说创作的过程中，他密切关注的事件完全超出他自己的性格所能承受的范围。除此之外，这也可以说是代表着小说中主体与客体的完美融合。这个客体本身也曾被其他人处理过，最著名的就是巴尔扎克的《图尔的教区牧师》，还有其他作品，但是，巴尔扎克——这是他独特天赋的一部分——从他所描写的位置不远的地方截取了这个客体。司汤达带着对十八世纪"荣誉"的浪漫理念，以正确的角度击中了这个客体，就像一辆卡车和一辆特快列车相撞一样。

司汤达从来都不理解后来这些小说家的商业密码。他从来没有意识到尽管十九世纪的性观念有很多清教主义的成分，但是这些观念也是对整个封建荣誉观的反叛，是将诚实的商业理想用于人际关系的一种尝试。比方说，他不可能理解为什么巴尔扎克小说中的凯撒·比罗托，同样认为破产是不可忍受的污点，却仍然对他的妻子忠贞不渝。欧洲的中产阶级发现很难找出欺骗商人与欺骗妻子或丈夫有何区别。当他蔑视工业革命之后席卷欧洲的金钱狂热时，他也没有意识到"荣誉"是建立在土地财产之上，正如"诚实"建立在金钱之上。那场战争是贵族的贸易，就像贸易是商人的战争一样。

作为小说家，这对他来说有些危险。他的立场与他所描写的相去甚远，以至于他的作品有时候会沦为讽刺作品。与其说他是一位伟大的小说家，不如说他更像阿纳托尔·弗朗斯①或诺曼·道格拉斯②。但是，只有当他描写"一般"事物的时候，他才会如此。例如，《红与黑》中关于贝桑松的章节，

① 阿纳托尔·弗朗斯（Anatole France，1844—1924），20 世纪法国作家、文学评论家、社会活动家。代表作有诗集《金色诗篇》（1873）、《希尔维斯特·波纳尔的罪行》（1881）等，1921 年获得诺贝尔文学奖。

② 诺曼·道格拉斯（Norman Douglas，1868—1952），20 世纪英国作家，出生于奥地利。代表作有描写卡普里岛的《塞壬之乡》（*Siren Land*，1911），描写突尼斯的《沙漠喷泉》（*Fountains in the Sand*，1912）等。

以及《吕西安·娄万》中关于南希的章节。据我所知，他描写朱利安和吕西安的特殊反应时，情况就不是如此。因为这些人在很大程度上都是他自己，而他是一个太不同寻常的角色，不可能成为任何事物的典型。

像司汤达一样，那个伐木工人的儿子朱利安·索雷尔"胆小、骄傲、被人误解"。他与作者不同，却非常像作者偏爱自己思想的样子。朱利安的父亲是一个残暴而又贪婪的人，经常有人说他是贵族家庭的私生子。司汤达似乎从来没有摆脱私生子的幻想。

可以这么说，朱利安忍受着自卑情结的困扰。这种情愫会驱使他采取行动，做出最无法言语而行为夸张的事情。当他第一次来到这座房子并见到勒纳尔夫人，"他立即想到一个大胆的主意，亲吻她的手。接下来，这个想法让他感到害怕；过了一会儿，他对自己说'我要是不去做一件对我有用的事情，不去消除这位贵妇人对一个刚从锯台下来的穷工人极有可能出现的轻蔑，对我来说，这就是懦弱的表现'。"如果是这样的话，我们也必须承认，在这里自卑情结描写得很松散。像司汤达说过的一样，朱利安这番话读起来更像一种几乎完全主观、绝望的尝试，为的是与外部现实进行接触。"那只手"——这是第一部分后边的内容——"急忙缩回去。但是，朱利安决定，他有责任确保他触碰它的时候，那只手不会缩回去。完成他要履行的职责，让自己变得荒唐可笑，或者如果他没有成功地履行职责，就会产生自卑感。他一想到这些，心中的快乐就荡然无存。"他一想到楼上那两把手枪，就会强迫自己去做他的工作——虽然我们不知道朱利安手里是否有枪或者他是否知道怎么使用枪支。"正好在十点钟的时候，我要实现这个目的。一整天的时间，我都向自己保证，今天晚上一定要实现。否则，我就回到房间，把我的脑袋打得稀巴烂。"

这不足以取代真正的接触，因为真正的接触所需的努力使冲动偏离真正的目标。那就是不再享受外在的好处，而是停止内在的冲突。"他的心中充满喜悦，不是因为他爱上勒纳尔夫人，而是因为一场可怕的折磨现在已经结束。"因此，朱利安有时候只是偶然达到他的目标。比方说，当他计划引诱勒纳尔夫人时，他的方法肯定会导致失败和丑闻。然而，事实是，在危急时刻，他过度敏感的神经崩溃了，然后，他伏在她的脚边嚎啕大哭起来。严酷考验结束之后的解脱没有给他留下任何普通人做出反应的空间。他觉得这只不过是反高潮的所在。

"天哪！幸福就是被人爱，仅此而已吗？"这就是朱利安回到他自己房间后的第一个想法。他处于那种瞠目结舌的惊讶和心神不安的疑虑之中。当他刚刚得到他渴望已久的东西时，他的心就会陷入这种惶恐不安的状态。这颗心已经习惯了渴望着什么，找不到任何想要的东西，也得不到与此相关的任何记忆。

朱利安注定永远都体验不到真正的幸福。那是过去的事了（他的心"得不到与此相关的任何记忆"）。将来，这在某种程度上是他野心的延伸，要不然的话，其他人就享受到了。正如司汤达对他自己的写照，"幸福就是我不在的地方"。

我们可以这样解释，朱利安和他一样，是个十足的浪漫主义者。但是，《红与黑》绝不是一本浪漫主义的书。这本书也充满了困惑与痛苦。朱利安的粗鄙笨拙让人望而生畏，他的冷酷无情让人皱起眉头。与其他浪漫主义小说不同的是，《红与黑》通过浪漫主义气质来探索现实。这本书还试图解释他与现实接触失败的原因，不是因为司汤达喜怒无常的性情，就是因为他所生活的那个世纪对他这样的人毫无用处。也许，我们对作者最真实的评价是这样，司汤达在所忍受的本能与判断的冲突之中，他的判断往往倾向于采用讽刺的形式。正如朱利安在最后一段问的那样："幸福就是被人爱，仅此而已吗？"

他犯了一个严重的错误，那就是他把自己和他的原型联系得太紧密。这部伟大的小说恰恰就在这种身份的认同不得不进行完整确认的时候开始轰然倒塌。一个像朱利安或司汤达这样的浪漫主义者是不可能想办法在教堂里杀死情妇的，正如他也不会飞到那里去。贝特的行为不是一个浪漫主义的英雄所为，却是一个智慧有限、满腹委屈的人的行为。"一个关于男妓的故事和一种肮脏的行为之间有着很大的区别。"如果他发现他的情妇和别人一起欺骗他，朱利安或他的创造者可能会在一气之下杀了她。然而，有那么一次，这件事发生在司汤达身上，他却什么也没有做。床边的桌子上总是放着两把手枪，他们中的任何一个都有可能自杀。这里描写的并不是那种鬼鬼祟祟的谋杀。值得注意的是，司汤达以每分钟一英里的速度草草了结了此事。

那部未完成的《吕西安·娄万》是司汤达的小说发展的重要阶段。吕西安是拥有一大笔独立收入的朱利安的重现。与朱利安不同的是，他有一个世故聪慧而愤世嫉俗的父亲。这个父亲并不是一个独立的人物，反而像司汤达自己再年老二十岁的样子，几乎（并不完全）是《帕尔马修道院》中的莫斯卡伯爵，一辈子累积起来的幻灭感。《红与黑》之后，在司汤达的小说中，反讽的增加非常引人注目。这种手法往往会剥夺小说的情感影响。我们注意到这些人物更富有，更自由。尽管吕西安和他心爱的巴希德由于一个极端保皇主义者的阴谋设计而分离，这种阴谋能够击败中世纪闹剧中任何一件不大可能的事情。司汤达显然是想让这对爱人重新团聚，并带着他们一起到意大利去。与此同时，他意识到他自己飞去意大利也正是飞离他的素材。他写道，"也许，远离那些令人讨厌的典型对我的才能是有害的"。

在情感上，这是一种拒绝完全融入自己的行为。"从成为那个私生子开始，我周围那些无耻之徒的敏感性是让我痛苦的唯一原因。在我不认识的人之中，这种多余的、令人为难的情感就不必发挥作用了。"无论我们如何看待它，这只不过是吕西安带着他的几百万钱财，以及他已经准备好的逃跑路线，再到完美的逃跑——进入历史——之间的一步罢了。

《红与黑》是一部伟大的小说。从我感觉到这本书读起来几乎太痛苦的时候，我就一直喜欢这部小说。然而，对于《帕尔马修道院》，我却不能这么说。像陀思妥耶夫斯基的小说一样，这本书是我年轻时的快乐之一，以后也会如此。问题的来源正是小说本身的源头。这可不是司汤达在一份日报上发现什么东西，然后，他觉得可以从这份报纸读到自己的人生故事，而是源于一本文艺复兴时期的意大利编年史。他研究了一番，却没有意识到其他浪漫主义者已经着手研究这些编年史。况且，与其说这些编年史是历史，倒不如说它们是历史传奇。在《帕尔马修道院》中，他的英雄人物是亚历桑德鲁·法尔内塞，瓦诺兹·法尔内塞的侄子，她曾经是主教罗德里戈·雷佐利的情妇。法尔内塞诱拐了一个女人，并杀害了她的仆人，因此，他被关押在圣安戈洛城堡。主教成功地偷偷带给他一条百米长的绳子，而他抓着这根绳子逃跑了。司汤达的传记作者马修·约瑟夫森①指出，"司汤达颠倒了沃尔特·司各特的程序。他写的不是穿着古装的现代人，而是十六世纪的人物和事件，好像这些人物和事件出现在他的时代一样"。也许，更确切地说，他描写了现代人在一直延续到十九世纪的十七世纪的法庭上按照十六世纪的方式行事的样子。重要的是，要记住，法庭是按照命令办事——司汤达的命令。

事实上，他觉得他在意大利编年史发现一个激发了韦伯斯特②、图尔纳③，以及马洛④创作灵感的真实世界，而他的想象力可以在这里栖息。在这个充满想象的世界里，他很快乐。在这个世界里，人们会不断发现黑手帮躲在幕后，正如他在意大利的日常生活中所经历的那样。他并没有意识到，是什么错综复杂的因素让他把这一点与他孩子气的损失联系在一起。这种身份的认同太贴近了，司汤达也太高兴了。在《红与黑》中，他的每一份精力都与当代现实发生了碰撞，而在《帕尔马修道院》中，他对历史材料的运用

---

① 马修·约瑟夫森（Matthew Josephson，1899—1978），20 世纪美国传记作家。代表作有《维克多·雨果》（*Victor Hugo*，1942）、《司汤达》（*Stendhal*，1946）等。

② 韦伯斯特（Noah Webster，1758—1843），美国词典编纂者、课本编写者、拼写改革倡导者、政论家、编辑，被誉为"美国学术和教育之父"。1828 年首版的《美国英语词典》（今简称为《韦氏大词典》）是一座伟大的里程碑。

③ 图尔纳（Cyril Tourneur，1575—1626），17 世纪英国剧作家。代表作是《无神论者的悲剧》（*The Atheist's Tragedie*，1611）。

④ 马洛（Christopher Marlowe，1564—1593），16 世纪英国诗人、剧作家。代表作是《帖木儿大帝》（*Tamburlaine*，1587-1588）、《浮士德博士的悲剧》（*The Tragical History of Doctor Faustus*，1588）、《马耳他岛的犹太人》（*The Jew of Malta*，1592）。

就像巴尔扎克对当代材料的运用一样：从一个如此相近的角度来看待这件事，以至于我们几乎意识不到对我们有什么影响。此处描写的外部现实与人物富有想象力的概念是一致的。虽然法布里奇奥继续心存私生子的幻想，他却没有朱利安·索雷尔的激情。然而，对于读者来说，朱利安试图把他的想象力强加到一种他并不认可的生活上，这是令人痛苦的。法布里奇奥的困难在这本书开始之前就已经解决了。在这种讽刺意味浓厚的氛围中，他所能做的事并没有特别重要的意义。于是，他有了情妇，成为主教，被囚禁在高塔里，爱上克莉娅，被救出，然后，他回来。作者的意志力是如此强大，他撕毁了丢弃在他身边的关于小说创作的圈套。一切都太容易了；没有残酷的现实直接阻止任何人。想象的自由是剧作家必须为之奋斗的品质，对于小说家来说，这只是一种负担。他的人物最坚决，最受限制；他的监狱关得最严实，最牢固。

第二部分 02

变形的镜子

第四章

第二阶段

1

对于评论家来说，从简·奥斯汀和司汤达的世界来到狄更斯、巴尔扎克、果戈理的世界简直是一场噩梦，因为这两个世界无论是在思想方面，还是在技巧方面几乎毫无共同之处。我们从富有灵感的业余爱好者的世界过渡到职业作家的世界；从一群数量有限的民众到一群受教育程度不高的广大民众；从个人品行和操守的典范到重大的公共问题；从对客观真理的热切追求到某种程度上群体的幻想与错觉。

即使从技巧层面来讲，小说已然成为一种新兴事物。简·奥斯汀和司汤达几乎没有为十八世纪的小说增加什么技巧——至少，通俗小说家可以使用的东西极少——小说在成为一门伟大的大众艺术之前，创作手法要得到扩展，就像古钢琴一样，容量也要相应增加。这两位作家可从来没有提出如此要求。人们必须找到伊丽莎白时代悲剧诗歌相对应的艺术形式，而且，这种对等应该具有地方特色才行。在一种如此个体化，如此写实的艺术中，人物不允许用夸张的诗歌语言说话。所以，这种夸张的手法通过人物成为小说背景的一部分来增加，仿佛他们就是他们所生活的伟大城市发出的声音，就像狄更斯的小说，或者他们就是自然本身，就像哈代的小说。简·奥斯汀一直对技巧方面比较着迷。《曼斯菲尔德庄园》中描写范妮·普赖斯在朴茨茅斯的家时，她曾经尝试过这种新的手法。后来，她就这么放弃了，显然是觉得这对她来说没有什么用处。司汤达对此完全不屑一顾。"我忘记描写这个客厅了，"他在《自传回忆录》中写道。"沃尔特·司各特先生和他的模仿者会从这一点着手；我自己却痛恨去描写素材。做这些令人厌烦的事让我不能写小说。"

正如司汤达所认识到的那样，从所有的意图和目的来看，这种写作手法是司各特的发明创造。这是浪漫主义复兴的产物，颇具讽刺意味的是，这也是启蒙运动的产物，目标设定基本上比较科学，最初起源于十八世纪后期发展起来的对民间传说的广泛兴趣。文艺复兴时期的古典主义四处瓦解。罗马帝国统治的欧洲以外有大片领土，那里居住着与帝国以及帝国的继承者几乎没有任何关系的种族。人们想知道他们是怎样生活的。启蒙运动的民俗学家不仅研究苏格兰、威尔士、爱尔兰的风俗习惯。他们还为自己创造了习俗，乐于助人的威尔士人也为他们自己创造了一些习俗。没有人想知道简·奥斯汀笔下的律师和乡绅是什么样子——很明显，他们和其他人一样——但是，司各特笔下的苏格兰高地人是不喜欢穿裤子的怪人，为了使人信服，必须要把他们描写出来。最后，历史小说成为获取时空遥远的种族信息的标准方法。

司各特的模仿者一开始就假设，为了让作品具有乡土特色，必须使用这样的素材。巴尔扎克和果戈理恰当地记录了布雷顿人和乌克兰哥萨克人。之后，他们才意识到人们也可以使用乡土特色来描写当代的人物和事件。巴尔扎克把乡土特色提升为一种文学理论，因为他看到乡土特色的使用可以得到拓展，从而使活着的人物和事件具有历史尊严。我们可以用这个方法追溯十九世纪小说的整个发展过程。例如，这里有四段话：第一段是简·奥斯汀写的，第二段是司汤达写的，第三段是巴尔扎克写的，第四段是狄更斯写的。

（1）作为一座房子，巴顿别墅虽然小却也舒适而紧凑。但是，作为一栋别墅，这座房子却是有缺陷的。因为房子的建筑很规整，屋顶铺着瓦片，百叶窗没有漆成绿色，墙壁上也没有覆盖着忍冬花。

关于达什伍德姐妹埃莉诺和玛丽安的家，我们知道的就这么多。的确如此，简·奥斯汀对这方面的描述并不是很感兴趣。除非像那个时代的人们在某些报纸上表达的那样，如果人们允许她额外抨击一下大家对建筑的浪漫主义态度，她倒是颇有几分兴趣。

（2）在距离风景如画的老旧哥特式教堂遗址几百码远的地方，勒纳尔夫人有一座古老的城堡。这个城堡里有四座塔楼，有一个花园。花园的布置和杜伊勒里宫的相似。这里还有许多箱型的花坛和栗色的林间小径，这些地方一年之中要修剪两次。旁边的田地里种着苹果树，这家人可以在这里呼吸新鲜空气。果园的尽头生长着九棵或者十棵极好的胡桃树；这些树的巨大叶子能长到大约二十多米高。

关于哥特式遗址的这个词语"风景如画的"表明，司汤达曾经读过司各特的作品。我们可以看出，他并不在意司各特对细节的详细描述，因为任何称职的房地产经纪人都能让我们对这处房产有更清晰的印象。然而，房地产经纪人必须非常努力地工作才能说出这番话：

（3）在这些住宅前面走过，很难不去欣赏那些巨大的连接处。那些连接处的末端雕刻得非常巧妙，形成浅浮雕。那些浅浮雕的大多数装饰着地面层。在这里，一方面来讲，木板横梁上覆盖着石板，石板的蓝线沿着一所房子脆弱的墙壁延伸。房子的尽头是一个尖尖的山墙。这座房子已经折服于时间的侵蚀，它的木瓦屋顶已经完全腐烂，被雨水和阳光的混合作用所取代。在那里，另一方面来讲，可以看到翘曲发黑的窗户的窗台。这些窗户上精致的雕刻几乎无法辨认，而且，这些窗户太不牢靠，无法支撑那个棕色的陶罐。然而，住在那里的可怜的女裁缝的康乃馨或者玫瑰树却让人快乐；再者说，门上钉满了巨大的钉子，我们祖先的天才在那里查找到一些国内的象形文字，这些象形文字的意义很早就失传了；曾经有一名新教徒以这种方式签署了他的信仰，另外一次，一个盟员也用同样的方式记录了他对亨利四世的憎恨；又有一个议员在那里登记了他作为公民尊严的徽章，这是他那一去不复返的审判的荣耀。在那里，人们可以从每一个标记读到法国的历史。

在这样的一段话里，巴尔扎克从司各特的历史小说中提取了地方特色，从而为一个当代的守财奴提供了背景。不仅如此，这种地方特色还让这个守财奴在法国小镇悠久的历史长河之中占有一席之地，并且赋予这个人物以某种意义。这就是巴尔扎克的方式。有时候，这种方式显得非常单调，尽管这样的描写在知识方面看起来引人入胜，在情感方面却是贫乏的。这种方式倾向于向我们呈现各种各样的物品和细节，而不像拍卖商那样给出目录。巴尔扎克的地方特色很少在趣味方面失败，然而，却常常在美感方面失败，因为他没能将这种地方特色融入写作这门艺术之中。从另一方面来讲，狄更斯有着敏锐的感官和富有诗意的想象力。他真正给了我们地方特色，这样我们就可以同时看到物体、灯光、一般的背景，也可以听到声音，甚至（偶尔）闻到气味。我们不是带着编号的目录浏览展览品，而是跟随着我们才华横溢的表演者。他指指这里，指指那里，就像电影剪辑师一样把几个不同的图像和声音放在一起，从而创造出一种整体的效果。狄更斯总是设法让动作融入他的地方特色——除了哈代，这种艺术表现方式最伟大的大师——从来没有人能如此得心应手地使用这种手法。

(4) 一会儿，我们看不见光，一会儿，我们看见了；一会儿，看不见，一会儿，看见了。然后，我们拐进一条林荫道；然后，马车一路慢跑，一直跑到一个灯火通明的地方。这明亮的光来自一座看起来老式房子的窗户，这座房子前面的屋顶有三个尖形的突起，门廊前有一个环形的通道。我们靠近的时候，门铃响了。门铃低沉的声音环绕在寂静的空气中，远处传来几只狗的叫声。敞开的大门里透出一缕光线，情绪激昂的马匹热气腾腾，浑身冒烟。我们自己的心跳加快速度，就这样，我们在相当大的混乱之中从马车上下来。

在这里，我们终于可以看到地方特色融到小说家的叙事技巧之中。这就是能够让狄更斯的故事具有荷兰内景画那般品质的手法。通过这样的手法，我们现在可以捕捉到一些作品的质量，而这些作品的名字本身我们却想不起来。因为我们回忆的是一些这样的地方，就像普鲁斯特品尝蘸在茶水里的糕点时的滋味，品味一队长矛轻骑兵在乡间小路的光影下快速移动的感觉，或者在乡村集市的茶点帐篷里闻到的碎草的味道。这样的描写给小说带来感官上的冲击，这是在简·奥斯汀和司汤达的作品中所缺少的生命实体。我们也可以看到，十九世纪早期的小说家是乔伊斯或福克纳那样充满激情的实验主义者——有时候，也像他们一样执迷不悟。

夏娃，最亲爱的（巴尔扎克《幻灭》中的一个人物说出充满激情的爱的宣言），这是命运给予我纯洁且纯粹喜悦的第一个瞬间……自从帝国衰落以来，印花布的使用越来越多，因为印花布比亚麻布便宜得多。目前，纸是由麻和亚麻破布混合制成，但是，原材料价格昂贵，这样的花费自然会阻碍法国新闻界必然会取得的巨大进步。现在，人们不能增加亚麻破布的输出量；既定的人口数量会给出一个相当恒定的结果，这种结果只会随着出生率的改变而增加。为了在人口数量方面实现可以察觉到的差别，从而实现这个目标，我们需要二十五年的时间，需要在生活习惯、贸易、农业方面进行一场伟大的革命。如果亚麻破布的供应不足以满足一半或者三分之一的需求，那么，我们必须找到一些比亚麻破布更便宜的材料制作出廉价的纸……昂古莱姆市的造纸商是最后使用纯亚麻破布的商家，他们说，近些年来，棉花在纸浆中所占的比例增加到了令人可怕的地步……

天哪，如果他们的卡图卢斯说出这番话，他们会说些什么！即使像我这样厚脸皮的老派现实主义者也不得不承认英雄主义和浪漫主义偶尔也会有所衰退。

2

这个时期还有另外一种方式来表明其时代特征。我们得承认，这个时期有大量的浪漫主义素材充斥其中。简·奥斯汀和司汤达故意把这些素材排除在外，而随后一段时期的作家，像屠格涅夫和特罗洛普，再一次把这些素材排除在外。人们承认这一点，可能出于不同原因——狄更斯这样做是因为他的表演气质使他乐在其中，果戈理这样做是因为他可以描写和判断他自己性格的某些方面，巴尔扎克这样做是因为他认为其中蕴含着某种深奥难懂的含义。然而，不管是什么原因，十八世纪后期的浪漫主义、哥特式城堡、隐居之处、荒废的修道院，所有这些素材都被写入上述那些作家的作品。虽然现实主义的背景不可思议地伪装了人物，把他们变成律师、银行家、政府官员。恰恰是这些残忍的恶魔为那些成为孤儿的孩子们管理着家庭和学校。他们在客户的背景信息里搜寻着能够给客户带来毁灭和死亡的言行失检的轻率之举。他们指挥着政府部门。他们挑起战争。

出于同样的兴趣，我们——那十二个男人——每周都有一天在新桥附近的泰米斯咖啡馆见面。在那里，我们揭示了金融的奥秘。任何表面上的财富都不能误导我们；我们拥有所有家庭的秘密。我们保存着一种

"黑名册"，这本名册上记录着关于公共信用、银行、贸易最重要的说明。我们是交易所的诡辩家，我们成立了宗教法庭。在那里，任何有钱人最冷漠的行为都会得到判断和分析，而且我们的判断总是正确。我们之中会有一个人监督司法机构；另外一个人监督金融机构；第三个人监督行政机构；第四个人监督贸易机构。

咖啡馆、新桥、交易所，这些都会出现在简·奥斯汀和司汤达的世界；"诡辩家""宗教法庭"则会出现在拉德克里夫太太的世界。这不是浪漫主义，也不是现实主义。这不是附加了现实主义细节的浪漫主义。这是以浪漫主义作为能量来源，第一个时期的现实主义小说。有时候，现实主义的引擎出了故障，然后，我们只知道驱动引擎的是幻想灼热的熔炉。

残忍的恶魔和畸形人轮番登场。这就能够解释，当我们读那个我称之为漫画时代作家的作品时，我们有时候会感到不适的原因所在。我们不得不再一次对他们进行区分，所有这些作家进行漫画式创作的原因各有不同。从萨克雷身上，我们发现了这种现象，无论如何，漫画家或讽刺画家都不会受浪漫主义的驱使。他们有一个共同之处，那就是他们在某种程度上都喜欢放纵言行，喜欢日常生活的夸大膨胀。有时候，我们就会有这种感觉，在那个时代，没有一个男人或女人具备正常人的维度和特质。

我们必须认识到，在很多方面，这些作家给了我们那个时代的真实感受。比方说，正如简·奥斯汀从来没有给我们摄政统治时期的感受一样。例如，戈塞克和斯奎拉也许只不过是一部现实主义小说中浓厚哥特式浪漫色彩的故事中的人物。但是，他们的确传达出那种感觉，在那个时代的鼎盛时期，金钱狂热是什么样，或者在维多利亚时代早期的英国，那些独特的社会制度发生什么事，这是其他任何东西都无法比拟的。这些作家和简·奥斯汀那样的作家进行比较，我们看到，他们代表了小说的另一个极点。这些小说的现实主义在两个世界之间纠结、徘徊：一个是简·奥斯汀的世界，循规蹈矩、一丝不苟、真实准确；另一个是狄更斯的世界，冒充内行的江湖骗子。

前者的范围实际上非常有限，而后者则可以延伸到新公路的最后界限，还会把整个英格兰敞开来给我们看：工业城市、教堂城镇、贸易集镇、村庄、旧旅馆，还有新公路。总而言之，新修的公路终于可以让全体居民能够自由出行，这是自从罗马帝国时代以来从未有过的现象。现在，该是果戈理做出最后的决定。

　　这条高速公路！还有，这条公路本身是多么奇妙。天高云淡，秋高气爽……我们身上穿着旅行时穿的大衣，裹得更紧了。我们把帽子拉低，盖住耳朵。我们将会更加紧密地、更加舒适地挤在一个角落里！最后一次，我们的四肢由于寒冷而发抖。然后，一阵愉快的温暖不知不觉向我们袭来，取代了寒意。马匹疾驰着……当我们醒来的时候，我们已经落后了五段路。这时，月色生辉，明亮地照耀着。这是一个奇怪的小镇，教堂里有古老的木制圆顶和轮廓模糊的山墙，房屋是用暗色的木材和白色的石头建造。随处可见，月光看起来就像挂在墙上的白色亚麻布手帕；一片漆黑的阴影歪斜地投映到马路和街道上；木制的屋顶在月光下隐约可见，好像闪闪发光的金属，周围一个人也没有——这里的一切都睡着了……哦，天哪，那条长长的，长长的公路是多么精彩！有多少次，我像一个快要溺死的人一样紧紧地抱着你，而每一次，你都勇敢地把我解救出来。

第五章

狄更斯：观众的闯入

1

假装写巴尔扎克或狄更斯是一件容易的事是没有用的，而希望批评家的判断能为大多数受过教育的人所接受也是过于奢望了。我们大部分人都知道，在一些家庭，狄更斯的作品被反复阅读着，而在法国，巴尔扎克的作品也是如此。他们两个人的作品大多是关于社会制度的，而对社会制度的批评会引起与文学或艺术毫不相干的感情。

此外，对狄更斯的忧虑不安和他的知名度一样久远，这可不是无中生有。我们也不能像狄更斯的崇拜者通常做的那样不当回事。福斯特①是狄更斯的传记作者和朋友，他谴责泰纳②所说的关于狄更斯如何偏袒他的创作主题，"嬉笑怒骂，可恶至极，感人至深，深恶痛绝，妩媚迷人，感情太过强烈而不够好奇，因此，无法描绘出一幅肖像画。"按照泰纳的说法，对于小

①　福斯特（John Forster，1812—1876），19 世纪英国传记作家、评论家，狄更斯最亲密的朋友。代表作是《狄更斯传》（*The Life of Charles Dickens*，Gashill Edition，1899）。
②　泰纳（Hippolyte Adolphe Taine，1828—1893），19 世纪法国文学批评家、文艺理论家、历史学家，他的艺术哲学对 19 世纪的文艺研究产生了深远影响。

说家而言，不管他笔下的主要人物可能多么卑鄙无耻，至关重要的是，"要去展现这个人物受教育情况和受到的诱惑，以及强化这种自然倾向的大脑形态或思维习惯，从而推断其形成原因，因势利导，把这种效果发挥到极致"。

这些话说得很好，而福斯特对此进行回复的尝试不值得赘述。他可能会回答说，泰纳是从法国小说的角度来思考这个问题，法国小说的目的是教导而不是娱乐。他会指出，泰纳所捍卫的标准实际上是巴尔扎克，还有就是，巴尔扎克自己的表现很容易受到批评，而批评的依据与适用于狄更斯的依据完全不同。

特罗洛普在批评狄更斯的人物描写时也表达了类似的观点。对于狄更斯最著名的一些小说人物，他这样写道，"在我看来，他们不是人类，狄更斯笔下描写的任何人物都不是人类。狄更斯这个人具有奇特的、令人惊叹的强大力量，他能够赋予他的木偶一种魔力，而这种魔力能够让他摒弃人性"。

在我们自己的时代，大卫·塞西尔勋爵这样回复：

> 正是这一点导致五十年前特罗洛普和一些不太聪明的人提出的陈旧指责，所谓狄更斯被夸大了。（顺便说一下，那可不是特罗洛普的观点。）当然，他是如此；这是他取得成就的条件。批评一个哥特式屋檐的滴水嘴，理由在于它是对人脸的夸张表现。那么，批评佩克斯尼夫先生，比方说，理由在于他是对伪君子的夸张表现，后者和前者一样明智。他注定是这样。这不但没有减损他的活力，反而增加了他的生命力。因为夸张是狄更斯想象力发挥作用的标志。

这可真是一个有趣的防线。尽管这个防线和泰纳与特罗洛普的现实防线一样排外，完全忽略了他们两个人的初步设想，实际上也是狄更斯本人的初步设想，那就是，小说是生活的再现。比方说，狄更斯有意夸大佩克斯尼夫先生，这个说法是真的吗？当他不得不为自己所描写的男子寄宿学校或大法官法庭进行辩护的时候，这是出于狄更斯有意夸大的理由，还是出于"夸张是狄更斯想象力发挥作用的标志"的原因，或者，这难道不是由于他所做的声明，如果有什么不同的话，那就是与事实相差甚远吗？如果唯一的标准是想象力的话，那么，说实在的，在这种语境之下，提及真实性的目的究竟是什么呢？

我怀疑，我们以批判的态度对待狄更斯和他同时代作家的真正困难在于，我们的标准并不适用他们。现实主义的标准比浪漫主义的标准更符合我的品位，而特罗洛普基于此大谈狄更斯"奇特的、令人惊叹的"强大力量，这真的对我们一点用也没有。然而，戴维勋爵真正运用的是浪漫主义标准。倘若用这个标准来衡量的话，他唯一认可的英国小说就是《呼啸山庄》。

我认为，事实上，这两个标准都不适用。因为在小说发展的第二个阶段，我们正在处理一种混合的形式，这是浪漫主义与小说形式的特殊混合。类似的形式以前从来没有出现过，以后可能也不会再出现。狄更斯、巴尔扎克、果戈理的作品中有一种虚假的成分，通过夸张和漫画的形式表现出来，而这种虚假因素源自他们与公众之间缺乏坚定的决心。这就是我说过的伟大的新型读者大众，他们不知道自己的位置所在。

狄更斯和他的公众之间存在着一种人们只能将其描述为极不体面的关系。一个作家的公众是他的赞助者，这个人就是住在庄园里的老妇人，而他从老妇人那里租了一间小屋，每年都会在老妇人的聚会上露几次面。这样的一种关系需要她有极大的忍耐力，同时，需要他有极大的自尊心。然而，简·奥斯汀和特罗洛普的准则提供了这一点。作者不会故意侮辱她，也不会允许她对他发号指令。狄更斯的赞助者虽然是个大个头，热心肠的女人，却不是一位完美的女士，况且，狄更斯自己就是个有点粗鲁的人。他们之间的交往取得了巨大成果——仅此而已——相当可观，且令人印象深刻。据说，他死在她的怀里（有人怀疑，他是窒息而死）。她为了纪念他而竖立的巨大纪念碑几乎和另一位哀悼亲王的寡妇竖立的纪念碑一样让人尴尬。

她的压力无处不在，不仅是对他工作的压力，还有对他生活的压力。他在她面前做出那番令人震惊的说明，他为自己离开可怜又愚蠢的妻子的行为进行辩护。(当他告诉纯洁朴素而又吹毛求疵的爱默生，要是他知道儿子是个没有经验的新手，他会以为孩子生病了，并送他去看医生。我们知道老妇人已经离开餐桌，而绅士们正坐在桌边喝酒。)他最著名的小说都是连载，这意味着，实际上，他是一边写一边念给她听，他受到她最紧迫的恳求和命令。如果她不喜欢哪个人物，这个人物很早就会消失。如果有必要的话，他可以从窗户那边消失。她完全用陪审团的方式建议去宽恕他笔下那些身体较弱的人物。当他证明他是欣然的，硬着心肠才下定决心，并且坚持要给她念那些临终时的情景，她高兴得不亦乐乎。"我收到许多恳求我对可怜的小内尔仁慈一些的信件。昨天六封信，今天四封信。""保罗的死震惊了巴黎。"

他把他的朋友介绍给那位老妇人，告诉他们如何与她相处。"不要害怕把任何好的东西交给观众，"他告诉利弗，"尽管她个头大，她却是极好的。"毫无疑问，那位老妇人个头大，又是极好的。然而，她也容易受到女性感情强烈而又令人费解的脾气的影响。"我们和《一天的旅程》一起迅速而持续地跌落，"他最后不得不告诉利弗，"是否由于引起观众兴趣方面太超然和散漫，还是由于出版形式的问题，我不能十分肯定；我们并没有站稳脚跟。"

"观众"是个有启示作用的词语，因为这个词语是针对演员的，而不是针对作家的。这个词语比任何分析都能说明狄更斯对老妇人的态度。在现实生活中也是如此，他喜欢给她读书，而她也喜欢别人给她读书。因为他一开始就是个好演员，而最后成了一个极好的演员。他喜欢在家人和朋友面前表演书里描写的场景，如果他能把这些人逗得捧腹大笑，他就会认为自己很幸运。"我展示了昨天晚上对凯特做的一切，她当时的状态让人无法形容。从她的状态和我自己的印象来看，这是个好兆头。"在以后的日子里，他对所有的观众做了同样的事。"南希的尖叫以可怕的假声响彻大厅，这一集结束的时候，没有人走动，似乎没有人在呼吸。这是一次令人难忘的探寻之旅；听过的人都不会忘记，除了最坚强的人，没有人会再去听第二次。"

然而，这里还有狄更斯深受公众影响的第三种方式，那就是他对社会改革的态度。他勇敢、热血、善良，和他的赞助者一样，他讨厌滥用时间——

物质主义、剥削童工、剥削私生子和孤儿、残忍对待罪犯。他憎恨残暴和虚伪，他对这两种恶行简直深恶痛绝。因此，假装他没有滥用职权来揭露或暗示特罗洛普对当代英国的描写比他的描写更加真实，并没有什么用。特罗洛普可能会取笑他是"情感先生"，与狄更斯相比，他有一颗冷酷的心和不太诚实的头脑。作为一个小说家，他比狄更斯更好地利用了他在美国的经历。早在其他作家意识到这一点之前，他就设法把有教养的美国人的特征分离出来。然而，人们却无法想象他会像狄更斯那样谴责为奴隶制辩护的南方法官，"有些人把奴隶制当成一种福分，一种理所当然的事情，一种渴望得到的状态，那些人是失去理智的；对他们来说，谈论无知或偏见是荒谬的，这谬论太可笑了，不值得对此做出评论"。

萧伯纳把自己转为信仰社会主义归因于读了《小杜丽》，我们不用查找太久就能找到感动他的那一段。这是一个精彩的场景，原本语无伦次的潘克思有了很强的语言能力，情绪激动地痛骂贫民窟的房东一顿。这是我所知道的关于代理人暴政原则最好的说明。这也让我意识到，想把狄更斯笔下的演员和人道主义者分开并不是一件容易的事。他喜欢被人遗弃的孩子这个主题，因为这是戏剧练习。他喜欢这个主题，因为他是一个慷慨大度的人，他对现实生活中被人遗弃的孩子表示同情。然而，他还喜欢这个主题，原因在于，他的公众喜欢。当我读他的作品时，我越来越不觉得他有主要的发言权。这就好像这些都是由他引起，这就好像这位艺术家，这个独一无二、不可替代的个体，在暴徒中被闷死。这个人不知道他说的话有多少来自内心，又有多少来自不断攻击他的外界的声音。

我们在美国看到狄更斯，并且富有同情心地关注着让美国人对他产生反感的过程，不管这个过程是什么样。我们读《马丁·翟述伟》时，并没有感觉到他在那个国家受到很大的不公正待遇。然而，第二次美国之行，以及他突然改变并公开道歉的态度使我充满怀疑。真的是情况变得更好了吗？还是，狄更斯离不开美国？还是，这是他与公众疏远的另一部分，就像他回报并且最终杀死他的听众吗？除此之外，我们还能如何解释他与妻子分居期间发表的有关两人关系的不同寻常的公开声明呢？这些可不是人们对庄园里的老妇人提出的那种解释；这些是人们对心上人或情人才会说的话。

2

第二个阶段，所有小说家都经历了什么，这一点已经足够清楚。他们的读者大众正在变成观众。狄更斯的具体经历是这样，从性情方面来看，与其他小说家相比，他在处理小说从一种极为私人的艺术转变为一种更趋于公共艺术所引发的问题方面的能力较差。这是因为，与其他小说家相比，他与在场或缺席的观众打交道方面高明得多。我这里说缺席的观众，因为狄更斯的大部分观众读的是二手材料。维多利亚时代的小说大多是买来大声朗读的，狄更斯极力支持这一点。只要大声朗读《荒凉山庄》中乔去世的场景，任何一个懂得声音基本原理的人都能产生某种效果。然而，小说毕竟不是戏剧；小说具有说服力，却不是强迫性的说服力。我不禁怀疑，狄更斯的一些最狂热的崇拜者实际上是被宠坏的演员，他们陶醉于他那精彩的演讲。

这些小人物是狄更斯最杰出的成就，即使如此，他们也并非无可指责。普鲁斯特深受这些小人物的影响，他采用狄更斯那种慷慨激昂的演说的手法来塑造他自己笔下的喜剧人物。可是，有一点不同，查尔斯夫人这样的人物是叙事角色或叙事人物，而狄更斯的伟大人物只不过是戏剧角色或戏剧人物。小说是一门叙事艺术，通过戏剧化的方式来改变和表现叙事的紧密结构。太多的叙述，正如司汤达的作品，令人生厌。太多的戏剧化，正如后期的亨利·詹姆斯和海明威，让人无法忍受。因为就像易卜生戏剧通常令人厌烦的前十分钟，戏剧化很快就会失去戏剧性，并且演变成阐述和发展的结合，这种结合令人痛苦。戏剧属于后者，而不属于前者。

然而，狄更斯做的又是另一件事。虽然他总会在叙事和戏剧之间保持着某种平衡，但是他笔下的人物很少是叙事人物。例如，在《荒凉山庄》这样的故事里，"给定"的人物是詹迪思的受监护人以及他们的监护人。在第二条主线中，他们是戴德洛克夫妇、爱丝特、图荆霍尔先生。可是，事实上，我们所记住的这本书里的人物是杰利比太太和她的家人、伽皮、克鲁克、乔、史奇姆坡、查德班德先生，以及贝汉姆·拜德格一家人。再者，我们只能在戏剧中看到这些人物。有人告诉我们，史奇姆坡被收买来出卖可怜的乔，可是，他从来没有说过什么话让我们准备应对这件不寻常的事。狄更斯并没有对这个人物加以限定，以至于我们没有意识到这种行为的必然性。实际上，狄更斯是他自己模仿天赋的受害者，他无法限定一个只有他开口说话才存在的人物。贝汉姆·拜德格一家人也是如此。他们在戏剧之外是并没有生活，当他们没有同伴的时候，他们说什么或做什么。关于贝汉姆·拜德格先生称赞他妻子的前夫，这是狄更斯或我们都无法想象的情景。特罗洛普传奇故事中的普罗迪博士和普罗迪太太同样是滑稽的一对。可是，他们在叙事中有自己的生活——确实是，如此紧张的生活。因此，当他需要的时候，特罗洛普能够毫不费力地把他们俩都变成具有悲剧力量的人物。

这就是特罗洛普将狄更斯笔下的人物描述为"木偶"时所想到的，这也是其他评论家谈论"漫画人物"时想表达的意思。漫画是一种表现艺术，其表现的对象被剥夺了客观自主性。为了我们自己的目的和需要，我们可能更喜欢木偶和漫画。如果我们想要理解特罗洛普、屠格涅夫、福楼拜在他们下一代中的反应，我们必须认识到，这个时代所有的艺术形式都有一些扭曲变形。在批评狄更斯的变形手法时，也许用"模仿"这个词更好一些。巴尔扎克是以杜米埃绘画的方式变形，而狄更斯则是以角色演员的方式变形。这些模仿最终都变成了狄更斯本人，狄更斯改头换面了。当帷幕落下来，掌声响起时，出现在我们面前的不是伽皮，不是史奇姆坡，不是查德班德先生，紧握着想象中女主人公的双手，却是那个老魔术师自己。他一边擦去额头上的汗水，一边深情地注视着剧场的顶层楼座。他的模仿，就像制作人的剧本、指挥家的交响乐，以及迪伦·托马斯大部分的诗歌。他的模仿参考的是宏伟的乐器和相关的资源，而不是戏剧、音乐、诗歌的资源。

3

 这就是典型的狄更斯小说：一个浪漫故事，通常会有一个罗曼蒂克的次要情节，而整个故事却被大量的小人物填满。浪漫故事的单薄通常会被许多不同人物的丰富性所掩盖。比方说，在《董贝父子》中，我们读到一个简单易懂的故事。那就是一个冷酷无情、傲慢自大的商人不关心自己的小女儿弗洛伦斯。他的生活与儿子保罗息息相关，他希望儿子将来继承他的生意。保罗的母亲已经去世，于是，他找了一个奶妈，也就是图多太太，而她依次又带出一些有趣的人物。在次要情节中，主人公是爱着弗洛伦斯的沃尔特。他是一个名叫所罗门·吉尔斯的了不起的老人的侄子，所罗门有一个同样出色的朋友卡特尔船长。以此类推，这个船长又有一个朋友——狄更斯的模式清楚明确，显而易见。在他所有的作品中，人物总会逃到故事的外围，这是对于给定材料的一种尴尬。尽管这意味着狄更斯小说的中心几乎总是空的，或者差不多是空的，这也意味着，接近小说的外围，总会有一种人满为患的拥挤感和充满活力的感觉。这就解释了为什么，虽然有精巧的设计，《荒凉山庄》不如《尼古拉斯·尼克贝》让人感到满意，而这部小说的中心主题却没有人费心去记住。坦率地说，这是一场赏心悦目、丰富多彩的小人物的游行活动。一个罗曼蒂克的故事框架，这里面充满了小说式的插曲。

 只要提到《尼古拉斯·尼克贝》人们就会意识到，狄更斯的方式有许多值得称道的地方。但是，他的崇拜者没有提过这些。如果人们坚持严格的现实主义方法，这些方式根本无从说起。从表面上来看，这里有一种紧迫感，这是一种狂热，狄更斯必须以这种极度兴奋的笔调来创作，才会让孩子般的观众乐在其中。这是一个现代的谢赫拉莎德富有想象力的紧张不安，她生活在害怕掉脑袋的恐惧之中。如果我们足够诚实，我们必须承认，很多极具艺术修养的小说家即使受到如此粗鲁的惩罚，他们也丝毫不会受到影响。毕竟，艺术既是教导，也是娱乐。狄更斯的作品中有一种让人感到快乐的东西，而福楼拜和亨利·詹姆斯的作品往往缺少这种令人愉快的东西。这些小说写得很漂亮；他们现在确实写得很开心，就像狄更斯偶尔会那样去写，"清冷的阳光照进脆弱的树林"，这样的句子甚至和济慈的诗行一样优美。他笔下的对话也是如此，鼓舞人心。即使是小说中的喜剧人物，他也赋予他们雄辩的口才和遣词造句的天赋，他的做法简直和莎士比亚一模一样，毫无二致。特罗洛普描写的一些人物比狄更斯描写塞雷·甘普时要精确得多，但是，没有人能用这样的语言使我们着迷："至于那些丈夫们，一条木制的腿已经三十六计走为上策。这条腿始终如一地走进酒窖，直到被人强行拖拽，这条腿才肯再次走出来，即使不比身体更虚弱，也是相当虚弱。"福斯塔夫说的也不会比这段话更好吧。

这就是我认为狄更斯和巴尔扎克都具有的真正美德。他们所应对的大量素材是任何现实主义作家都不会去处理的，因为那将非常令人沮丧。当左拉无法感知巴尔扎克文献记录中的奇异元素时，他就开始自己动手去写，这样做的结果对于任何艺术作品来说都太痛苦了。一个人可以通过他能毫不费力地掩盖那一小部分不愉快的经历的方式来认识真正的现实主义作家。特罗洛普比其他英国小说家的作品涉及面更广，可是，他的作品并不如狄更斯或巴尔扎克的作品涉及面那样广。因为，他们可以让故事发生的背景变形，或者直接从浪漫传奇中引入人物角色。这样的话，整个素材的能量都被激发出来，我们可以无忧无虑地进行思考。我们知道，狄更斯笔下的杰克总是能够杀死巨人，而巴尔扎克至少可以忍受一场出色的战斗。从现实主义作家的角度来看，斯奎尔斯先生是一个令人无法忍受的痛苦人物，塞雷·甘普可不是个讨人喜欢的人物。但是，在狄更斯的小说中，人们可以同时欣赏他们两个。因为浪漫的想象围绕着他们，肆意流淌，他们一半是真实，一半是虚幻。这就像孩子们听冒险故事一样，我们可以补充很多难以置信的情节，使我们能够享受这些故事，而又不会被它们吓到。狄更斯在小说中注入了童话元素，他把小说扩展到之前从来没有达到，也许永远也不会达到的极限。同时，如果把他当成雨果，当成另一个浪漫主义作家对待，那就等于剥夺了他一半的伟大之处。

第六章

巴尔扎克：科学的边界

1

乍一看，巴尔扎克的小说与狄更斯的小说似乎毫无共同之处。他们对乡土特色的运用也各不相同，狄更斯的乡土特色总是充满了诗意，而巴尔扎克的乡土特色更像一个拍卖商人的目录。

他们之所以不同主要是因为英国小说与法国小说通常是不同的。英国人认为小说主要是为了娱乐——简·奥斯汀就是这么抱怨——法国人认为小说是一种教导的手段。在最好的情况下，英国小说更接近于艺术作品，因为英国小说的目的只不过是给人们带来快乐。法国小说，尽管具有艺术作品的庄重，却很少有超脱和明亮的特质。这可以追溯到法国早期的道德家——或者说，正如我们应该称呼他们，心理学家——这一点也不奇怪，英国小说往往涉及求爱与婚姻，法国小说却更多地涉及不合常规的关系。一个是想象者的领域，另一个是观察者的领域。（当然，还有其他方面的原因：比方说，这两个国家的婚姻习俗。尽管英国的新郎和新娘理论上是不受约束的自由人，法国的新郎和新娘却不是；当我们研究俄国小说时，我们发现，正如托尔斯泰所指出的，这种情况既不具备理论上的自由度也不是决定性因素。）出于

67

同样的原因，法国小说，不像英国小说那样，有很多概括性的内容。司汤达、巴尔扎克、普鲁斯特都喜欢制定人类行为的法则。

即使作为一个法国人，巴尔扎克也丝毫不善于泛泛而谈。平均而言，这些泛泛而谈的话语以每页半打的速度出现。"也许，这是人类天性的一部分，给那些没有表示异议的人加上沉重的负担……""她就像许多人一样，警惕着身边最亲近的人，却盲目地向第一个出现的陌生人吐露心事……""就像所有心胸狭窄的人一样，班克尔太太不习惯考虑事情发生的原因……""虽然人类的心脏在攀登感情的高峰时，可能会停下来休息，但是，它却很少会停留在憎恨的陡坡上……""头脑空虚的人往往鲁莽、轻率，因为他们没有值得自己保留的想法。"

不管人们是否喜欢这些概括性的话语，巴尔扎克总会让人觉得物有所值。说到底，如果人们不能从中学到什么，他为什么还要费力去描写人类的行为呢？

这种对概括性话语的狂热并没有局限在描写人的行为举止，还体现在描写外貌的方方面面，从嘴巴的线条到帽子的歪斜。"阴沉，严峻的容貌，上面长满了皱纹，就像几乎所有的司法特征一样……""这样的鼻子表达了……天生对伟大事业的依恋，这通常会退化为轻信而受骗……"最糟糕的是，"他薄薄的嘴唇并不缺乏魅力，但是，他尖尖的鼻子和略微突出的前额却显示出种族上的缺陷；他的头发，有点像染成了黑色的浅色头发，表明他是混血儿的后代，他的精神品质来自某个自由主义的贵族，而他的低级本能则来自一个受过诱惑的农家女孩，他的知识来自不完整的教育，他的恶习则来自他被遗弃和抛弃的处境。"

人们可能会毫无恶意地说，没有任何其他小说家像奥诺雷·德·巴尔扎克那样声称自己知道这么多，这是人们真正看到他与英国作家的不同之处。人们很难从狄更斯和萨克雷的作品中推断出他们这一代受过教育的人对当代科学的任何方面有真正的了解。如果那个时期所有的科学书籍都在某种世界性的大灾难中被摧毁，巴尔扎克的作品仍然能够对这些书的内容做出相当精

准的猜测。早在 1831 年出版的《驴皮记》，我们已经发现了危机，而这种危
机直到 20 世纪末才在英国小说中变得明显。后来，这种危机以一种足够弱
化的形式出现：认识到浩瀚的地球年轮和人类在历史上微不足道的地位。科
学是巴尔扎克真正的灵感来源；科学为他的作品增添了一个新的维度，正如
新知识为马洛和莎士比亚的作品增添了新的维度一样。

　　科学也是他获得主要成就的原因；他是以对社会进行研究的形式组织他
的小说。"这个想法，"他的一个批评者说，"来源于人类和动物世界的比较，
后者是按照构成的统一性而创造。这个想法逐渐上升为一种原则，并占据了
科学家和神学家的头脑。巴尔扎克相信自己既是这一个又是另一个，于是，
他对这个问题产生了兴趣。他一直关注着讨论的情况，而居维叶和若弗鲁
瓦·圣-伊莱尔曾经为此争吵过。他还从这方面研究过斯维登堡、圣-马丁、
巴德尔。无论其价值是什么，按照物种与它们进化环境相适应的法则这个原
则，以及加尔和拉瓦特系统的实践，都为小说家塑造人物形象带来巨大的资
源。"（菲利普·贝尔托：《巴尔扎克，人与作品》）

2

　　但是，巴尔扎克，像马洛一样，"还在不断攀登，追求无限的知识"。他
发现他的脚步一直停滞不前，而我们这些从事科学工作的学生，要重构十九
世纪早期的知识，将会面临重建一定数量的科学的巨大危险。这些科学根本
就不存在，事实上，现在也不存在。我在文章中引用的科学家和神学家的联
合，还有居维叶和斯维登堡的联合，也许更能说明问题。情况可能是这样，
"一连串相互关联的起因"意味着每个对象都是各种力量共同塑造的结果，
而这个对象的全部历史已经准备好让博学之士审阅。甚至可能是，"既然至
高无上的神灵已经用这样的方式给每个人的命运打上烙印，那么，通过预言
家的眼睛观察他的面相就可以读到"，人类的手，"作为人类行为整体表现的

工具和唯一方式，或许可以作为相面术最简洁的表达"。人们只能说，我们仍然缺少这样的预言家。

巴尔扎克对他所遇到的困难并不以为然。

> 人类生活中的一切，就像我们这个星球上的一切一样，都是命中注定的——包括最轻微和最微不足道的事故。由此可见，伟大的事情、伟大的构思，以及伟大的思想必然会反映在最微小的行为当中——如此诚实地反映。如果某个阴谋家当着吉普赛人、算命先生、江湖郎中、诸如此类的预言家的面洗牌、切牌，他就会立刻泄露自己的秘密。一旦有人承认宿命论的真实性——也就是说，一连串相互关联的起因——司法占星术恢复它作为一门强大科学的古代角色：这是一门需要推理能力的科学，而居维叶极大地发展了这门科学。但是，这门科学同时也是自发的，而不是——就像那位伟大的天才一样——长时间辛苦学习的结果。

我们开始意识到，正如新知识为马洛的作品增加了新的维度一样，尽管科学为巴尔扎克的作品增加了新的维度，但是这种增加是以马洛的方式进行，把新科学变成了旧魔法。这就是他让自己区别于司汤达和简·奥斯汀，更接近狄更斯的一种方式。还有一点就是，和狄更斯一样，他不再为那些坐在客厅里受过良好教育的高雅人士写作，而是为那些对新思想有着强烈兴趣的广大新公众写作。如果固守前者的话，我们就不会错得太离谱。虽然，至少从来源上看，这种方法是科学的，而且这些对象也许是科学的，然而，支配事物与人物之间关系的法则，帽子的式样或者嘴巴的线条，要么根本就不存在，要么，即使存在，也远远超出我们目前的知识范围。当他发明这些法则之后，巴尔扎克立刻从他的理性主义先驱者中分离出来，从而成为一个神秘主义者。神秘主义者听起来比推销员更好，像科学和占星术一样，他们之间可能有关联。在狄更斯的同时代人之中，江湖骗子是一项非同寻常、令人费解的研究。

　　这种手法从巴尔扎克最早期的作品开始出现。他深受简·奥斯汀浪漫主义小说的影响，而他自己最初的努力也是以这种方式进行的。但是，简·奥斯汀通过最严格的自我分析从而排除了自己作品中的浪漫主义成分，而巴尔扎克却坚持到了最后。虽然他放弃创作紧张激烈的故事，去写《邦斯舅舅》和《贝姨》这样的作品，但是他片刻也没有放弃浪漫主义文学的原则。对他来说，科学与幻想都必须阐明同样的永恒法则。如果他们不能这样做，他完全准备好改造他们，并且告诉他们哪里出错了。

　　这是他的主要特点，也是通向他作品的最佳线索。由于某些心理上的怪癖，他拒绝区分幻想与事实、想象与现实、直觉与判断。在法国，关于他应该被视为现实主义者还是幻想家的争论已经持续了几代人。事实上，他两个都不是——或者，准确地说，两个都是——因为，像狄更斯一样，他坚持两全其美的做法。例如，《于絮尔·弥罗埃》这个故事以一场精心策划的关于一位老人财产的法律斗争开始。故事的结尾，这位老绅士在梦中起死回生，并且揭露了一个亲戚犯罪的秘密。这可不仅仅是笨拙或者匆忙。这是一种信念，巴尔扎克阐述梦的科学就像他阐述所有其他想象的科学一样。我们应该如何看待这样一本书，是小说还是浪漫传奇？当他说巴尔扎克的理想政府是由拥护君主制度者管理的共和国时，海涅熟练而又巧妙地模仿了他的朋友。

　　就像狄更斯经常做的那样，这并不完全是为一种新的公众而写作的结果。这些人受过有限的教育，他们对过去的恐怖经历仍然心有余悸。巴尔扎克非凡的婚姻甚至也能证明他本性中具有奇怪的双重性。在《驴皮记》中，他让男主人公说，他永远也想象不出爱情和贫穷会在一起，此处，这个人物是为他的作者说话。但是，如果巴尔扎克决心要娶一个有钱的妻子，他也想要一个浪漫的妻子。他和汉斯卡夫人的相识源于她匿名、开玩笑地写给他的一封信。巴尔扎克在其中扮演的角色可不像是开玩笑，这也不是他第一次沉溺于这种类型的信件。当他在《莫黛斯特·米尼翁》中探讨这个主题的时候，他揭示了自己的目的。他这样写道："欧内斯特对未知的深渊很着迷。未知的深渊是黑暗无限，没有什么比这更迷人。"他有自己的原则，这个胖乎乎、乐呵呵的男人哼哧哼哧上楼去找巴黎的算命先生，算算他能否和公爵夫人共度良宵，或者他能否在最近的投资中大赚一笔。严格来说，这些想法并不科学。

他用自己独特的宗教信仰来调和他们之间的矛盾，他的这种宗教信仰最适合被描述为神智学。神智学，或通神学，就像基督教科学和唯心主义哲学一样，对主体和客体没有明确的区分。根据这一信条，物质被认为是思想的一种形式，而思想本身则被认为是一种物质媒介，一种电流或磁流体，能够渗透到物体的外部，并影响他们的行为。说实话，前一种主张并没有引起巴尔扎克多大的兴趣；他更关心的是后者，这为公爵夫人和股票经纪人能够成为成功人士提供了线索。他们所需要的正是电流。

> 毫无疑问（巴尔扎克喜欢像"毫无疑问"这样的词语），思想是以力的形式投射的，这种力与产生思想的力成正比。然后，这种力径直朝大脑根据数学定律瞄准的目标飞去，就像指导迫击炮弹发射方向的定律一样精确。这种力产生的影响是多方面的。有些人天性温和，他们会给自己带来毁灭性的后果。有些人天性坚强，有着厚颜无耻的头颅，在他们面前，别人的意志会把他们自己压扁，像子弹打到墙上掉落下来一样。然后，还有柔软，顺从的大脑，在这样的头脑里，其他人的思想被枪杀在堡垒的软土里。

情感也有类似的效果。事实上，巴尔扎克从来没有清楚地区分过思想、情感、意志。所有这些都只不过是一种催眠暗示而已，它们产生的能量与电流相似，如果不是完全相同的话。拿破仑是个真正的电工；基督是个超级电工，我们从他所谓的奇迹的数量上可以看出这一点，虽然只有那些完全没有科学知识的人才会觉得他们有什么神奇之处。

毋庸置疑（用巴尔扎克本人坚定的语言），他通常称这种力量为"磁力"。像巴尔扎克自己一样，这是每个在学校或在家里都不快乐的小男孩笃信的一种影响。他一般称之为"魔力",他"用意念驱使"人们去做些什么或说些什么,尤其当他怀疑他们将要做什么或说什么的时候。只有在迫不得已的情况下,他才会"用意念驱使"人们去做他怀疑他们不会去做的事情。"有些人天性坚强,有着厚颜无耻的头颅,在他们面前,别人的意志会把他们自己压扁,像子弹打到墙上掉落下来一样",频繁接触这样的思想是消解唯物主义思想的神话最可靠的途径。

像个小学生一样,巴尔扎克只重视思想的一个方面,那就是行使意志力。这就是他最终成为一个如此可怜的心理学家的原因。为什么屠格涅夫这么说他的人物,"他们之中没有一个人曾经活过,也不可能活过"。对于我们大多数人来说,思想和事件之间有着明显的差别。我们可能会伤害曾经伤害过我们的人,我们可能会原谅他,我们可能会和他交朋友,我们可能会完全忽略他。像拉辛①笔下的女主人公一样,当有人阐释我们最深的愿望时,我们可能会这样回答"这是谁告诉你的?"和巴尔扎克一样,司汤达深受拿破仑这个榜样的影响。这使得他之后的一代年轻人几乎把无限的力量归因于人类的意志。当司汤达描写朱利安进入勒纳尔夫人的卧室,并企图引诱她的时候,他知道,尽管朱利安意志坚定,他还是会突然大哭起来,拜倒在她的脚下。矛盾的欲望是一切人物刻画的基础。巴尔扎克完全按照字面意思接受了基督说的话,也就是,一个男人带着欲望去照顾一个女人,那么,他就已经和她通奸了。这个想法本身就是一个事件,并立即与随后的行动联系起来。

只有彻头彻尾的理想主义者才会把这当成心理学,因为这使得人物几乎不可能有冲突的欲望,而这样的人物并不是一个真正的人,却是狄更斯笔下图金霍恩先生那样戏剧化的怪物。在文艺复兴时期,类似的对意志的崇拜生产出一批相似的怪物:帖木儿大帝、马耳他岛的犹太人、理查三世。老戈里奥想起他的女儿们,老葛朗台想起他的黄金,他们都是偏执狂。巴尔扎克告诉我们,除了他的钱以外,葛朗台在这个世界上唯一喜欢的就是他的女儿

---

① 拉辛(Jean Racine,1639—1699),17 世纪法国剧作家。

（实际上，这可能意味着他至少想到了莎士比亚笔下的犹太人，如果不是马洛笔下的犹太人）。然而，随着小说的发展，很明显，这代表了一种欲望的冲突，对于作为事件的思想哲学来说，这种冲突太复杂。受伤的父亲并没有为他的金币和他的女儿悲伤，而是把自己严格地局限于前者。"最有教养的女孩子可能会犯错，会舍弃你所知道的东西。众所周知，家庭出身好的女孩子都是这样，以及中产阶级和其他阶层，但是，要舍弃黄金——！"

况且，并非只有巴尔扎克笔下的主要人物是单一的个体。《欧也妮·葛朗台》中的每个人物都被描写成单一的，简单法则的一个方面。对于女仆纳侬来说，这个方面就是她"单纯的心和单纯的头脑只容得下一种感觉和一种思想"——感激之情。对于葛朗台夫人而言，"这种愚蠢的隐秘的骄傲，这种高尚的慷慨的感情，经常被葛朗台先生误解和伤害，在所有场合都影响着这个可怜的女人"。欧也妮自己只见了她的堂弟查尔斯一个晚上，她就把她的一生都献给了他。自此之后，他变成她的偏执狂，因为钱是她父亲的，她守护着他的财产，就像她父亲抓着财产时一样凶狠。

巴尔扎克就是这样看待他笔下的人物。"伦敦的怪人"，他告诉我们，"总是以厌倦他们的激情而告终，因为他们厌倦了生活本身。相反，在巴黎，偏执狂带着他们的幻想生活，他们处于精神上非法同居的极乐状态"。巴尔扎克就是这样和他创造出来的人物一起生活，一半是魔鬼，一半是人类。尽管他的判断力在不断地成长，他对科学分类的热情使他能够将越来越多的人物纳入他的创作之网，并拓展他对这些人物及其背景的了解，而人物本身往往停留在拉德克里夫太太和玛丽·雪莱的幻想世界之中。这些人物是他自己好奇的内心世界的外在表现，这就是为什么他能够从他们身上获得灵感，就像狄更斯从他令人惊叹的创作中受到启发一样。老葛朗台不得不把坏消息告诉他侄子的这个场景，"不得不把他父亲的死讯告诉他，他并不觉得局促不安，然而，当他知道他身无分文的时候，他不禁对他产生一种怜悯之情"，也许是过于简单化，可是，这个场景是以伊丽莎白时期戏剧的方式进行了简单化处理。巴尔扎克笔下的死亡场景，就像文艺复兴时期戏剧的死亡场景一样，相当精彩，因为他的偏执狂，就像他们的偏执狂，蔑视死亡，而且会在他们的睡梦中死去。所以，我们会看到葛朗台最后伸手去抓镀金十字架；戈里奥抓着两个年轻人的头发，而他想象着他们是他无情的女儿；可怜的老庞斯"这里什么也不会被偷走"。"哈，哈，我的孩子，"这位了不起的老推销员说，他高兴地揉搓着两只手，"那些人就是你要找的人！"

这并不是说，他没有能力去描写那些在前进的道路上遇到阻碍的人，像凯撒·比罗托，他是个把破产当成个人耻辱的老实人，或者说，他没有对他表示出理解和尊重。毕竟，这种诚实中带着一点偏执狂的色彩。可是，他的灵感并非来自这些说话伶牙俐齿、拐弯抹角的人，他们被过去的记忆和对未来的恐惧折磨，"不像大自然，大自然不会承认过去，大自然那不知疲倦的分娩的奥秘永远都能重新开始"，他那浪漫的目光越过她们，深情地停留在六楼的莫利纳先生身上。

这个讨厌的老人没有妻子，没有孩子，没有侄子，没有侄女。他恃强凌弱，多次威吓欺凌女仆，使她成为一个受害者。她做着自己该做的工作，躲着她的主人，从而避免与他的一切接触。他对暴政的欲望就这样被打消了。为了在某种程度上满足这个欲望，他耐心地研究了有关房屋租赁和共用隔墙的法律。他通过无数个琐碎的问题彻底了解管理巴黎住宅的法律学，这些问题涉及租客、相邻住户、债务、税收、修理、清扫、祭祀装修、排水管、照明设备、公共道路上的投影，以及周围危险的建筑。他的手段，他的力量，事实上，他的全部精力都耗费在为保持他的所有权完全处在战备状态。他把这些当成一种娱乐，而这种娱乐也促使他变成一个偏执狂。

他再一次向我们推销他的人物。屠格涅夫可以告诉我们，这个人物从来没有活过，也不可能活过。他还告诉我们，他并没有掌握能让托尔斯泰的《哥萨克》中的人物如此活灵活现、生动传神的一丝真相。毫无疑问，我同意屠格涅夫的观点。他那一代人必须找到那个真相，正如简·奥斯汀那一代人必须发现真相。我们却不能故作轻松地不考虑狄更斯和巴尔扎克这代人。他们也有一个真相，却不是屠格涅夫所说的关于人心的真相。这是一个关于社会，关于他们那个世纪的真相，是屠格涅夫本人、简·奥斯汀，甚至托尔斯泰都无法表达的真相，最终只能以他们表达过的方式来表达这个真相。

在这里，在巴尔扎克的这些小说里，我们第一次看到现代世界。确实如此，铁路还没有建成，但是，对于身体肥胖的商业旅行者高迪萨特来说，公共马车已经做得足够好了，他正在破坏从中世纪早期持续至今的农村和城镇经济体系。他带来了日报和第一个商品广告"协会认可"（因为他从来不会忽视科学的祝福，正如中世纪的朝圣者从来不会忽视教会的祝福一样）。在城市里，当公共马车经过的时候，我们看到工人们正在恶劣的工厂加工他要卖出的产品，形成让他们的子孙后代们进行自我反省的共产主义细胞，离开那些跟随着他们的工人神父，而工人神父自己也被吸食着他们鲜血的伟大的教会水蛭折磨着。

如果巴尔扎克是个更有责任心的艺术家，他就会变得不那么优秀。他的想象力总是肆意奔跑，正是这个事实让他能够点燃这一大堆肮脏的素材，就像他所认为的那样，一股电流从内部击碎了这堆素材。

第七章

果戈理的鞋子

1

如果说果戈理在十九世纪小说史上不如狄更斯、巴尔扎克、萨克雷重要的话，那是因为，直到二十世纪末才有人知道俄罗斯小说。弗拉基米尔·纳博科夫指出一个令人震惊的事实：1854年，果戈理最著名的作品出版十二年之后，该书作为原创作品在伦敦出版，出版社保留了翻译的权利。到二十世纪末，像我这位凯尔特学者朋友这样的年轻人会说："对我来说，文学意味着三个名字——他们全都是俄国人。"受过教育的人们已经强烈地意识到俄国小说的存在。

当然，原因在于，俄国小说给小说增加了一种全新的元素。至于这种元素是什么，我们没有办法轻易地给出定义。在我年轻的时候，"同情"这个词语在评论家当中很流行，虽然狄更斯和巴尔扎克都不是完全没有同情心的作家。与此同时，俄国文学中确实有一种强烈的怜悯之情，这种怜悯之情在其他欧洲国家的小说中并没有达到同样的程度。当人们问自己这种怜悯之情是从何而来的时候，人们才开始意识到这个词语并不十分恰当。我只能把这种情愫定义为一种新的重力，那就是把人类看作一个更大的社会群体的一部分。

迄今为止，我们能想到的在这个方面唯一接近俄国作家的小说家就是简·奥斯汀。她认识到人是描写的对象，她的这种认知简直无与伦比，无论是在她之前的小说家还是在她之后的不少小说家都很难做到。她对人的认识如此深刻，以至于她几乎完全可以把叙述的责任从事件转移到人物身上。她可以让人物制造出她需要的事件来维持读者的兴趣。我们也看到，她把自己的作品与她觉得她能完全理解的人物和事件严格地隔离开来，她就是这样做的。即使是在中产阶级的家庭，我们也很快就会意识到，特蕾莎、贝茜、史密斯，这些端茶倒酒和做饭的人，他们都是真实的人，有着和我们相同的快乐与悲伤。简·奥斯汀作为女管家，她几乎不可能不去探究他们的个人生活，可是，她从来没有让我们看到这样的仆人。当然，也许，她认为这是低级趣味；其他英国小说家也有类似的想法，他们把佣人当成轻松场景的消遣。我们不能质疑她这样做的理由。然而，我们或许可以相信，这是她为了找到自己的真理而强加于自己的准则的一部分。

现在，俄国小说中的女仆、护士、男管家随时都有可能介入，并且，以他们自己的权利存在，就像男主人公或女主人公一样。这立刻向我们表明，小说在多大程度上是一门中产阶级的艺术，阅读俄国小说所带来的震撼，就是看到一个封建社会的真实面貌所带来的震撼。

这可说明很多问题。这就解释了俄国小说家是如何轻松地从一个阶层跨越到另一个阶层，而不必像巴尔扎克那样，不得不为每个阶层编写一套新的代码。然而，这并没有解释他们为什么能这样做。有一些封建国家比俄国更接近法国和英国——波兰就是一个很好的例子——这些国家并没有培养出伟大的小说家。这是因为俄国信奉东正教，而波兰信奉天主教的原因吗？也可能与此有关，可是，还有太多原因无法得到解释。剩下的原因也许没有办法解释；我们只能去描述。俄国比波兰更接近东方，比波兰更落后，受过教育的俄国人感到力不从心的时候，就会产生一种深刻的矛盾，这种深刻的矛盾会让他们感到局促不安，而波兰人不这样，西班牙人和意大利人也不这样。

他们远离欧洲思想的中心，他们的生活被愚蠢的独裁统治所支配。受过教育的俄国人带着某种痛苦转向西方，或者带着一种神秘的热情离开西方，封建主义和民主主义的理想混合在一起，形成一种新的生活和命运的观念。这样才能说明俄国小说家最伟大的品质，也能说明他们最大的弱点，以及他们对解释、谴责，还有为他们自己和他们的种族道歉的狂热。也许，情况是这样，简·奥斯汀笔下的女仆从来不允许介入讨论，而屠格涅夫笔下的女仆是可以的。据我所知，简·奥斯汀只有一次，而且几乎是非常胆怯地用"英语"这个词来解释一个人物。

2

果戈理在十九世纪小说史上并不是很重要的存在。然而，他在俄国小说史上确实很重要，因为，实际上，他创造了俄国小说。"我们都是从果戈理的《外套》走出来的，"屠格涅夫这样说。即使在俄国文学不长的历史上，他也与他同时代的人很相似，比方说，狄更斯和巴尔扎克。《傲慢与偏见》《大卫·科波菲尔》之后是《瓦尔登湖》。《克利夫斯公主》《欧也妮·葛朗台》后是《包法利夫人》。普希金的《黑桃皇后》、果戈理的《死魂灵》之后是屠格涅夫的《罗亭》。每个阶段在本质上都是对前一个阶段的反映；这是"我们总是必须抹杀父辈"的例子。即使屠格涅夫也是如此，尽管他已经从《外套》走出来了。不久之后，他开始这样看待果戈理，就像特罗洛普看待狄更斯，福楼拜看待巴尔扎克一样。"我越来越觉得果戈理的鞋子会夹脚。"他写道。"对公正无私和完整真相的追求是我对大自然表示感激的为数不多的好品质之一。"这可能是大自然，也可能是时代精神。

像狄更斯和巴尔扎克一样，果戈理在本质上是个幻想家。果戈理出生于1809 年。1829 年，他从圣彼得堡的工作岗位逃出来，带着一些钱去了德国北部，这些钱是他母亲托付给他另有其他用途。他给她写了一封非常值得纪念和颇有启迪意义的信，为他的逃跑和偷窃行为辩解，说他是出于最崇高的动机。他似乎无法忍受圣彼得堡的氛围，那里的公务员"离开偏远的省份，在那里，他们拥有土地，他们可能会成为优秀的农民而不是毫无用处的人。如果一个出身高贵的人必须为国家服务，为什么要让他在自己的庄园里为国家服务呢；可是，他在首都游手好闲，在那里，他不仅找不到一间办公室，还把从家里拿的一大笔钱挥霍掉"。在我看来，这段话对于理解果戈理意义非凡。还有一段话对于理解果戈理同样意义重大，那就是他向母亲提出补偿，给了她代理权，让她以她认为合适的任何方式处置他自己的土地。在阅读果戈理的作品和研究有关他的书籍的时候，我总是被他与戈德史密斯惊人的相似之处所打动。没有人比他更喜欢家的氛围，也没有人比他更远离家的氛围。

再回到圣彼得堡，果戈理以重新讲述乌克兰民间故事和一些狂野的日耳曼族语的幻想作品而闻名。与此同时，他的作品越来越趋向现实主义。1836年，他因一部戏剧《钦差大臣》第一次大获成功。这部戏剧讨论的是，腐败的行政部门期待督察员的到来，却把他看成一个具有极大想象力天赋的低级职员。当争吵由此而起的时候，果戈理离开了俄国，除了短暂的回访，他的余生都远离俄国，周游欧洲。《死魂灵》在1842年出版，这部作品的第一部分也同样成功，可是，他对剩余的部分有些敷衍了事。不过，他去世的时候，第二部分已经完稿。这个时候，他已经患上宗教狂热症。在他去世的前几周，他毁掉了自己小说的手稿。

《死魂灵》是一部传奇式流浪冒险小说，评论家反复把这部小说与《堂吉诃德》和《匹克威克外传》两个作品做比较。从某种意义上来讲，这部小说是用俄语写的，小说的主题不可能在除了美国南部以外的任何国家复制。因为这部小说描写了一个名叫奇奇科夫的巧言令色的流氓。他开始着手获取很多死去奴隶的所有权，而这些奴隶的名字仍然出现在人口普查的名单上。虽然他们真的已经死了，但是他们在法律层面上还活着，还可以作为大额贷款的担保。坚持客观主义的批评家向我们保证，这是不可能的。俄国的法律不允许奴隶家庭解体，如果他们被运送到其他地区，奇奇科夫可能会被迫买下奴隶的妻子和孩子，然而，我们可以认为这只不过证明，很大一部分人仍然固执地坚持这样的理论，那就是，小说应该在概率范围内进行写作。

这部作品只出版了第一部分。我们所拥有的第二部分的片段是另外一种风格，是说教而不是传奇式流浪冒险。我们知道，果戈理让他的朋友们明白，他计划把这本书写成《神曲》这样的著作，第三部分会描写奇奇科夫的救赎。然而，此时，他已经是一个精神病人。他用书信的形式给在俄国备受地狱之火折磨的朋友布道，他还把他的灵魂交给一个目不识丁的名叫马神父的牧师。我们用堕落这个词来形容批评家对后半部分的感受并不过分。

作家创作能力的衰退是一个需要相当谨慎处理的话题，尤其是像果戈理这样的作家，他写任何东西通常要打至少八个草稿。我们知道，他烧掉第二部分的全部草稿。我们还知道，听过他读这本书的人根本看不出他已经进入衰退期。实际上，没有任何迹象表明，已经出版的章节根本不是早期的草稿。我们所有的依据就是，他自己承认，在他生命的最后几年，他发现写作越来越难了。

这个问题很重要，因为在我们评判这本书之前，我们应该先了解一下作者的意思。目前看来，第二部分的说教在果戈理的作品中并不是什么新鲜事物，虽然这本书中说教的程度可能会让我们感到惊讶。《钦差大臣》出现，并且受到抨击之后，他写了一篇具有说教意味的说明。在这篇文章中，他解释道，真正的钦差大臣是人的良心，而其他人物是人的激情。纳博科夫先生，我之前已经引用过他的话，以此为证据，认为果戈理误解并扭曲了他自己作品的意义。也许是这样吧。可是，我发现很难把任何艺术作品看作绝对真理，不管这件艺术作品有多么伟大。我们也很难相信任何艺术作品的作者完全不能理解他自己的作品。在我看来，有一种合理的可能性，果戈理知道他在说什么，不管他的解释有多么愚蠢，都值得人们耐心倾听。

事实上，果戈理过去是，现在仍然是一个非常主观的作家。虽然他像巴尔扎克那样逐渐控制住了自己的幻想，可是，幻想一直都在那里，完整的，未经观察和分析而改变。像戈德史密斯一样，他总是这样写。"由于我自己的某些缺陷，我用不同的名称和不同的人物去迫害他，尽可能地让他作为我的死敌出现在我面前——这个敌人对我造成严重伤害；我用怨恨，用讽刺，用我能得到的一切来迫害他。如果有人一开始就看到我笔下的那些怪物，他会吓得直发抖。"

正是这一点使他成为沙皇俄国时期如此出色的编年史家。幻想是每个专制国家的民间艺术。在这里，决策任意制定，一个官员的暗中操控就能让任何个人倒台，人们生活在未知的恐惧之中。在这样的氛围下，一切皆有可能。果戈理笔下的职员赫列斯达科夫能够用恐惧感麻痹整个地区的管理。在《死魂灵》中，奇奇科夫是谁，当这个问题出现时，有人说，他可能是一个在拿破仑战争中失去一只胳膊和一条腿的神秘莫测的上尉。当有人指出，奇奇科夫两者兼而有之的时候，这位邮政局长解释说："英国的机械装置已经相当完善。"他甚至可能是拿破仑。三年前，一个预言家曾经出现过，"穿着麻鞋和无衬里的羊皮外套，闻起来尽是陈腐的鱼腥味；他还宣布，拿破仑是反基督的，他被囚禁在六堵墙和七面海后边的一条石头链子上。可是，终有一天，他会挣脱链条，征服整个世界。预言家因为这个预言被关进监狱，然而，无论如何，他完成了他的工作，让那些商人感到心慌意乱"。

在这种规则的约束下，权力本身就带着幻想的性质。关于本地的管理人员，果戈理说："他们突然都觉得自己犯下某种罪孽，而这些罪孽他们根本就没有犯过，"他对他们之中缺乏"民间所说的常识这一根本性的东西"做出敏锐的评论。他还总结到"由于某些原因，我们俄国人不是为了代议制机构而生"。

但是，在这些精彩的场景中，我们真正要处理的是什么呢？是一个专制政府还是一种心理状态？在这段时间，果戈理自己也被一种莫名的罪恶感驱赶着，这种罪恶感驱使他从一个地方跑到另外一个地方，试图从中逃离出来。毫无疑问，我认为杨科·拉弗林[1]说得对，他说果戈理从来没有从他那孩子气的母亲身边挣脱出来，他还说，他的罪恶感源于他的自虐行为，这是他没能和另外一个女人取得联系而受到谴责的自虐行为。果戈理笔下的沙皇和上帝差别很小；如果说有什么不同的话，那就是，天国的沙皇比尘世的沙皇更反复无常一些。他能够将自己的幻想转化为文学作品进行控制。然而，即使是文学创作，对他来说也只不过是暂时的权宜之计，永远无法让他摆脱产生这种文学创作的罪恶感的痛苦。

我们的问题是，要去判断奇奇科夫究竟仅仅是传奇式流浪冒险喜剧中一个滑稽的流氓（在这种情况下，关于他的救赎的想法就是做作的、荒谬的，果戈理尝试着这样去做的时候，他简直是疯了），或者，他是一个来自十九世纪的现代普通人，我们期望能从他身上看到我们自己的一面。前一种观点把奇奇科夫变成一个扁平人物，这就使得这本书的意义取决于他旅行途中遇到的男男女女的人物漫画；一系列不连贯的情节，不仅前后故事不连贯，而且彼此之间也毫无关联。

我相信，第二种观点是正确的。这就是他反复陈述的话所暗含的意义，奇奇科夫既不是太年轻也不是太年老；既不是太英俊也不是太丑陋；既不是太肥胖也不是太消瘦；既不是太出色也不是太平庸。实际上，他就是一个普通的好色之徒。小说第一部分结束之前，果戈理不再试图对他自己或读者隐瞒这层含义。"如果你们之中的任何一个人，在内心孤独的时刻，而不是为了全世界都能听到的时候，充满基督徒的谦卑。那么，他与自己交流的时候，就会在灵魂深处思考这个重大问题：'难道我身上没有一丝一毫奇奇科夫的影子吗？'"

奇奇科夫并不是真正的流氓。他只是一个普通人，扮演着永恒的角色。他始终憧憬着一个温暖舒适的中产阶级家庭，有妻子和孩子，他特别喜爱孩子，他——像果戈理自己一样——没能当上父亲。他的生活真的是苦难重

---

[1]　杨科·拉弗林（Janko Lavrin，1887—1986），出生于奥匈帝国，20世纪传记作家。1923—1953年，英国诺丁汉大学俄国文学教授。代表作是《果戈理传》。

重，因为在这个充斥着偷窃和谎言的世界上，虽然他是个聪明人，甚至是个有责任心的人，可是，他自己的小偷小摸，他自己的一些谎话永远都会被揭穿。当我们看到他的时候，他已经损失了两笔可观的财产——一笔是从财政部得到的，另一笔是从海关得到的。他也将会失去从买卖死者灵魂这辉煌的交易中获得的那些财富。这些都是预料之中的事，因为他本质上是个正派的人，他的心灵能够受到一个心地善良的地主或一个品德高尚的商人的鼓舞。然而，他却无法阻止自己陷入无足轻重的欺诈行为，而真正的无赖却以此来对付他。实际上，除了救赎，没有什么能解决奇奇科夫的问题。因此，从原则上来讲，尽管受到评论家的指责，果戈理这么做是对的。

认识到这一点，我们才明白果戈理笔下的人物漫画与狄更斯和巴尔扎克笔下的人物漫画有差异。在这些作家身上，这些人物漫画都是在对简·奥斯汀和司汤达的现实主义想象进行补充的基础上产生的，而他们的现实主义想象是对拉德克利夫太太和刘易斯僧侣浪漫主义想象的回应。这些作家都想让自己笔下的人物变成怪物。狄更斯和巴尔扎克笔下的怪物代表的仅仅是狂放的激情，而果戈理笔下的怪物代表着，正如一个幻想家所能看到的，生活本身，他自己的生活，尤其是俄国人的生活。因为不仅仅是屠格涅夫，果戈理也无法抗拒把自己和祖国联系在一起。

正是这一点使得他笔下的人物漫画，与狄更斯笔下的牵线木偶和巴尔扎克笔下的怪物相比，显得如此丰富。果戈理有一种惊人的能力，他能从自己性格的细微之处归纳出一种类型，从而几乎形成一个社区群体的印象。我们已经看到巴尔扎克在试图创造普遍性规律的过程中如何进行概括。果戈理则是为了向读者阐释俄国才进行概括。奇奇科夫对那位名叫科洛博克拉的老妇人说话的口气很随意，我们立刻就得到这些：

　　在这里，我们这样说很恰当。如果说，在俄国，我们在某些方面还没有完全赶上外国人，那么，我们在言行举止上已经远远超过他们。我们之间交往的细微之处无法一一列举。法国人还是德国人……对一个百万富翁或一个小烟草商的称呼大致相同。尽管在内心深处，他当然会奉承讨好前者。对我们来说，这就完全不同了：我们有一些诡辩专家，他们会在拥有两百个灵魂和三百个灵魂的地主面前唱出完全不同的曲调；在一个拥有三百个灵魂和另一个拥有五百个灵魂的人面前又表现得完全不同……总之，如果你能数到一百万，就不会缺少幽灵了吧。

我们也无法想象，在一个传奇式流浪冒险故事的结尾，一个和蔼可亲的流氓会在一场骗局中被人发现。这时，狄更斯会突然唱起一首伟大的英国赞歌，正如《死魂灵》第一部分结尾处唱起俄国赞歌一样。

　　俄国，你要飞到哪里去？回答我！没有答案。钟声叮当作响，美妙的铃声响彻云霄。当这响声转向风的时候，空气被撕成碎片，空中响起雷鸣般的声音。地球上的一切都从她身边飞驰而过，侧目以对，其他的民族和国家都在一旁，纷纷让路。

对于这样一位传唱这首伟大乐曲的英雄来说，救赎无疑是我们所能要求的最起码的东西。现在，我们来谈谈我们遇到的第二部分某些片段的真正困难之处。尽管我们并不承认这些只不过是早期的草稿，我们仍然不得不提出疑问，果戈理读给他的朋友们听的完整版本是否真的像他们想的那么好。杨科·拉弗林敏锐地指出，这是像果戈理这样主观性作家的真正困难所在。为了拯救奇奇科夫的灵魂，他首先要拯救他自己的灵魂。在他后来的生活中，没有任何迹象表明他有如此智慧。实际上，于他而言，就像陀思妥耶夫斯基一样，托尔斯泰甚至也是如此，我们面对的是一个特殊的事实。俄国人倾向于将救赎与投降的概念联系起来，并且，最终与本能联系起来。果戈理的判断力在他的艺术训练中得到极大的提高，可是，他的本能几乎还在衰退，像个孩子一样，赎罪的时机并不比结婚的时机更加成熟。如果我们把他在二十岁时偷走母亲的钱，并从圣彼得堡逃走时写给她的那封疯狂的信与后来拜林斯基猛烈抨击他的信比较一下，我们就会明白。他们都是一个调子，"在自己的庄园里为国家服务"而不是在首都游手好闲，消磨时间。

就像戈德史密斯受到负罪感的折磨一样，果戈理被童年和家庭的某些幻象所困扰，而这些幻象归根结底是他母亲的幻象，是他永远也回不去的伊甸园。"就像猎犬和犄角追逐着野兔一直到他最初奔跑的地方"，当他感到有必要代表奇奇科夫被救赎的时候，他又回到童年天真烂漫的幻象之中，这样做的结果只是在消化不良的沙文主义和宗教信仰中挣扎。他已经把他那非凡的智慧用来激发他自己的感情，他并没有将其投入自己的理想，当他试图表现这些的时候，它们却变成一种没有法语、没有钢琴、没有舞蹈、没有时髦衣服的生活——"简单而清醒的生活"，就像他笔下的人物所描述的一样。果戈理的智慧完全是负面的，当他把矛头指向他理想的敌人时，就像疯狂的陆军上校科什卡佑夫，他从国外学习了组织和方法，其中的乐趣一如既往。当他不得不描写科什卡佑夫的另一种选择时，果戈理才会在他否定的混乱之中崩溃，没有草坪、没有工厂、没有莎士比亚的半身像、没有门廊、没有搓背器、没有茶、没有风景、没有……

也许，他终究在自己的杰作被摧毁之后泣不成声，与其说他是被地狱的恐惧所困扰，倒不如说他是被对自己的否定所困扰。

第八章

萨克雷：名利场

1

　　萨克雷被麦金和西尔维斯特·马奥尼吸引，究竟是环境的原因还是更加深层的原因，这一点很难发现。然而，当你把萨克雷和这一对夫妇以及他们在十八世纪的新闻写作联系起来，他肯定更容易让人理解。当然，那种新闻写作的风格并不局限于爱尔兰，也不是从那里起源，但是，却在那里安了家。只要不是太挑剔，任何人都可以对此进行研究，在爱尔兰议会的议事记录中，在最健康的幸存后裔的文学作品中，以及在美国的爱尔兰天主教式的争论中。

　　这种新闻写作与一个属国没有不恰当的关联，因为这里面有一种思想专制。这种新闻写作与真理无关。它的目的不是驳倒一个人的论点，或者说服这个人承认自己的错误，而是像一根橡木棍一样运用词语，把他敲晕，让他失去知觉。这种新闻写作是机智的，然而，这种机智是以羞辱和伤害得到乐趣。这种新闻写作很少写出原创作品，却总是知道如何去嘲笑原创作品。这种新闻写作嘲弄一切，甚至它自己——也许，主要是，它自己——也许，关于萨克雷，没有什么比这个事实更能显示出他的特性。他为《泰晤士报》写了一篇关于水晶宫展览会的夸大其词的"颂歌"，他还为《笨拙》周刊写了一篇相同主题的滑稽短剧。因此，他思想的两个极端，也就是卡莱尔①所说的感伤主义和舞台表演，以最简洁和灵巧的方式相互抵消。

萨克雷年轻的时候经历过这个阶段。然而，他从来没有对此失去兴趣，这标记着他做的一切和他写的一切。正因为如此，他在维多利亚时期的小说家之中是独一无二的。他身上没有浪漫主义的痕迹。他和巴尔扎克对工业革命时期席卷欧洲的金钱狂热的描述同样出色。但是，我们也看到，巴尔扎克笔下的金融家们却变成浪漫主义复兴的魔术师，而萨克雷笔下的金融家们是与真人一样大小的形象，他们与其他任何人一样容易被事物的表面欺骗。他不像巴尔扎克那样目瞪口呆地看着欧洲王室展现的富丽堂皇。他把帷幔扯到一边，向我们展示英国的宫廷或德国的某个小宫廷。他们被虚荣心和贪婪心驱使着，这与驱赶仆役和公寓管理员的虚荣心和贪婪心一模一样。

结果就是，他完全没有参与维多利亚时代的价值膨胀。当我们读到狄更斯得意扬扬地对爱默生谈论他儿子享受男欢女爱的必要性时，我们立刻就知道，庄园里的老妇人让绅士们去喝酒了。萨克雷是一个比狄更斯更有道德的人，他没有等到他的赞助人离开后才让大家知道她是个骗子。

> 现在这个时代，我们几乎没有人敢提那种公司，每天有成千上万，混迹在名利场的年轻人出入那种地方，赌场和舞厅每天晚上人满为患，那个地方和海德公园的拳击场或圣詹姆斯教堂的集会一样闻名遐迩。然而，如果不是最道德的社会，也是最挑剔的社会，决心忽略那个地方的存在。

萨克雷与他同时代的作家明显不同，以至于，我们几乎可以在随后一代

---

① 卡莱尔（Thomas Carlyle, 1795—1881），19 世纪英国历史学家、散文作家。主要著作有《法国革命》（3 卷，1837）、《论英雄、英雄崇拜和历史上的英雄事迹》（1841）、《普鲁士腓特烈大帝史》（6 卷，1858—1865）。

的阵营中找到他，特罗洛普们、屠格涅夫们，以及托尔斯泰们，他们摒弃文学前辈的浪漫主义，寻找屠格涅夫所说的"完整的真相"。尽管萨克雷更接近他们，而不是狄更斯或巴尔扎克，他也并不真的就是他们之中的一员。他之所以能够在无所不能的王子或银行家表象下看到真实的人，这不是对"完整的真相"的尊重，而是对历史真相强烈而深切的领悟，对人类所有努力最终走向徒劳的沉思："名利场"。他的小说充斥着墓志铭和铭文，从潘登尼斯纪念碑到奥斯本纪念碑，大部分都是假的。旧舞卡，旧请柬，褪色的、行文拙劣的情书，这些东西总结了流氓无赖和真正的男人被送到历史的炼狱之前的悲惨成就。他和屠格涅夫有一样的偏好，喜欢把自己的故事变成回忆——通常情况下，是一个年老而疲惫的人；带着一种古老的浪漫和激情的淡淡的味道，久而久之，化为衰老和尘埃。正如屠格涅夫——却远远超过屠格涅夫，他没有历史的想象力——尽管有时候这会给他的作品带来一种统一的基调和温和的怀旧色彩，可是，这也会削弱他的作品。因为追忆的多愁善感使人物失去锋芒，使事件失去重要性。"一百年之后，一切都还会一样"——或者，就像爱尔兰村庄的一个小姑娘曾经对我说的那样，"这些花儿正在凋谢，我们自己不久之后也要衰落"——尽管这是一种无可指摘的古典情怀，然而，对于一个作家来说，这种情感却相当危险，他必须在永恒的光辉中向我们显示一张遗失的二十英镑支票的重要性。《名利场》中木偶戏表演的手法只不过是用另一种方法来表明，人物是好还是坏，是高尚还是卑鄙，这真的不重要；他们还是一样会死去。

"尘土和炉灰"，所以，你吱吱作响，而我却不忍心责骂。
亲爱的死去的女人，还有这样的头发，所有的金子都到哪里去了
那些曾经用来抚慰着胸膛的金子？我觉得很冷，觉得自己变老了。

2

　　即使研究过萨克雷的生平，人们也很难理解他的作品中为什么会出现这种反常而阴郁的张力。他的生活似乎并不是特别悲惨，他都是以一种男子汉的、毫无怨言的态度来面对生活的苦难。1811 年，他出生在印度。四岁的时候，他的父亲去世，他和他深爱的母亲一起生活两年之后，回到英国，而她又结婚了。他似乎对母亲这段婚姻表示欢迎，认为这可能也是她回到英国的一个原因。

　　他脾气好，待人随和，赚了一大笔钱。他凭借着真正的勇气和勤奋，又从文学中得到另一大笔财富。他娶了一个爱尔兰女人，然而，他的两个女儿出生之后，妻子不可救药地患上精神病，不得不被送走。他和其他女人也有感情上的联系，尤其是一个叫布鲁菲尔德的朋友的妻子，但是，他们似乎没有走得更远。在生活中，他表现得既勇敢又善良。

　　他的小说既不勇敢，也一点也不会仁慈。《名利场》不是作者对书名的随意选择；这个题目表达了这本书的全部意义。这是一部精彩的小说，也是一部极具独创性的小说。在英国小说中，这部作品最接近俄国理想的有机形式，故事本身不需要依靠虚构，而是凭借一定的观点和语气的统一。然而，这个观点使人大失所望。如果我们相信作者的话，那么，人类所有行为的主要动力就是利己主义。从女仆到公主，让自己与众不同的唯一动机就是为自己得到一些东西。聪明的人认识到这一点，并采取相应的行动，而那些没有认识到这一点的人，他们这样做是因为他们的利己主义是另一种类型，或者是因为他们太愚蠢而不能做任何其他的事情。"舍弃金钱是一种牺牲，几乎所有被赋予秩序感的人都做不到这一点。凡是活着的人，几乎没有一个不认为自己给了邻居五英镑值得表扬。不节俭的人去施舍，并不是出于施舍时善行的愉悦，而是因为花费钱财而感到懒散的快乐。"在萨克雷看来，美德总是软弱或愚蠢的代名词。"她是一个非常好的女人，"他说的是格瑞兹尔女士，"对穷人行善、愚蠢、无可指责、不容怀疑。"如果她是个不折不扣的罪犯，那么，他就不会比这更有力地抨击她。

这意味着，萨克雷在直觉与判断之间建立起来的对比，与我所知道的其他所有小说家建立起来的对比方式有很大不同。在简·奥斯汀看来，直觉代表着想象的生活，而判断代表着道德。在司汤达看来，直觉也是想象力的一个方面，尽管判断通常代表着反讽。在萨克雷看来，直觉似乎总是代表着某种形式的软弱，而判断代表着自私。无论如何，在描述奥斯本的儿子乔治在滑铁卢战役中阵亡后奥斯本的行为时，他将两者联系在了一起。

> 我们之中有谁能说出，我们对别人的热情关怀当中潜藏着多少虚荣心，以及我们的爱有多么的自私？老奥斯本对他感情的复杂本质，以及对他的直觉和自私是如何相互斗争，并没有过多揣测。

这里的想法很幼稚，而萨克雷的想法经常如此；这是个人为如此幻灭的观点必须付出的代价；就其价值而言，他所提出的观点已经由基督在撒玛利亚人的寓言故事中进行了很好的阐述。从这一点来看，就像在其他许多段落一样，很明显，他把直觉视为软弱；尽管他假装去抨击，他却把自私视为力量。正是由于他对自私的专注，使他成为那个时代比狄更斯更好的历史学家。这部小说的另一个特点是，书中真正的女主人公蓓基·夏普是个女冒险家，是人类自私的化身。出于同样的原因，她也是一个妓女和杀人犯，虽然萨克雷小心翼翼地处理着她性格的这些方面，他却又抱怨这样做的必要性。然而，这本书的特别之处在于，不管萨克雷喜不喜欢，他把她变成了女主人公，甚至，以他肤浅的方式，试图为她辩护。"那么，谁知道，丽贝卡的推测是正确的，她和一个诚实的女人之间的区别只是金钱和财富的问题吗？"

谁真的知道？答案很明显是"萨克雷，除了萨克雷，没有别人"。这个问题是可以提问的，只不过这样的事实就表明，蓓基·夏普不仅仅是小说中的人物。如果想证明这一点，人们只需要看看特罗洛普在《尤斯塔斯钻石》

中描述的尤斯塔斯女士的画像就可以了。特罗洛普自己知道，尤斯塔斯女士是蓓基·夏普的姐妹，这样的问题用在尤斯塔斯女士身上未免显得荒唐。特罗洛普笔下的人物并不像萨克雷笔下的人物那样家喻户晓，可是，也许，正是由于这个原因，她是一个始终如一，不可动摇的女冒险家的形象。三句话就足以说明特罗洛普怎样理解她。

　　在普通生活的平凡场景中，就像她在拜访福恩·考特时遇到的那样，她并不能让自己表现得很好。她身上没有任何真实的东西，对于大多数不曾注意到这一点的人来说，这个特点还是很明显。但是，让她扮演一个需要夸张而有力的动作的角色时，她却几乎从来没有失败过。

蓓基的吸引力比尤斯塔斯女士的吸引力更大，原因在于，虽然她在一定程度上是小说中的人物，她也是一种观点，这种观点非常接近萨克雷自己的观点，至少，他会把这部分归功于他的判断力。蓓基通过发现别人的弱点，迎合他们的虚荣心，或者刺激他们的欲望来生活，而她自己仍然保持相当的冷酷，事实上，她对这一切都感到心情愉快。蓓基很"坏"，她也很聪明。

她的女主人公，阿米莉亚当然很"好"，她却也愚蠢得让人无法忍受。我们在此处来到萨克雷道德困境中最有趣的一点。从某种意义上来说，阿米莉亚也是一个母亲，正如蓓基完全不是一个母亲。这里有一种母性的东西吸引着萨克雷，很显然，这一点会打破一个女人自我主义和自私自利的外壳，使她容易受到环境的影响。在一段令人钦佩的分析中，大卫·塞西尔勋爵曾经指出，当蓓基·夏普发现有孩子在听她唱歌的时候，她就在孩子的耳朵上狠狠地打了一拳，这是前后矛盾的，而且，他这样论证非常正确，"像她们这种性格的人会忽视她们的孩子，可是，正是她们的自私会让她们对孩子好。"与此同时，塞西尔相信，萨克雷在这方面写得并不马虎。他总是经过深思熟虑，同样的态度在这本书的后半部分一再重复。她的一个情人告诉我们，蓓基不会喜欢孩子，"正如魔鬼不会喜欢圣水一样，"一次又一次，我们被断然告知，"温和的思想和单纯的乐趣是蓓基太太所厌恶的东西，这些东西和她格格不入，她讨厌那些喜欢这些东西的人，她唾弃孩子和那些喜爱孩子的人。"这不是粗心大意，这是蓓基性格中的矛盾之处，因为她除了是小说中的人物，她还代表着一种观点。

蓓基是某种对立面的一部分，而这种对立面让萨克雷比让我所知道的任何小说家都更痛苦。当然，每个伟大的作家都有这样的对立面。无论他从现实生活中提取多少素材，他的人物和情景都必然来自大众，并且，以某种方式相互矛盾。这最终会揭示出他的整个性格倾向，很少有作家像萨克雷那样试图去平衡这种不稳定的对立关系。蓓基不能喜欢孩子，因为她和阿米莉亚是对立的，而后者不会喜欢别的什么。这是他的直觉起作用的一种方式，如果他笔下必须有好的女人，他宁愿她们是母亲。当萨克雷与她们打交道的时候，他有时候会变得粗俗不堪，令人作呕，近乎淫秽。

　　　　他的眼睛睁开了，他的思想扩展了，在他周围外部环境的影响下，她尽自己的卑微之力，教导这个孩子认识造物主的伟大。每个晚上，每个上午，他和她——（在这种可怕而又动人的交流中，我想，这一定会让每个见证和记得这一切的人心灵为之震颤）——这位母亲和这个小男孩——一起向我们的天父祈祷。这位母亲用她整颗温柔的心祈求着，这个孩子在她说话的时候口齿不清地跟随着。每次她们都祈祷上帝保佑亲爱的爸爸，就好像他还活着，跟她们一起在房间里。

我们很难相信这段文字不是带着嘲讽的影子，的确，我们还记得水晶宫展览会的颂歌和与相同主题的滑稽短剧。我在想，萨克雷是否会不自觉地感情用事。然而，这已经是他最大的诚意，阿米莉亚——正如他，布鲁克菲尔德太太，以及她的丈夫都赞同的那样——受到布鲁克菲尔德太太的启发。他并没有跟他母亲隐瞒布鲁克菲尔德的关系，而他母亲也尽可能安慰他。他当时是这样向布鲁克菲尔德太太描述她的。

　　我看着她这个人，既惊奇又怜悯地屈膝跪下。这是梅特·杜罗莎，她的心因为爱情而在滴血。那句话不是很好听吗？我昨天把那句话写在一本书里，当我想着她的时候——不知怎的，我现在对所有的公众写这样感伤的话，并没有感到羞耻；虽然在这个世界上，我跟他们很少能这样促膝谈心。

　　毫无疑问，萨克雷身上有一种孩子气的特质，这会让他喜欢那些像他母亲的女人，那些温柔、愚蠢、放纵的女人。他成熟的一面会被完全不同类型的女人所吸引——蓓基·夏普、布兰奇·艾默利、比阿特丽克斯·埃斯蒙德那样冷酷、性感、精于算计的女人。这就是《名利场》的原创性具有永恒吸引力的原因。这是唯一一部由一个成熟男人写的小说，他把一个冷酷狡诈的女冒险家变成了女英雄，他写得如此成功，以至于，我们都不由自主地接受她的观点。

3

　　这同样的冲突让我们读到一本最杰出的英文小说。特罗洛普是一个有眼力的人，他曾经告诉萨克雷，《亨利·埃斯蒙德》不仅是他最优秀的作品，这部作品简直无与伦比。这是一部历史小说，萨克雷这样做并不仅仅是为了浪漫的效果。他之所以这样做是因为，他的浪漫是一种历史的想象，他喜欢在历史中看到他自己的感情在面对尘世事物时虚荣心方面的表现。在这里，所有的一切都变成他喜爱的纪念物之一。历史小说的另一个好处是，这让他能够看到事物的对立面，就像《芬尼根守灵夜》中的人物，他们的名字和性格都在改变，但是，他们的态度却始终如一。这也是历史想象的特点，挖苦、渴望、沉迷于极端，而可怜的，简单的道德教训则会把他们的幻想延伸至极端。我们已经在《名利场》中看到斯泰恩勋爵怂恿儿子的家庭教师、教区牧师、妻子的专职教士、天主教牧师，他轮番喊道"喝彩，拉蒂默！"和

"说得好，罗耀拉！"历史的回音加深了这种嘲笑。《亨利·埃斯蒙德》充满了这样的对立面：天主教和新教，托利党和辉格党，韦伯和马尔伯勒，旧世界和新世界，法国和英国——这一切都被母亲和女儿的真正对立面所掩盖，那就是阿米莉亚·赛德利和蓓基·夏普。

此外，对于那些喜欢摘下浪漫面具的人来说，历史为他们提供了观察和嘲笑的完美场所。不然，他怎么能刻画马尔伯勒这样的人物，他是那个时代最伟大的将军，也是最贪赃枉法的人，或者，在雅各宾派看来，他是个伪君子。"他满足于把他自己出身的尊严和悲伤寄托在一个法国女仆的木鞋上，并为此忏悔……从簸箕里取出的灰烬"？还有哈利，马尔伯勒的情敌，他"用最卑鄙的手段，奉承，恐吓，来巩固他的权利，他对那个倒下去的伟大的对手也同样不屑一顾，"和圣约翰，"他总是谈论自由，"但是，他"没有畏缩，没有不敢去迫害他的对手，让他们游街示众，如果他在里斯本和大检察官面前，他也不会畏缩。"我们不仅可以在历史中看到那些被当代生活的习俗和虚伪所掩盖的东西，我们还可以毫无痛苦地看到这些东西，冷漠和遗忘的施舍（或者蔑视）降临到所有人身上。名利场！名利场！

即使在历史上，萨克雷也会完全被某些类型阻止——比方说，斯威夫特。虽然斯蒂尔和艾迪生相互对立的肖像是一种乐趣，但是斯威夫特短暂的露面是以一副粗俗而残忍的漫画形式出现。那么，为什么萨克雷总是对斯威夫特恨之入骨？也许是这样，萨克雷的性格之中有不少粗俗的成分，或者这样，斯威夫特高傲的蔑视使他，甚至在故去的人之间，免于遭受一个粗鲁的暴发户屈尊附就的对待。

在《亨利·埃斯蒙德》中，最重要的事情，让这部作品成为杰作的事情，就是在《名利场》中肆虐的个人冲突的解决。正如我所说，真相就是，虽然萨克雷被阿米莉亚·赛德利吸引，但是他真正爱上的人是蓓基·夏普。在《亨利·埃斯蒙德》中，他能够表达那种爱，然而，他把那种爱与来自母亲矛盾的爱一起表达出来了。这一点可以从独特和精巧的设计构造得到体现，从而使埃斯蒙德把卡斯尔伍德夫人当成母亲成为可能，这并不是出于偶然。这部作品中的对立面和其他书中的对立面一模一样；比阿特丽克斯老于世故，而她母亲超凡脱俗，然而，这一次老于世故和超凡脱俗被提升到同一个层面上。读者应该特别注意描写这两个女人和埃斯蒙德的场景中非常奇特的光线，因为我们一次又一次地发现他们的头背对着光线，这样他们周围的光线就暗示着一个光环。这根本就不是一个简单的机械把戏，每当有这样的场景，读者就会产生一种奇妙浪漫的震撼之感。"我知道你会来的，亲爱的，我看见金色的阳光围绕着你的头。"整本书却充满关于光线的比喻，这会产生一种非凡的辉煌效果，就像比阿特丽克斯手里拿着蜡烛精彩出场的情景。这个场景会让读者和作者一起叹息："当他想到她的时候，那个写作的他就又会觉得自己年轻了，还记起自己是个模范人物。"

在这两个女人身上，萨克雷终于能够融合他性格的两面。一方面，他渴望得到母亲，另一方面，他渴望得到冷酷、性感、世故的女人，并且把她们团结到一个家庭里。因此，当埃斯蒙德娶了母亲，他就与女儿建立新的，亲密的关系。我们说《亨利·埃斯蒙德》成功并不过分，这部小说完美地解决了萨克雷所有作品中隐含的恋母情结。这种情况一点也不罕见，司汤达也敏锐地分析了他自己身上的这一点。这种情况一点也不反常，生活正是以这样的方式解决一个不可避免的冲突，那就是一个小男孩对他母亲的爱和他对将来会成为他孩子母亲的女人的爱之间的冲突。也许，这一点在萨克雷身上尤为重要，因为我们需要类似这样的事物来解释每个评论家在他身上看到的品质。对于塞西尔来说，在他那篇优秀的论文中写的，这是"错误的音符。"对我来说，这是一种比哈代的悲观主义更根深蒂固的沮丧，一种真正的北欧的忧郁。我不认为这样想牵强附会，这种忧郁源于萨克雷还是一个六岁小男孩的那些岁月，他对母亲的再婚表示欢迎，希望这能促使她赶快回到他的身边。

在大多数作家身上，我们都能看到一种永远也长不大的青春期元素，无论他们在其他方面的发展是多么显著。在萨克雷身上，这种元素是孩子气而不是青春期，如果亨利·埃斯蒙德是完美的儿童读物的完美英雄，这是因为，他实现了小男孩想和自己的母亲结婚的白日梦。

第三部分

03

追求完整的真相

第九章

屠格涅夫和对意志的崇拜

1

到 1850 年，狄更斯、巴尔扎克、果戈理所采用的那种讲故事的方式已经过时。在法国，福楼拜正谴责巴尔扎克野蛮的唯物主义；在英国，特罗洛普正诉说狄更斯笔下的人物根本就不是人类："这个人力量的奇特和神奇之处在于，他创造的木偶人物具有一种魔力，能够让他摒弃人性。"屠格涅夫对巴尔扎克也说过同样的话。"他笔下的所有人物都是如此典型，令人惊叹，他们是如此精巧地设计出来，到最后一个细节完成——然而，他们之中没有一个人曾经活过，也不可能活下去，他们之中没有一个人拥有哪怕一丝一毫的真实性，比如说，让托尔斯泰的《哥萨克人》这部小说中的人物如此精彩地活着的真实性。"甚至是果戈理，屠格涅夫就是为了纪念他而遭到流放，也不能让他满意。"我越来越觉得果戈理的鞋子有些夹脚。争取得到公平无私和完整真相是我感激大自然的为数不多的好品质之一。"实际上，在整个欧洲，小说家又恢复了简·奥斯汀和司汤达的写作标准和写作手法。

在这个新阶段，俄国小说家最幸运，因为他们不仅处理着全新的素材，也为十八世纪仍然在精神上生活着的人们写作。俄国贵族的成员采取这种独特的中产阶级形式，他们写的小说和故事以整个社会为素材。然而，在其他一些国家——尤其是英格兰，社会阶层轮廓分明——每当这些人物离开作者自己所属的阶层，他们往往是伪造出来的。当代的势利小人假装更喜欢萨克雷而不是狄更斯，因为萨克雷知道如何描写绅士，而狄更斯却不知道。普鲁斯特的记录这样写道，这也是维尔帕里斯夫人对巴尔扎克的控诉。简·奥斯汀通过人为的方式限制素材而达到的那种独特的统一性在屠格涅夫和托尔斯泰的作品中相当自然地出现了。

不仅如此，整个俄国社会仍然没有完全脱离十八世纪的事实也意味着那个时代特有的秩序观念又重新引入小说之中。司汤达和简·奥斯汀是有秩序观念的作家，屠格涅夫和托尔斯泰也是有秩序观念的作家。虽然他们与狄更斯和巴尔扎克以同样的方式使用乡土特色，但是他们使用的方式显得更节俭和优雅。

在屠格涅夫的《猎人笔记》中，这些故事整个四十年代都在出版。我们发现这种新的，艺术化的讲故事的方式是一种新的技术手法。这种技术手法将会在俄国文学史上占有非常重要的地位，尤其是在短篇小说中，虽然这种技术手法也以一种不同的方式影响着小说。比方说，如果我们把侦探小说和特罗洛普的小说相比较，我们可以看到，特罗洛普不得不采用和侦探小说作家一模一样的方式来讲述自己的故事，激发读者的好奇心，在满足读者好奇心的过程中积聚一定的兴趣。每一本吸引人们好奇心的小说在重读的过程中都会失去一些东西；一部只能吸引人们好奇心的小说几乎无法拿来重读。这个故事的叙事线条是水平的，这是一条贯穿时间的线条，但是，真正会讲故事的人同时创造了一种垂直的、空间的运动，却不打断这条水平的线条。从司各特对乡土特色的运用到乔伊斯的分离式隐喻，讲故事艺术的每一次发展都有这样的目的。

屠格涅夫在《猎人笔记》中做的就是把一篇文章或一首诗歌有条理的静态品质嫁接到动态的叙事线条上来。实际上，这看起来好像是说，现代小说似乎起源于一种旅行书籍，这种书籍在启蒙运动时期以及之后的一段时间都非常盛行，书名有些类似于《苏格兰高地人的风俗习惯》和《爱尔兰农民的特性和故事》。《猎人笔记》是这种类型的书的升华，因为这本书有一个模糊的笼统的主题，这就会让作者把小说家和讲故事者笔下的时间、地点、方式视为理所当然。必要时，我们可以说，这些故事讲述了十九世纪初期俄国某个特定地区一个猎人或一些农民的生活。这些故事不需要有特定的正式结构，这些故事与短文写作的形式很相似。在屠格涅夫之前的所有讲故事者之中，人们也许会说，他们的作品是对历史材料富有想象力的重新安排。这里似乎没有任何既定的原因可以解释，为什么人们会认为屠格涅夫的作品不是历史素材，很明显，这是他赋予"完整真相"的意义。

如果我们选取这些故事中最美丽的一个，写于 1851 年的《白净草原》，我们会发现，这个故事只包含叙事线条的影子。总体上来看，这本书是关于叙述者自己和一群小男孩的冗长的描述。夏天的夜晚，他们把家里的马儿赶到大草原上放牧，他们讲述鬼故事来打发漫长的时间。他们用这些鬼故事吓唬自己，他们当中一个叫保罗的男孩去河边取水，他幻想自己听到一个溺水的同伴喊他的声音。这戏剧性的一幕也刻意写得很低调。

"好吧，小伙子们，"他沉默了一会儿，开口说，"有一些不好的事情。"

"什么？"科斯特亚连忙问道。

"我听到卫斯理的声音。"

所有人都不寒而栗。

"你说的是什么呀？"科斯特亚小声地说。

"上帝保佑，确实如此。我刚才打算弯腰取水，突然，我听到卫斯理的声音在喊着我的名字，仿佛声音是从水里发出来的。'帕维尔，帕维尔，来这里！'我走了。不过，我拿到水了。"

"天哪！"男孩们说，他们画着十字，求上帝保佑。

"那是水妖在叫你，帕维尔，"费德亚补充道。"我们刚刚还在谈论卫斯理。"

"哦，这是一个不好的预兆，"伊留莎从容地说。

"好吧，没有关系，别放在心上，"帕维尔坚持说，然后，他又坐下来。"人们总是无法逃脱自己的命运。"

人们不禁纳闷，这个故事的基调如何故意始终调低，一个接着一个效果弃而不用，高潮的小惊喜如何由于刻意的冷淡避而不提。"我很遗憾地说，帕维尔年底前就去世了。他不是淹死的，而是从马上掉下来摔死的。可惜了，他是个出色的小伙子。"屠格涅夫几乎用一句话就暴露了他的方法："他不是淹死的，而是从马上掉下来摔死的。"在这里，我们可以看到，他减弱了叙事冲击，从而防止读者的注意力偏离他想要达到的真实效果。这样做也很诡异，但是，这种诡异与楼梯上的尸体或地窖里的鬼魂的诡异程度不同。他的主题是人类存在的奥秘，以及人类面对无限奇观时的奥秘。这些无限空间的永恒寂静让我害怕。

并非所有的俄国人都采用这种方法——比方说，列斯科夫继续以极具独创性和美感的方式创作传统的故事——像契诃夫那样的作家，他们采用这种方法。他们拥有十九世纪其他讲故事者所缺乏的艺术性，他们写的故事很少有情景感。"用最少的动作去做某事就是优雅的定义"，按照契诃夫的说法。这并不是优雅的定义，这是我们在屠格涅夫和他自己的故事中发现的某种不寻常的、独特的优雅。

2

在他的小说里，屠格涅夫尝试去做他已经在短篇小说中做过的事情。他发明了一种新的小说形式。这种形式是有机的，而不是强加的。这些小说中并没有真正引人入胜的复杂情节，而读者的好奇心也只是被适度地唤起。人们见面，用文明的方式谈论着文明、趣味的话题，坠入爱河，要么结婚，要么分手。他们没有谋杀或自杀。他们唤起的情感是深思熟虑，是通情豁达，而不是富有激情，不是情绪激烈。

这些小说给人一种雅致的感觉——我认为，这是一种误解——这种雅致被人们称为"古典的"。我们不必去研究走在叙事钢丝线上的人物，但是，只要艺术形式允许，我们还是可以或多或少地看到他们在日常生活中的本来面目。这种神秘气氛的缺点则是，我们看不到正常情况下的人物，当我们发现他们不会从钢丝线上掉下来的时候，我们就会对他们失去兴趣——当我们知道他们会从钢丝线上掉下来的时候，我们更会失去兴趣。托尔斯泰以屠格涅夫为榜样，采用有机的形式。他认为，在这种类型的小说中"对事件的兴趣超过对感情细节的兴趣"，这是真的。在这一点上，短篇小说和长篇小说有着根本区别。这里的最大优点就是，小说家能够让他笔下的人物展示他们的能力，让他们接受各种各样的考验，并且用意想不到的方式让他们成长。在《巴塞特的最后纪事》中，如果没有那张缺失的支票，我们永远也不可能完全了解克劳利的厌世情绪。

最重要的是，这种类型的小说规定了一种纯粹的相关标准，使英国小说免于我们在俄国小说中经常发现的那种无关紧要的气氛——比方说，在《安娜·卡列尼娜》中，任何相信书名与他正在阅读的内容有关联的人都有可能是头脑发热。虽然屠格涅夫文笔优美，文法精准，然而，在我看来，他似乎犯了一些错误。这些错误在一部充满神秘气氛的小说中是不可能出现的。

《贵族之家》就是一个很好的例子。屠格涅夫以他惯常使用的方式，用很多迷人的章节来描写卡里金家庭的日常生活。到第七章，主要人物拉夫列茨基才出现。从第八章开始，作者以倒叙的方式连续用九个章节描写他的家庭背景、成长经历、青年时期、婚姻状况。对我来说，这些章节在小说构造上是不可原谅的错误。屠格涅夫的出发点是个错误。

屠格涅夫身上还有比形式方面更严重的弱点。他是一个有着非凡智慧的人，他对社会正义的热情和与他同时代的任何一个革命家一样真诚，而且，他要成熟得多。他认为俄国是一个发展受阻的糟糕案例，他坚持认为这个国家唯一的救赎在于采用西方的方法和体制。他对亲斯拉夫派毫无耐心，他们相信俄国有拯救世界的特殊使命。民族主义甚至也激怒了他。"对于一个有爱心的人来说，"他写道，"世界上只有一个祖国——民主政治——如果俄国人获得胜利，这将是致命的一击。"

这些都是典型的自由主义情绪。这些言论使他遭受到两个对立团体的攻击，亲斯拉夫派，他们可能会被描述为早期的法西斯，还有激进派，他们认为文学的存在只是为了促进社会发展。像这个世纪末的契诃夫一样，屠格涅夫被这两个派系痛斥一顿。他并不是没有看到，激进的批评就像亲斯拉夫派一样毫无意义。他自己拥有高超的批评智慧，他知道，并反复强调，文学本身具有一定的价值。这种价值脱离，并且超越了文学的观点和倾向，"对于一个作家来说，政治就是毒药"。然而，《猎人笔记》却因在解放农奴的运动中影响了舆论而收获好评。在他余生的岁月里，屠格涅夫打算把所有的一切都转化为政治术语。这样来谈论这位精致的艺术家似乎是一件不同寻常的事情，可是，他几乎没有写过一个与政治无关的重要故事。即使是在晚年时期，当他开始怀疑福楼拜和他的法国朋友"为艺术而艺术"的信条，并且希望描述自己的幻灭时，他打算用小说的形式来描写法国社会主义者和俄国社会主义者之间的差别。

这是俄国作家为他们国家的政治落后所付出的部分代价。即使俄国小说看起来显得最欧洲、最古典、最具有十八世纪特色，可是，这种小说却突然显露出一种不同寻常的自我意识。那种散漫、自我批评、自我为中心的笨拙，这些会让人联想到一个省会城市。

这就是我们所触及的屠格涅夫作为一个小说家的真正弱点。他所表达的反对俄国传统生活瘫痪的自由主义观点与他内心深处的某种东西背道而驰。悲惨的童年使他自己的意志受到损害。他那半疯的母亲是一个无意识的女同性恋者，她是一个神经病患者，通过鞭打男性奴隶和儿子来表达她对男性的抗议。她身上的一切都是由这种对男子气概的仇恨支配，她给屠格涅夫写信的时候，仿佛他是一个女孩，称呼他为"我亲爱的女儿，我的珍妮特"，还告诉他"她自己孕育了他"。因此，关于他柔弱娇气的流言蜚语，关于他抗议管家的欺凌——"你很聪明，而我是个傻瓜，但是，当我感到冷的时候，我是知道的，这就够了"——还有，最明显的是受虐狂——虐待狂母亲的遗传——这导致他与波林·维亚尔多的婚外情终生受挫，也导致他承认，只有当某个女人把脚踩在他的脖子上，把他的鼻子踩进泥土里，他才会高兴。还有一些小的促成因素与此有关：他的黑格尔主义、拜伦主义，以及他早期对诗歌的热爱，这最终导致他形成戏弄人生的处事原则，并且使他对诗歌产生了不信任。在这方面，他仅次于简·奥斯汀。

他让自己的小说有政治倾向的悲剧在于，他的天性完全没有准备好他正在做的事情。他把自己的个人问题用政治术语表达出来，因此，他写出来的东西既不是真正的个人启示，就像简·奥斯汀的小说那样，他的小说在很多方面与之相像，也不是严肃的客观研究，像他自己的《猎人笔记》那样。没有人能像我一样，在三十年的时间里重读这些小说，而不被一种感觉逼得发疯。这种感觉就是，这些小说的政治上层建筑与下层结构几乎没有或根本没有任何关系，这些小说的政治上层建筑主要是由理论性说明和象征构成。这些小说的下层结构与简·奥斯汀和司汤达小说的下层结构相似；这是直觉与判断之间直接的个人冲突。但是，在上层建筑方面，这一冲突正在转化为旧俄罗斯与新俄罗斯之间的冲突。旧俄罗斯的特点是巫术和残暴，而新俄罗斯是屠格涅夫预见的而不是看到的，他把自己认为在欧洲看到的美德归功于新俄罗斯。在这个过程中，我只能称之为不合时宜的、错位的归纳。整个冲突完全被扭曲，而真正的和解变得完全不可能。因为俄国的真正问题，一方面来讲，正在被忽略，取而代之的是屠格涅夫的假想问题。然而，屠格涅夫的真正问题却被扭曲成俄国的假想问题。对俄国的闲散、懒惰、缺乏意志力的谴责最终演变成对屠格涅夫本人的谴责。他就是他自己的俄国，这个意志瘫痪的巨人。这不是司汤达那样真正的个人式自我批评，而是萨克雷那种武断的沮丧态度。

他的评论也只告诉我们关于他自己的事情。《哈姆雷特和堂吉诃德》用不同的术语来描写很多矛盾，这恰恰是同一种矛盾。他是哈姆雷特，不切实际、愤世嫉俗、行动不力，然而，世界上的工作却是由堂吉诃德们做的，即使他们倾斜着冲向风车。我们假设说堂吉诃德疯了，"谁，"屠格涅夫问，"准确地知道现实在哪里结束，幻想从哪里开始？"

3

人们可以在《前夜》中看到这一切，虽然这不是他最好的小说，但是这部作品却阐释了他作为小说家的优点和不足。屠格涅夫告诉我们，这本书的灵感源自书中的女主人公叶莲娜，但是，却"缺少一个男主人公，一个这种性格的人，以至于叶莲娜对自由的渴望虽然强烈却仍然模糊，可以为了他而放弃自己"。

当一位朋友给屠格涅夫出示一份记述了他自己早年爱上在莫斯科遇到的一个年轻女人的手稿时，这个人物出现了。后来，这个女人认识了一个名叫卡特拉诺夫的保加利亚人，"爱上他，和他一起去保加利亚，不久之后，他就去世了"。屠格涅夫说，当他翻阅朋友卡拉季耶夫的笔记本时，他不由自主地哭起来："那就是我一直在寻找的男主人公。"

"他与小说中的男主人公形成鲜明的对比，"屠格涅夫的优秀译者，加德纳先生说，"男主人公没有艺术感悟力，而卡特拉诺夫是一位诗人，出版过原创作品和译作。"

这种想法颇具洞察力，但不是十分精确，它忽略了屠格涅夫的典型困境，每当他不得不和诗歌打交道的时候，这种困境就会出现。屠格涅夫当然是这么打算，他的男主人公因萨罗夫跟卡特拉诺夫不一样，他不应该对诗歌有感觉，他把事情搞得一塌糊涂。当我们第一次见到因萨罗夫的时候，他正在翻译保加利亚的歌曲和编年史。我们不需要相信这些一定都是好的翻译，因为当他读给博森耶夫听的时候，博森耶夫"认为这些翻译很准确，但是，不够生动"。几页之后，舒宾把因萨罗夫描述为"天赋，没有，诗歌，一片空白"，这显然是屠格涅夫对他的打算。再往前一点，因萨罗夫自己对伊莲娜说："我们有如此美妙的歌曲。他们和塞尔维亚语一样好。可是，再等一会儿，我会为你翻译其中的一首。"这可能是一个本身不是诗人的人说出来的话，但是，这里需要强调的是，这不是一个没有诗歌品味的人说出来的话。然而，二十页之后，我们发现叶莲娜说："我们两个趣味相投；我们两个都不喜欢诗歌，也不懂艺术。"

在这些非常矛盾的印象之中，我们瞥见屠格涅夫自己身上的冲突，这种冲突与简·奥斯汀身上的冲突明显相似。她不相信诗歌（很显然，她深深地被诗歌吸引着），把诗歌当成削弱判断的一种方式；屠格涅夫不相信诗歌，把诗歌当成削弱意志的一种方式。他发现很难把一个不爱诗歌的人物塑造成男主人公，但是，他也不可能相信，一个像他这样喜爱诗歌的人会成为男主人公。诗歌属于哈姆雷特们，不属于堂吉诃德们，后者做了全世界的工作。屠格涅夫是一个沉浸在诗歌中的人，他把自己性格中的所有缺点都归咎于对诗歌的过分沉迷。他对男主人公唯一的设想就是，他是一个意志如此坚强的人，他没有时间浪费精力。

那么，相对于舒宾的哈姆雷特原则，因萨罗夫遵循的是堂吉诃德原则。屠格涅夫的怨言在于，俄国没有这样的人，俄国只有哈姆雷特们，他们是不切实际的人，是废话连篇的人。人们可能会喜欢这样的人，但是，人们不可能尊重他们。他们是，用他自己的话来说，"多余的人"。屠格涅夫对男主人公只有一种看法，他是某个从不改变决定的人，因为他自己从来不会食言。因萨罗夫不像那些与他形成对比的空想的俄国人，他会把一个喝醉的德国人扔进水里。"他不只是空谈——他已经做了一些事情，还要去做一些事情。"我们随处都可以听说"他是一个意志坚强的人"。特罗洛普几乎不会赞同这一观点，他确信，坚定的目标只不过是冷酷心肠的另一种说法。

然而，叶莲娜与因萨罗夫一起私奔了，而不是舒宾或博森耶夫，尽管他们表现出该有的温柔和魅力。那些多余的人代表着俄国的肉体，屠格涅夫笔下典型的男主人公则代表着俄国的灵魂。毫无疑问，她会把自己献给第一个与她相遇的实干家。契诃夫是一个非常男性化的男人，他厌恶屠格涅夫笔下的女主人公，这不足为奇，因为屠格涅夫把他觉得自己所缺乏的意志力赋予了她们。尽管人们认为他很有男子气概，然而，具有主动权的并不是因萨罗夫，而是叶莲娜。"你想强迫我说我爱你，"她说，"好了——我说过了。"在这部小说中，罗亭也对娜塔莉赞赏有加："这是怎样的意志力！"只有当女人的脚踩在自己的脖子上才能感到幸福的男人，我们几乎不能否认他笔下女主人公的主动性。

屠格涅夫在《父与子》中做了简·奥斯汀在《曼斯菲尔德庄园》中做的事情，他创作的小说几乎是他对自己所用方法的讽刺。他可能会允许因萨罗夫对民间诗歌有稍许的兴趣，他却让巴扎罗夫解剖青蛙。他与他所崇拜的年轻门徒阿卡狄的家人形成鲜明的对比——性情温和、含糊不清，最重要的是，富有诗意。"一个好的化学家比二十几个诗人更有用"，这是他打破科尔萨诺夫家族旧世界的自满言论之一。阿卡狄的父亲尼古拉的身体状况真的很不好。

> "几天前，我发现他正在读普希金，"巴扎罗夫继续说道。"请你跟他解释这样做行不通，好吗？他不再年轻，现在是时候放弃这些荒唐念头了。现如今，成为一个浪漫的人又有什么意义呢？让他读一些实用的书吧。"

正如《理智与情感》，对于巴扎罗夫来说，热爱自然美景是另一种难以忍受的装腔作势。虽然爱德华崇尚"美与实用相结合"的风景，巴扎罗夫却宣称，"大自然只是一个作坊，而人类是园艺工"。这对老基尔萨诺夫来说太难以承受，他开始低声嘀咕："但是，要拒绝诗歌？要缺乏对艺术，对自然的全部感情……"这一切都做得很漂亮。如果人们觉得屠格涅夫是言不由衷，人们就会更开心。正是这些时候，我觉得我们对英国小说固有的分寸感再怎么感激也不为过。当巴扎罗夫谈论老基尔萨诺夫正在读普希金的时候，我不禁想起玛丽安·达什伍德的观点——"一个二十七岁的女人永远不可能再希望去感受或激发对大自然的喜爱之情；如果她的家境不好，或者她的财产不多，我想，为了作为一位妻子的衣食供给和安全感，她可能会愿意去做一名护士。"可是，我希望我能感觉到，屠格涅夫会和我一起一笑而过，而不是把巴扎罗夫不成熟的观点概括成一种生活态度，更糟糕的是，这是屠格涅夫自己尊重的生活态度。当然，这只是这本书的一个方面，达到的一个悲剧高潮，即使在屠格涅夫身上也令人印象深刻，可是，这并不是一个崇拜者能够忽视的地方。

即使在没有实干家的小说中，这一点也很明显。在《烟》这样的小说中，屠格涅夫对波林·维亚尔多产生了悲剧性的迷恋。这个卑鄙的女人在他的很多故事中都出现过，她给男人的生活造成了严重破坏。即使在这里，背叛和幻灭的戏剧性场面在俄国人喋喋不休的背景下上演，他们是激进派贵族。不知为何，屠格涅夫自始至终似乎试图说服我们，格雷戈里·利特维诺夫背叛了塔蒂阿娜。因为他和他们一样都是俄国人，对于俄国人来说，一切都是一团"烟"。对化学的热爱使得一年之内有一百名俄国学生前往海德堡大学，而第二年只培养出十三名学生。事实上，这两件事情完全没有任何关系。政治事件为主题的戏剧使得个人生活中的戏剧性事件失去大部分的力度。这就好像屠格涅夫没完没了地思考他自己关于母亲情感的弱点，他自己关于波林·维亚尔多滥交的弱点，用政治或种族术语使这一切合理化。"俄国人是这样的，俄国人是那样的。这是历史的错误、传统的错误、哲学或诗歌或别的什么的错误。"合理化的迷雾在他和客体之间形成，直到他再也看不清楚。

事实上，他有时能看得很清楚。在我看来，这些小说中只有一部称得上是一流小说。这就是相对而言不太为人所知的《春潮》。在形式上，这部作品几乎和《烟》完全相同。像小说《烟》一样，这部作品设定的背景是德国。一个名叫萨宁的年轻人爱上了一位漂亮的意大利-德国混血女孩，并与她订婚。后来，他被一个富有的已婚女人引诱，这个女人就是屠格涅夫通常描写的卑鄙的女人。整本书是小说有机形式的胜利。小说中没有一个人物超出日常生活的范围，决斗的场景甚至也被渲染成半喜剧的氛围。屠格涅夫也没有向我们解释为什么萨宁是一个性格软弱的年轻人，他也没有必要这样做。没有合理化的迷雾，这本独特的小说在其清新纯净的氛围中令人愉悦。

即使如此，这也不能代表屠格涅夫的鼎盛时期。在他的鼎盛时期，他是一位杰出的作家。我发现自己很难跟得上爱德华·加内特和乔治·摩尔对他的溢美之词。我发现自己更难跟得上莫里斯·巴林这样的人，当他说："如果普希金是俄国文学的莫扎特，那么，屠格涅夫是舒曼；他不是最伟大的作家之一，但是，他仍然是一位诗人，充满了灵动的抒情情怀，是一位伟大的、经典的艺术家，俄国文学中散文派的维吉尔。"我的困难可能来自这样一个事实，他的崇拜者和诽谤者都认为他是"经典的"。我却认为屠格涅夫最不可能是"经典的"。对我来说，他是一个有着极大缺陷的大作家。除了《猎人笔记》和《春潮》，他最重要的作品是长篇故事或短篇小说，这些作品很少有人提及。在这些作品中，人们可以看到他内心的矛盾得到正确的表达。屠格涅夫的真正矛盾并不是思考与行动之间的矛盾，而是野蛮与文明之间的矛盾。屠格涅夫的问题是，用爱尔兰诗人的话来说，"他的背仍然渴望鞭打"。表面上来看，人们甚至可以在小说中看到这一点——例如，在《处女地》中，那些老年人奇特的人物漫画，在《父与子》中，对巴扎罗夫父母双亲的描绘，还有，在同一本书中，对阿瑞娜·乌拉斯伊芙娜的描绘。

阿瑞娜·乌拉斯伊芙娜是这所老派学校教出来的真正的俄国贵妇人；她可能生活在两个世纪前俄国的旧社会。她非常虔诚，非常敏感，相信各种各样的占卜、算命、魔咒、梦境；她相信先知的异象、灵魂、树妖、邪恶之眼、咒语、民间偏方、"星期四的盐巴"、即将来临的世界末日；她相信，如果复活节晚祷时蜡烛不熄灭，荞麦将会有个好收成，还有，如果蘑菇被人类的眼睛看到，就会停止生长；她相信，水是魔鬼出没的地方，每个犹太人胸前都有一个血印。她害怕老鼠、蝰蛇、青蛙、麻雀、水蛭、打雷、冷水、气流、马匹、山羊、姜黄色头发的人、黑色的猫，她认为蟋蟀和狗是不洁净的动物；她不吃小牛或鸽子，小龙虾或奶酪，芦笋或耶路撒冷菊芋，野兔，或者，最后，西瓜，因为一片西瓜会让她想起施洗约翰的头。

屠格涅夫的作品中有两个故事，我可以用这两个故事来证明他是怎样的人，以及他内心冲突的真正本质是什么。这两个都是令人惊异的故事。《蒲宁和巴布林》描写了他在他那可怕的母亲的庄园中的童年生活，也就是故事中的祖母。在后来的生活中，他常常指着一扇窗户。她就是坐在那里打量着被她判处流放的可怜的农民，或军队，这个事件也被重新提起。这个故事描写了两个老怪物：巴布林是一个很好的家庭的私生子，他终其一生都在默默忍受着自己的委屈，并拯救像蒲宁这样的跛足鸭，而蒲宁是个有智力缺陷的老蹩脚诗人，他们两个同吃同住。这又是堂吉诃德与哈姆雷特式的组合。巴布林被叙述者的祖母雇佣之后，她把一个农民流放的时候，他和这位祖母吵了一架，并带着耻辱离开了。当叙述者七年之后再次见到他的时候，他已经捡到另一个"跛足鸭"，那是一个他想要迎娶的出身高贵的孤女。但是，她这时正和叙述者的一个朋友有暧昧关系。十二年之后，他们两个再次相遇。这一次，蒲宁已经去世，而穆萨被她的贵族情人抛弃之后，再一次被巴布林救下，这时，他们结婚了。到这个时候，他也卷入革命政治，最终被捕，并遣送到西伯利亚，她跟着他去了那里。当他在那里去世的时候，这个具有献身精神的女人，带着一颗破碎的心，留下来继续做他的工作。

从本质上来讲，这是屠格涅夫小说的素材，他的处理方式却完全不同。正如在《春潮》中那样，合理化的迷雾消失了。与《春潮》不同的是，这个故事没有归纳人物的特点。穆萨不是梦中情人。我们第一次见到她的时候，她是一个坏脾气的女人，一个"烈性子的人"，叙述者这样称呼她，一个喜欢走在悬崖峭壁上的女人。巴布林实实在在地被她吸引，虽然他赢得了我们的尊敬，但是这也违背了我们的意愿。在这个故事中，屠格涅夫找到自己梦想的真实化身，结果却有些不同，这个化身比小说中的化身更严厉，更粗糙。

《古老的肖像》是我选择的第二个故事，这是上了年纪的作家有时候凭借高超的技巧创作出来的杰作之一，这样的技巧会让评论家倒吸一口凉气。这个故事很可能是世界上三四个伟大的短篇小说之一。故事以闲言碎语的方式讲述，极有可能出自塞维尼夫人的一封信。故事的形式和《春潮》一样，这是两种生活方式或两种生活态度的鲜明对比。故事描写了一对十八世纪的夫妻，阿列克谢·谢尔盖奇和他的妻子马拉尼亚，他们代表了他们的文明中最美好的一切。阿列克谢喜欢谈论过去的日子和凯瑟琳皇后，但是，他讲得不太多。"够了，"他说，"那些是美好的日子，但是，说得够多了！"马拉尼亚是个十足的话匣子。

阿列克谢·谢尔盖奇的去世是十九世纪故事讲述的重大事件之一，因为这个场景完美地融合了怀旧情绪和精确、幽默的观察。这是屠格涅夫作品中为数不多的真正称得上"经典的"东西之一，与伟大的诗歌几乎毫无差别。

　　"不，不痛苦……但是，很难……很难呼吸。"然后，短暂的沉默之后，"马拉尼亚，"他说，"所以，生命悄悄溜走了——你还记得我们结婚的时候……我们是天造地设的一对吗？""是的，我们是，我英俊的、迷人的亚历克西斯。"这位老人又沉默了。"马拉尼亚，我亲爱的，我们在另外一个世界还能再相遇吗？""我会向上帝祈祷的，亚历克西斯。"这位老妇人突然哭起来。"好了，别哭了，傻瓜；也许，上帝会让我们再年轻一次——那么，我们又可以成为一对美好的夫妻。""他会让我们年轻的，亚历克西斯。""有上帝在，一切皆有可能。"亚历克西斯·谢尔盖奇说道。"他创造出伟大的奇迹——也许，他会让你变得明事理……这么说，我的爱人，我是开玩笑的；过来，让我亲吻你的手。"

"那么，我亲吻你的手吧。"这两位老人同时亲吻了对方的手。

然后，屠格涅夫若无其事地插进一个题外话，这是关于阿列克谢·谢尔盖奇的一个奴隶，一个叫伊万的马车夫。他是"一个伟大的小丑，一个最滑稽的家伙；他擅长各种各样的把戏——他过去经常放风筝，放烟花和火箭，玩各种各样的游戏，站在马背上飞奔，在秋千上比其他所有人都飞得更高，甚至可以表演中国皮影戏。"伊万成为这个家庭的一员已经很长时间了，以至于，甚至没有一个人怀疑他实际上是别人的财产。当人们发现这个错误，要求奴隶返回的时候，阿列克谢·谢尔盖奇试图买下他，最后却不得不把他送回主人那里。他的主人是个非常严厉的人，不能容忍胡言乱语。这个滑稽的小角色威胁说要杀死他的新主人，却没有人把他当回事。当他走进主人的房子时，他又重复了他的威胁，却被残忍地鞭打一顿。后来，他似乎安定下来，甚至与他的新主人成了朋友。在寒冷的一天，他说："我警告过你，伊万·彼得罗维奇——你只能怪你自己。"他砍下新主人的头，并带着他的尸体驾车去法院。

"他们逮捕他，审判他，判处他鞭打的刑罚，然后，强迫他做苦工。这个无忧无虑、轻快敏捷的舞者被送去矿井，在那里，永远地消失了……

是的，人们只能在另一种意义上重复阿列克谢·谢尔盖奇的话：'那些是美好的日子，但是，说得够多了。'"

屠格涅夫并不经常大发雷霆，当他这么做的时候，人们会永远记住这一刻。人们也意识到，他的心就埋在这里，埋在这个野蛮、多彩的世纪，跟随着巴布林的只是他的思想，为小伊万和在其之后留下的所有毁掉的生活伸张正义。

第十章

托尔斯泰和意志的屈服

1

关于屠格涅夫，我有意选用"诗歌"这个词语，但是，在讨论托尔斯泰的时候，这是我最不应该使用的词语。作为一个讲故事的人，托尔斯泰那至高无上的品质是一种高超的叙事天赋，这使他能够极其忠实地看到和描写他的人物在做什么，在想什么。从各个方面来看，他都是屠格涅夫的对立面。如果我要戏仿屠格涅夫的小说，我应该这样开始，"十二月底一个寒冷的夜晚，一位至少有三十五岁的白胡子老头正坐在炉火旁烘烤着他那干枯的四肢。这时，他仔细端详着壁炉台上一位丰乳肥臀的漂亮女人的画像"。换句话说，屠格涅夫太放松，太过于情绪化。另一方面，托尔斯泰的血管里流的是电流而不是血液。他笔下的老人比屠格涅夫笔下的年轻人更有活力。当我读托尔斯泰的时候，我发现自己在喃喃自语："稳住，老伙计！放松，看在上帝的份上！一切都会好起来的。当心，否则，你会摔下那辆自行车！"

但是，没有什么能阻止托尔斯泰。那些短小、生硬、支离破碎的句子就像上好了油的割草机发出呼呼作响的声音并向前扭动。无论它们经过哪里，似乎都能收拾干净路上的所有细节。人们很容易低估这种天赋，乔治·摩尔就是这样做的。或许，人们还会取笑托尔斯泰描写女仆脖子上汗珠的方式。然而，这正是人们在德国小说家身上所忽略的品质。这种可以塑造、可以改变的感觉使他能够抓住大量细节，给予他的叙述实质性的内容，而从未停下前进的脚步。对于任何一个想要学习写作艺术的人来说，他都是一个完美的榜样。最沉闷的场景从构成它的细微的观察和矛盾中表现出来，结果是焕然一新、精神饱满。与屠格涅夫的叙事风格相比较，托尔斯泰的叙事风格有一种格外令人振奋的品质，就像我们呼吸着高空的空气一样。看看《安娜·卡列尼娜》中的这一小段。

"这是什么？"斯捷潘·阿卡狄伊维奇问道，他进来和妻子说话。

从他说话的语气，基蒂和安娜都知道他们已经和好了。

"我想让安娜留在这里，但是，我们得挂上窗帘。没有人知道怎么做，所以，我必须。"多丽说着，回答她丈夫的问题。

"天晓得，他们是不是编瞎话。"安娜注意到多丽冷淡而平静的语气，她心里想。

"不要，多丽，不要小题大做。如果你喜欢的话，我来安排一切。"

"是的，"安娜想，"应该已经解决了。"

"我知道你是怎么安排事情的，"多丽说，脸上带着嘲弄的微笑。"你给马特下达了一个他不能理解的命令，然后，你一走，他就把一切搞得一团糟。"

"完全，完全和解了，完全，"安娜想，"谢天谢地！"

从讲故事的角度来看，这个段落再好不过，而且，这并不是个例。这样的段落是随机选取的，而人们可以从托尔斯泰的作品中选取成千上万个同样有效的小场景。从字面上来看，这本书里没有一个词语不是借助骗术来吸引读者的注意力。然而，就屠格涅夫而言，我发现自己有时候希望他的语气更轻快一些，所以，对托尔斯泰也是如此，我经常发现自己渴望一种更放松，更深沉的语气。正所谓高处不胜寒，虽然站在高处会让人心旷神怡，但是高空也会让读者感到心悸。我赞同托尔斯泰关于有机形式的观点，也认同，在一部英语小说中，引人入胜的复杂情节会让读者对事件的兴趣胜过对感情细节的兴趣。当我在《两个轻骑兵》读到下面的段落时（这也不是例外，而是典型），我不禁想到，感情细节模糊了感情本身。他这样描写一个挪用公款的年轻官员：

> "我毁了我年轻的一生。"他对自己说。这可不是因为他真的认为他毁了自己年轻的一生——事实上，他完全不是这么想的——而是因为他碰巧想到了这句话。
>
> "现在我该怎么办？"他思考着。"向别人借钱，然后离开。"一位女士沿着人行道走着。"看起来多么愚蠢的女人！"他不合情理地想。"没有人肯借钱给我。我毁了我年轻的一生。"他走到商店。一个披着狐皮斗篷的商人正站在商店门口招揽顾客。"如果我没有拿到那些东西，我本来应该弥补我所失去的损失。"一个年老的女乞丐跟着他，低声抽泣着。"没有人肯借钱给我。"一个穿着熊皮斗篷的绅士开车经过；一个值班员站着不动。"一个人能做些什么不同寻常的事呢？开枪射击这些人。不，这让人厌烦。我毁了我年轻的一生。哦，这些都是很好的马勒，挂在那里，上面还有装饰品。我现在想坐一辆有三匹马的雪橇——哦，心爱的人！"

这是对危急时刻冲击着我们心灵的无关紧要的风暴的精彩描述。这些多余的人，在托尔斯泰的危急时刻，总会走过来转移人物的注意力。增加的矛盾，重复的句子"我毁了我年轻的一生"把次要矛盾联系起来，然而，这句话本身就是最矛盾的。这一切都很精彩，但是，有些东西被遗漏了——那种令读者心悸的倾向！

2

屠格涅夫和托尔斯泰在写作风格上的差别表明这两个人之间存在着巨大差异。屠格涅夫是个民主主义者、自由主义者、理性主义者，然而，托尔斯泰的观点从极端的保守主义发展到更加极端的无政府主义。屠格涅夫是温和的、意志薄弱的；托尔斯泰是傲慢的、盛气凌人的。"我拿着匕首或军刀站在门口说：'只要我活着，任何人都不得进入这里。这就是我所说的信念。'"这也是很多人所说的暴露癖。

虽然这两个人不尽相同，但是他们有一点非常相似：他们两个的真正问题都是把意志力当成判断力。屠格涅夫觉得他自己意志上的弱点几乎像一种疾病。在他最优秀的作品中，人们在他笔下看到一种回归传统直觉的渴望，这种生活不受个人行动需求的干扰。虽然托尔斯泰从挑战每一个被接受的观点开始，但是他却以宣扬一种包含完全放弃意志的宗教结束。在俄国文学中，三位最伟大的小说家都被一种意志屈从的欲望所困扰。虽然这是我们欧洲人所熟悉的形式，但是它根本就不是欧洲的东西。这些东西是东方的产物，它标志着这些伟大的小说家与他们在英国和法国的同时代人之间的真正区别。

托尔斯泰的朋友费特认为，经过仔细核查，他"对所有已经被接受的观点的不自觉的反对"最终演变成某种类似于使司汤达相形见绌的自卑情结。从表面上看，这似乎是纯粹的无政府主义。我们必须再次注意他和屠格涅夫之间的对比。屠格涅夫受到直觉的阻碍，并将自己的天性归咎于残暴、专横的母亲，他永远都在寻找一个父亲形象或任何形式的权威。当他找不到的时候，他就创造一个出来，就像这种因素在因萨罗夫和巴扎罗夫这两个人物身上一样。另一方面，托尔斯泰似乎一直生活在对父亲这个概念的反抗之中，除了他自己盲目的直觉，他不接受任何权威。或者，看起来似乎如此，尽管事情并没有那么简单。

他挑战所有已经被接受的观点，这些观点涉及文学、艺术、教育、历史、战争、医学、宗教、科学。他意识到——其他写音乐的人都没有注意到这一点——贝多芬的《克鲁采奏鸣曲》是最不正经的一个作品。后来，当他总结说《哈姆雷特》和《第九交响曲》是糟糕的艺术，而《悲惨世界》《圣诞颂歌》《汤姆叔叔的小屋》是优秀的艺术，他只是给他一生都在说的那些话下了定义。前一部分作品之所以糟糕是因为它们只能被一小部分受过教育的人所理解；后一部分作品之所以优秀是因为它们吸引了大量的普通人，并教给他们拥有其自身价值的道德课程。这些想法既不违背常理也不像表面上看起来那么自相矛盾，而且，理解这些想法对于理解诸如《安娜·卡列尼娜》和《战争与和平》这样的小说至关重要。因为，要是没有这些想法，这些小说就永远不可能写出来。通过这些思想，托尔斯泰把某些个体往往只当成他自己责任的决定转移到广大人民群众的潜意识或直觉之中。

教育方面也是如此。马赛市的教育部门对他们辖区的孩子强加了一套残酷的课程。这些公民长大成人后就可以通过阅读《三个火枪手》予以补救——"一所无意识的学校破坏了义务教育的学校，并且让其学习内容变得几乎一文不值。"他自己创办了一所学校，向人们展示应该如何完成这项工作。但是，俄国的教育部门和马赛市的教育部门对此视而不见。人们认为，托尔斯泰教育的孩子比那些在正规学校受教育的孩子要笨得多。

"自然的"艺术、"自然的"教育、"自然的"宗教——这些都是托尔斯泰追求的东西，这些东西只能在群众之中才能找到。他的任务只不过是去阐释群众的智慧。他毫不费力地证明，基督只留下五条诫命，而不是摩西律法的十条诫命："不要生气、不要有贪欲、不要发誓、不要与邪恶之人作对、爱你们的仇敌。"基督本人记录的观点是，没有哪条诫命比前两条诫命更重要，这一点完全可以忽略不计：他极有可能不明白，或者报道有误。无论如何，福音书是如此令人震惊，托尔斯泰不得不亲自改写。像大多数有母性思维的人一样，他几乎没有幽默感。我想，在现实生活中，他一定是个最令人讨厌的人。

他拥有巴尔扎克所有的知识，却完全没有他的平衡感和幽默感。他的主要作品中没有一部完全摆脱他那偏执的无政府主义。当《安娜·卡列尼娜》中的基蒂生病了，这仅仅是一个对医生进行猛烈抨击的场合。托尔斯泰反对医生，是因为他们的无知还是因为他们享受着观看女人裸体的自由，虽然这一点尚不清楚，但是，在《战争与和平》中，娜塔莎生病的时候，情况也是如此。

他们用法语、德语、拉丁语谈了很多，互相指责，并且为他们所知道的所有疾病开了各种各样的药物。但是，这个简单的想法从来没有在他们的脑海中出现，他们不知道娜塔莎患的是什么病。一个活着的人所患的疾病根本无法确认，因为每一个活着的人都有他自己的特点，总有他自己独特的、新颖的、复杂的、医学上未知的疾病——不是肺部、肝脏、皮肤、心脏、神经方面的疾病，也不是医学书籍上提到的疾病，却是一种由这些器官的无数种疾病组合而成的疾病。这个简单的想法……

"简单的"这个词语的重复让托尔斯泰看起来像个江湖骗子，巴尔扎克也是如此。不管这个医学理论可能是什么，都肯定不是"简单的"。关于这一点，医生并不比军人更差，在同一本书中，所有的将军都是在丝毫不知道结果如何的情况下调动军队。他们没有注意到一个"简单的"事实，他们不可能知道所有的情况。因此，托尔斯泰不得不写一部巨著来纠正军事历史学家们的错误。他们不仅没有注意到将军们也没有了解的同样"简单的"事实，也没有注意到这类行动的细节无法准确查明的这个"简单的"事实。对于"自然的"艺术、教育、宗教，我们现在不得不加上"自然的"医学、兵法、历史。

对于上面所提到的这些，我们之后可能还会加上"自然的"道德。托尔斯泰一生中最美好的时光都花费在他对社会的最终结论上。即便如此，他也不明白为什么其他人不能在五分钟之内得出结论。"他问了一个非常简单的问题：'为什么有些人有权利监禁、折磨、流放、鞭打，甚至杀害其他人，而他们自己却像他们所折磨、鞭打、杀害的人一样？'"

屠格涅夫和托尔斯泰之间有一种独特的相似性，屠格涅夫用意志坚强的男性形象塑造理想中的自我，托尔斯泰则用圣洁的淳朴形象描绘理想中的自我，皮埃尔和莱文，并向他们揭示不为理想主义者所知的真理。托尔斯泰既不神圣也不头脑简单，他对自己的描述极其虚假。但是，有一件事情他是对的——他把他对孩子般的那种坦率的重视带到了对生活的思考之中。

3

这种孩子般的坦率对于任何艺术家来说都非常重要：这是他独创性的标志；这证明，他对生活有自己的见解。托尔斯泰是有史以来最具独创性的作家之一。

一个像托尔斯泰这样极具独创性的作家，当他处理的主题使他能够充分表达自己的独创性时，他的作品最出色。他处理医生这样的主题时，正如我之前引用《战争与和平》中的那段话，他的独创性往往表现得乖僻反常，他讨论将军以及他们的计划的章节也是如此。如果屠格涅夫的最爱《哥萨克人》是他最值得读的书之一，那是因为托尔斯泰的写作接近于他的灵感的真正来源：远离城镇的人们过着野外的、自然的、本能的生活。托尔斯泰深受卢梭的影响，他在这种特殊方式存在的生活中找到了灵感。"人们过着自然的生活，"他写道。"他们死去、他们出生、结为夫妻、更多的人出生——他们战斗、吃饭、喝酒、庆祝和死去，没有任何限制，除了大自然施加在太阳和草地、动物和树木的限制。"

"荒原上同样会有风吹过来。"在这样的一篇文章中，我们可以感受到卢梭的影响，因为这种原始生活的描述太简化。没有人像那样活着或死去，更不用说托尔斯泰。但是，确实如此，他在精神上比任何时候都更接近半野蛮的哥萨克人，而不是他在莫斯科那些文明的朋友和亲戚。首先，他们并没有通过新政权的强制执行来增强他的虚荣心，他们也不像传统的态度那样总能激起他的愤怒。相反，传统的态度现在是他的了，而他们的态度则保持着清新，未受外界事物影响。奥列宁就是托尔斯泰自己，他对待爱情和自我牺牲的态度就是这样，但是，卢卡斯卡和他的爱人玛丽安卡都没有这样的态度。当奥列宁豪爽地送给卢卡斯卡一匹贵重的马时，卢卡斯卡没有传统的感恩之心。相反，他的脑子里充满了模糊的怀疑，这个学员正在跟他玩一些聪明的把戏，并且对他有邪恶的念头。"这些念头是什么，他无法确定，但是，他也不承认，一个陌生人会出于好心，白白地送给他一匹价值四十卢布的马。"因此，当奥列宁爱上玛丽安卡的时候，她的反应对他来说完全是新奇的。

"你愿意嫁给我吗？"他问道。

"你会欺骗我，而又不要我。"她愉快而平静地回答。

"可是，你爱我吗？看在上帝的份上，告诉我！"

"为什么我不能爱你？你又不是眯眯眼。"

如果托尔斯泰讲故事的特质主要是他惊人的叙事天赋，那么，这与他给予读者"没有大理石，没有常规用语"的次要特质有关。这些东西都是原创，创意新颖，频频出人意料，令人惊叹。

但是，你不可能肆无忌惮地练习独创性。常规思维就是从众思维，就像画家半闭着眼睛看物体一样。当我们爱的人死去，我们通常以传统的方式看待我们的悲伤，将矛盾和尴尬的细节隐藏起来。托尔斯泰没有压抑这些矛盾，这是他天赋的一部分。这也是他的弱点之一，因为他做不到这一点，他无法以大众的方式思考。在他的主要作品中，像《战争与和平》和《安娜·卡列尼娜》，人们对传统的态度有些退缩。孩子们的眼睛，野蛮人的眼睛，挑出许多有趣或迷人的细节，但是，他们没有对这些细节分类，没有隐藏，没有寻找画家闭上眼睛试图发现的重要群体。

在《战争与和平》中，有两个段落位置靠得很近，这两段展现了他最糟糕的一面和最优秀的一面。前者是第八卷中对歌剧的描述，通过减少其构成细节的方式，他巧妙地运用十八世纪众所周知的把戏描写了一场传统的表演。然而，对于不熟悉惯例的局外人而言，这场表演并不是看起来的样子。

首先，那个穿着紧身裤的男人独自唱歌，然后，她唱歌，接下来，他们两个都停下来。当乐队演奏的时候，这个男人用手指拨弄着穿白色衣服的女孩的手，显然是在等着，打算节奏一开始就和她一起唱歌。他们一起唱起来，剧院的每个人都开始鼓掌和喊叫，舞台上的男人和女人——他们代表着恋人——开始微笑，伸开双臂，鞠躬。

在托尔斯泰看来，凡是他不喜欢的东西都是这样。这些东西碎成小块，好像从墙上掉下来的马赛克式的装饰图案。在他皈依宗教信仰之前，他一直都认为宗教仪式本身很美好，但是，在《复活》中，弥撒就像歌剧和《李尔王》一样。

牧师穿了一件非常奇特，非常不方便，用金布做的衣服，他把面包切成小块，放在一个碟子里；他把这些东西放进一个盛满酒的杯子里，同时，念着各种各样的名字和祷文。

当我们着手研究他对歌剧的描写时，我们有必要翻回来几页，阅读他对"安卡"唱给娜塔莎时的描写。

安卡像农民一样唱着歌，充满了天真的信念。他相信，歌曲的全部意义在于歌词，曲调是自然形成的，没有歌词就没有曲调，曲调的存在只是为了让歌词有韵律感。结果就是，这首被忽视，不值得考虑的曲调，就像鸟儿的歌声一样，特别好听。

当然，也有可能是，托尔斯泰在这里只是转述了一些十九世纪民俗学者的作品。但是，假如这是真的，这里的描写仍然是极好的。我不认为他是在引用任何权威的话，我相信他是根据自己独立的观察来写。这是非常引人注目的观察，实际上，世界各地的民间歌手都是这样表演，这正是他们的魅力所在。

很显然，除了托尔斯泰喜欢民歌而不喜欢歌剧这一事实之外，还有更多原因。这意味着，他所写的一切东西都是基于一种理论，这种理论夸大了"自然"的重要性，而低估了"艺术"的重要性。他的思想倾向于民歌所代表的直觉的东西，而远离了歌剧所代表的理性的东西。他的观察力之所以清新、纯粹，这是由于他的思想从来没有因为笼统的观念而变得抽象，也从来没有因为约定俗成的思想而变得陈旧；他在知识方面有很多很严重的局限，这些局限来源相同。我们在大家都很熟悉的戴维·赫伯特·劳伦斯身上看到的正是这同样的态度，同样的局限性。

那些知识上的局限在他的代表作《战争与和平》中随处可见。这里面包含很多他最伟大的创作，然而，这些内容都非常难读。我不认为人们会因为小说的长度而过分犹豫。普鲁斯特的小说更长，我却很少希望其长度再短一些。《卡拉马佐夫兄弟》冗长而离题，这部小说却以《战争与和平》从未有过的方式吸引着我的注意力。

部分原因可能是，托尔斯泰使用的是有机的形式，而不是强加的形式。如果素材本身是有机的，那么，有机的形式就会很好：这本书是关于一次简单的行动和一群简单的人。如果这本书是关于一系列复杂的行动和几个群体的人，正如《战争与和平》和《安娜·卡列尼娜》那样，他们之间的关系无法令人满意地建立起来，这往往使整本书变得杂乱无章。我们又回到英语小说的老难题上来。也许，"对事件的兴趣往往会压制对感情细节的兴趣"，在《战争与和平》中，对感情细节的兴趣肯定压制了对事件的兴趣，对于一本自称是历史的书来说，这样说很奇怪。

然而，这并不是这部小说的主要缺点。这里所说的缺点是指知识方面。除了构成这本书主要内容的关于几个家庭的故事之外，还有另外一部我们也许可以称之为《秩序与无政府》的小说。这部有趣的历史小说的反派是拿破仑，他以一种有序的方式行动和思考，并相信他正在影响着事件的发生。小说的主人公是上了年纪的库罗佐夫，他其实并没有试图去影响任何事，而是吃鸡肉、祈祷、读小说，或者在重要的时刻打瞌睡，因此，他允许事件指示它们自己的进程。拿破仑是歌剧，库罗佐夫是民歌；拿破仑是马赛市的教育部门，库罗佐夫是通过阅读杜马斯进行自我教育的马赛大众。换句话说，库罗佐夫仅仅代表着俄国的无名大众，他真正做的事情是指出他们的潜意识或直觉，而那些傲慢、聪明的人相信他们自己已经为这些决定承担了责任。

这种态度以多种方式完全贯穿在第一部小说《战争与和平》之中。这种态度也渗透到一系列行动的复杂性和群体的多样性之中，给了这本书杂乱无章的感觉。这不仅是由于托尔斯泰希望描写这些群体和这些行动，也是由于他对个体的特殊态度使他不能写出一本关于一个强有力的中心人物的作品，因为任何这样的人物必然会以拿破仑窃取历史书的形式来窃取这个故事。

这也解释了，为什么要熟悉任何一个人物都非常困难，因为这些人物都有如此精彩的细节呈现。我们再一次看到，这不仅仅是由于托尔斯泰认为像简·奥斯汀或特罗洛普那样去理解人物是一种亵渎，这也是由于他没有能力这样做。他的天赋是去感受而不是去理解。他对自己笔下的人物感触颇深，特别是年轻的女人，她们本能的、近乎动物性的感知与他自己的感知如此相近。我们以他对娜塔莎在房子里狂躁不安的描写为例。

"我还能做什么？我还能去哪里？"她一边想，一边沿着走廊慢慢地走着。

"纳斯塔西娅·伊万诺夫娜，我将来会有什么样的孩子呢？"她问那个穿着女士短上衣向她走来的滑稽剧演员。

"什么，跳蚤、蟋蟀、蚱蜢。"这个人回答说。

"哦，上帝，哦，上帝，一直都是这样！哦，我该去哪里呢？我该拿自己怎么办呢？"然后，她用脚后跟轻轻地敲打着，飞快地跑上楼，去看住在楼上的沃格尔和他的妻子。

两个家庭女教师和沃格尔夫妇坐在一张桌子旁，桌子上放着一盘盘葡萄干、核桃、杏仁。这两个家庭女教师正在讨论住在莫斯科还是住在教德萨更便宜。娜塔莎坐下来，带着严肃和沉思的神气倾听她们的谈话，然后，她又站起来。

"马达加斯加岛。"她说。"马—达—加—斯—加。"她重复道，清楚地说出每个音节，史洛斯夫人问她在说些什么，她没有回答，就走出了房间。

她的兄弟佩蒂亚也在楼上。有那个人小心伺候着他，他正准备当天晚上燃放烟花。

"佩蒂亚，佩蒂亚！"她向他喊道，"带我下楼去。"

佩蒂亚跑上前去，主动把后背给她用。她跳上去，搂着他的脖子，他也跟着蹦跳起来。

"不，不要……马达加斯加岛。"她说，然后，她从他的背上跳下来，她下楼了。

从来没有其他人像他这样写过。这样描写的自发性和生动性都让人感到愉悦。虽然对于一个较短的故事来说，感觉上还不错，然而，在我看来，《战争与和平》呈现的如此漫长的时间跨度，对一个人物保持兴趣还远远不够。我从来没有像理解爱玛那样理解娜塔莎，爱玛的作者在情感和理智上都能理解她，我也从来没有像理解克劳利先生那样理解上了年纪的王子，克劳利先生的作者对他的理解甚至比对他的感受要多——实际上，克劳利先生的作者对他感触颇深。

《安娜·卡列尼娜》显示了托尔斯泰思想的一种非常有趣的发展倾向。

在《战争与和平》中，他把自己在《哥萨克人》中倡导的态度变成了一种类似于普世体系的东西，需要大量的人来充分表达它。《安娜·卡列尼娜》，至少在我看来是这样，在某些方面，甚至是一本更好的书，这本书遵循了一个类似的进程。书的标题有些用词不当，这一点令人惊愕，好像安娜只是另一个复杂家庭中的人物。进一步来说，这本书的结尾不是安娜的悲剧结局，而是列文对"自然的"道德得意扬扬的发现。这本书实际上是对几段婚姻和相当数量的人物的研究，书的标题显然应该是《爱情与婚姻》。这种泛泛而谈的方法导致某种程度的无定型性，《战争与和平》也是这样，这种无定型的状态经常让我在重读时陷入困境，我想其他人也是这样吧。

列文在最后几个章节的发现对于托尔斯泰发展成作家产生了重要的影响。首先，这几乎使他停止写作。"自然的"道德极有可能是他唯一能发现的东西，而且，一个无所不知的作家不再需要表达他的矛盾。他只需要把光传播出去就行了。然而，这一发现与托尔斯泰在教育、文学、战争方面的其他发现完全相同。列文从一个农民那里了解到自然的道德。正如其他所有重大发现一样，这是无名群众的专有财产。

当我们从《安娜·卡列尼娜》转向《复活》，我们知道，这一发现已经彻底改变托尔斯泰作为一个小说家的观点。《复活》比《战争与和平》或《安娜·卡列尼娜》更像一本守旧过时的小说。首先，这本书拥有另外两本书都缺少的形式上的统一。这是一部关于人物的艺术作品，这个人物有足够的重量来维持扩展叙述的分量。这本书缺少早期作品中蕴含丰富的所有情感矛盾。一切事物都是成群结队，这些大众即使是在过于简化的情况下也非常重要。所有的牧师、律师、法官都在做他们应该做的事情，因为他们都希望继续领取月薪，结果就是，无辜的人被谋杀，被折磨，被监禁。当然，这幅画像过于夸张，这些大众聚在一起的规模过于庞大，人物过于重要。然而，对我来说，有意思的是，他们都很重要，他们的遭遇让我深受感动。

目前来看，奥秘和诀窍在于托尔斯泰描写的细节与某些东西相关，而奈克鲁多夫性格中的矛盾却与之无关。他抑制这些矛盾，从而创造出他想要创造的效果，就像小说的经典大师们一直做的那样。有时候，我甚至会想，如果《复活》不是托尔斯泰的小说中最经久不衰的那一部，那么，这无疑是最扣人心弦的那一部。

第十一章

特罗洛普这个现实主义者

1

由于他自己糊涂和愚昧的行为，特罗洛普的声誉已经受到很大损害，人们几乎不可能合理而准确地确定他在英国小说中的恰当位置。他在去世之后留下一本自传，在这本自传中，他讲述了自己的工作方法，并试图谴责文学中的灵感因素。虽然他只是表现出自己没有能力认识到这一点，但是人们还是相信了他的话。他的声誉一落千丈，再也没有得到恢复。当他的仰慕者赞扬《自传》的"诚实"时，他们也帮不上什么忙。诚实和粗野有一定区别，就文学事业而言，福楼拜信件中的一段话就足以抵得上特罗洛普写的所有东西。

人们发现，英国的年轻人，那些奔赴二战的年轻人，他们的口袋里留着特罗洛普的某本小说。虽然他不是一个很有声望的作家，但他确实，就像大卫·塞西尔勋爵所说，"几乎是维多利亚时期唯一的小说家。对于他的作品，我们这些敏感的知识分子能够阅读，而不用经历一种让人无法忍受的不快"。

伊丽莎白·鲍恩①把年轻人的兴趣追溯到他所描写的那个世界的稳定性——他天生就是托利党人，特罗洛普写的当然是他的世界中最稳定的部分。他很少注意到这个世界上有煽动叛乱者和想入非非的怪人。大卫勋爵把他作品的普及流行归因于"现实主义"，这种"现实主义"使他的作品保持着新鲜感。相反，与他同时代的伟大作家那些不太现实的作品充满了他们那个时代迫切需要解决的问题和伟大的理想，而那些东西早就过时了。对于那几句支持现实主义的好话，人们大可原谅大卫勋爵，但是，甚至连他也不会承认特罗洛普是维多利亚最伟大的作家之一。他认为，特罗洛普的创造性想象并不能令人信服；他笔下的人物没有狄更斯笔下人物的"不可思议的生命力"；他的风格与哈代的风格相比则是非常糟糕，哈代的文字"在最糟糕的情况下……设法传达出作者的气质和性情；在最好的情况下，是用极其高超的技艺和美感来传达这一点"；若是我们把这段描写与《远离尘嚣》中特洛伊的击剑表演相比较，他想象场景的能力——目睹约翰尼·埃姆斯袭击克罗斯比——更是微不足道。

所有这一切都如此令人信服，我几乎要说服自己把这些都记录下来，然而，故事还有另外一面。休·沃尔波尔②也使用特洛伊击剑的例证，但是，在我看来，这是一个非常令人遗憾的例子。这是一段非凡而优美的文字，很可能会让人从史蒂文森的浪漫传奇误入哈代的小说，也很有可能在没有人注意的情况下又溜出去。我也不希望这些人物拥有佩克斯尼夫先生或庞奇先生那"不可思议的生命力"，因为这似乎把人物降级到木偶的水平。我唯一能肯定的是，特罗洛普的风格与哈代的风格或狄更斯的风格相比是较差的。他对诗歌极少或几乎没有感觉，依我之见，更加糟糕的是，他对散文也极少有感觉。他的写作在其最好的时候也从来没有达到司汤达或托尔斯泰的水平，

---

① 伊丽莎白·鲍恩（Elizabeth Bowen，1899—1973），20世纪英国作家，代表作是《心之死》（*The Death of the Heart*，1938）。

② 休·沃尔波尔（Hugh Walpole，1884—1941），20世纪英国小说家，代表作是四部历史系列小说《流氓哈里斯》（*Rogue Herries*，1930-1933）。

这是一种没有得益于诗歌的欧洲大陆散文。然而，我却认为特罗洛普和他们两个一样都是伟大的小说家，他是一个比哈代还要伟大得多的小说家。

这种观点很难确立，因为他的小说没有一部是杰作。在我看来，《巴塞特的最后纪事》是像《红与黑》或《安娜·卡列尼娜》那样伟大的杰作。但是，这部作品被不光彩、不合逻辑的内容填充着。我觉得有必要让我的学生对这本书粗略地重构，然后，再做出最后的判断。但是，特罗洛普能够持久受到欢迎的证据仍然需要得到检验。正如我所说，大卫勋爵把这一点归因于特罗洛普的"现实主义"。尽管他非常认真地下了定义，但是，这个定义在这种特殊的语境中仍然是一个模糊的术语。因为简·奥斯汀也同样是一个"现实主义者"，可是，她的受欢迎程度又是另外一种情况。

如果把这两个作家的现实主义进行比较的话，人们会发现，能够让特罗洛普如此受欢迎的品质是什么。简·奥斯汀是从先入为主的行为观念写作，而他不是。她是一个道德家，特罗洛普可以是一个道德家对立面的任何一种人。尽管塞西尔声称，他的标准是"典型的维多利亚中期的绅士"的那些标准，尽管这一说法在他的《自传》中随处可见，但是我一点也不认为那是真的。

如果有一个句子比其他句子更能辨认出特罗洛普的一部小说，这句话就是"对于这样的指责，我不能说我完全同意"。他最喜欢的手法是，引导他的读者小心翼翼地沿着他自己传统和偏见的花园小径前进，然后，再指出读者走错了路。这可不是典型的维多利亚中期绅士的行为。相反，这是一种独创的、个人的行为方式。我认为，这是特罗洛普的行为方式，而不是他的处理方法，这一点让我们这个时代的聪明人感到高兴。

我并不是说，特罗洛普是一个革命人物。实际上，他是一个又挑剔又顽固的保守派，他不信任一切新的观点和方法。但是，不同于大多数英国小说家，他没有一开始就采用千篇一律的道德体系，也没有让他笔下的人物去适应这个道德体系。相反，他让这个体系去适应他笔下的人物。

举个小例子，英国小说的惯例之一就是，"一个男人，一个女孩"，这就是艺术传统的力量。无论我们自己的经历可能会告诉我们什么，我们在阅读的时候从来不会质疑这一点。我们无法想象奈特利先生会像爱上爱玛那样爱上哈里特·史密斯。我们当然也不相信，已经被爱玛拒绝之后，奈特利先生会立即向哈里特求婚。但是，特罗洛普笔下的人物通常会那样做。他的主要人物之一是一位爱尔兰政客，菲尼亚斯·费恩，他与克莱尔郡一个非常好的名叫玛丽·弗勒德·琼斯的姑娘订了婚。但是，当菲尼亚斯到了伦敦，他就把玛丽忘得一干二净，并爱上一个交际花，劳拉·斯坦迪什女士。劳拉女士为了一个沉闷的苏格兰狂热分子肯尼迪而拒绝他之后，菲尼亚斯立刻把他的感情转移到一位名叫维奥莱特·埃芬厄姆的女继承人身上。然而，她反过来嫁给了一个名叫奇尔屯的疯癫贵族，他则玩弄一位犹太寡妇马克斯·格斯勒夫人的感情。他最终娶的是她，但是，直到他成为玛丽·弗勒德·琼斯的鳏夫之后，他才终于娶了她。如果读者忘记自己犯的错误，谴责费恩是一个无情的流氓，特罗洛普就会用他那种令人发狂的方式插嘴，说他的口头禅："对于这样的指责，我不能说我完全同意。"文学是一回事，生活又是另一回事。

如果要在这里断言，一个年轻的男人可能完全忠实于第一个年轻的女人，然而，他却爱上第二个女人，这个故事的读者很可能觉得被冒犯了。但是，毫无疑问，许多男人在经历这一过程的时候都相信自己是认真的，而许多年轻的女人对她们自己的爱人别无所求。

特罗洛普不仅不是简·奥斯汀意义上的道德家，他甚至厌恶她所钦佩的那种道德一致性。我确信，这可以追溯到他自己年轻时的一些事。他的童年是阴郁的，是出身高贵的人受尽贫穷之苦的那种绝望的忧郁。他从小就不太懂事，还有些浪费。后来，他被推送到公务员的岗位上工作，而他并不胜任这个职位。值得注意的是，他永远都无法接受竞争考试的原则。如果他年轻的时候有这样的考试，他可能永远也不会成功。"我总是有麻烦。"他哀伤地说。那个经常在菲尼亚斯·费恩的住处说"我希望你能准时"的讨债人就是那个经常在特罗洛普的办公室纠缠不休的讨债人。正是由于他对自己的前途感到绝望，这个可怜的人才决定要当小说家，这似乎是他所受的悲惨教育留给他的唯一职业。他承认，他能成为作家只是因为缺少更好的东西，而他能成为小说家则是因为"更高级"的文学分支的大门对他关闭，这一点几乎让人心碎。

> 我不相信我能掌握诗歌。我本来很想选择戏剧，然而，我也觉得自己无能为力。至于历史、传记、散文写作，我都没有足够的学识。但是，我想我有可能写一部小说。

"只有小说！"人们可以听到简·奥斯汀的反驳。"只有在某些作品中，最伟大的智慧才能展现出来，对人性最透彻的认识，对人性的多样性最幸福的描述，最生动的智慧和幽默，这些都是用最好的语言传达给世界。"

直到特罗洛普调任爱尔兰，从事一份痛苦的工作之后——也许是和那些比他境况更糟糕的人相比——他才学会自我控制，最终成为我们在《自传》中见到的坚定和正直的典范。情况很可能不止这样，当他转移对他笔下人物的批评时，他实际上是在转移对他自己的批评。他所承受的苦难远远超过了他应得的那份，并以他最终的成功证明这些痛苦了毫无意义。

不管是什么原因，他一次又一次地表示他不喜欢性格坚强的人。"坚持到底的人，"他在《公爵的孩子们》中说，"并不是意志最坚定的人，而是心肠最硬的人。"（"心肠"，顺便说一下，对他来说是个关键词。）"他可能已经发现自己处境如此艰难，如果没有钱，他就不能结婚，"《尤斯塔斯钻石》中的一位老太太解释说，"他需要的是那种坚定，或者，也许，如果你要说他是铁石心肠，你就会这么公开地说。"同样的事情在这里还有更引人注目的一个段落：

　　在社会生活中，我们几乎不会停下来想一想，这种获得成功的英勇精神有多少是来自冷酷的心，而不是来自崇高的目标或真正的勇气。那个屈从于妻子的男人，那个屈从于女儿的母亲，那个屈从于仆人的主人，他们经常由于对使人痛苦的情绪的持续厌恶而变得卑躬屈膝，还有使别人的烦恼成为自己的痛苦的那种温柔，专横跋扈的人的坚定可能产生的任何恐惧，这些同样会让他们屈服。这里有一种内在的温柔，一种精神外在的单薄，不能平静地看到甚至想到别人的烦恼，会让人产生一种类似恐惧的感觉。但是，当他对坚定的需求如此强烈，可以肯定自己的时候，这不仅与勇气兼容，还会与目标的绝对坚定兼容。

　　这个段落中有特罗洛普的精华所在，也就是特罗洛普的主题思想，如果这样一个作家称得上有什么主题思想的话。除非我大错特错，我认为这里说的是一个在生活上遭受过严重打击的人，一个经历过对别人做同样的事情而几乎感受到身体上恐惧的人。我怀疑，这也是他在宗教和政治上奉行保守主义的真正关键。他讨厌卡莱尔、狄更斯、罗斯金这样的改革家，因为他们都是有坚定原则的人，而坚定的原则在他看来就是与铁石心肠联系在一起的东西。

　　这不仅仅是由于特罗洛普同情那些处境不明朗的所谓"弱者"。尽管他的写作有非常严格的禁忌，他的爱情故事通常和十七世纪法国喜剧的情节一样老套，但是他对不太正常的关系也同样可以理解。英国小说中最令人愉快的人物之一是格兰考拉·帕利泽夫人，然而，我们在《你能原谅她吗？》中发现，她正准备和一个名叫布尔戈斯·菲茨杰拉德的身无分文的冒险家私奔，而阻碍她的仅仅是丈夫来接她回家。这对恋人在舞会上正受到密切关注，整个情节如此具有特罗洛普特色，我们不可能将其忽视。人们在这里比在其他任何地方都能看出，他对所谓"心肠"的重视程度。

　　圣邦吉公爵夫人看到了，悲伤地摇了摇头——因为公爵夫人心地善

良……康韦·斯巴克斯太太看到了，带着强烈的欲望一饮而尽……因为
康韦·斯巴克斯太太心肠不好。哈特托普女士看到了，只是扬起眉毛。
这对她来说无关紧要。她喜欢知道发生了什么事，因为这种知识有时候
很有用；但是，至于心肠方面——在这类事情上，她的心肠既不好也
不坏。

这一点，而不是现实主义，体现了特罗洛普作为小说家的真正品质。这
不仅是对事实的忠诚度，还是对事实的某种态度的忠诚度，是面对生活的谦
卑和被动的忠诚度。我并不想说，在艺术层面，这是一件天大的好事。当特
罗洛普没有灵感的时候，他的作品就会显得软弱无力，缺乏活力，确实让读
者感觉非常枯燥乏味。即使在"一个男人，一个女孩"这样琐碎的层面上，
也缺乏敏锐性。菲尼亚斯·费恩跟劳拉女士在一起与他跟马克斯夫人在一起
会同样幸福。西尔弗布里奇勋爵和梅布尔女士在一起过得不错，而他和那个
美国女孩伊莎贝拉·邦卡桑也会相处得一样好。司汤达可能会受到这些事情
的启发，对男人和女人做出一些笼统的概括，但是，特罗洛普仅仅指出，男
人和女人就是这样，假装不是这样意味着违背了人们的生活经验。

2

重要的是要记住，正是这种谦卑赋予特罗洛普一种其他任何英国小说家
都没有的品质。这种品质就是维度，我所说的维度不仅仅是指他和托尔斯泰
一样处理大量材料而又保持各自元素独特性的能力。我主要指的是，充分挖
掘他的人物性格的力量，如此理解人物内在视角的力量，通过简单的光线变
化，他就可以突然以不同的方式向我们展示这些人物。就像《你能原谅她
吗?》中的场景，布尔戈斯·菲茨杰拉德是个身无分文、不顾一切的冒险家。
他唯一的希望就是引诱格兰考拉而得到她的钱，从而为一个妓女买一顿饭。

这是一个非常引人注目的场景。那个时期，在其他任何小说家身上都能证明这一点。菲茨杰拉德有一颗金子般的心，或者，换句话说，这个妓女有一颗金子般的心，又或者，他们两个都有一颗金子般的心。在特罗洛普那里，这只不过是他提醒我们生活并不简单的那些小冲击之一。这向我们表明，格兰考拉并不完全是个傻瓜，而那个菲茨杰拉德，尽管他有种种缺点，他仍然保留着一种自发性行为的能力，这使他赢得了女人的喜爱。

最好的例证就是《巴塞特的最后纪事》中普鲁迪太太去世的那个精彩场景。这也是特罗洛普对自己作品所采取的令人满意的态度的最好例子。在《自传》中，他告诉我们，有一天，他坐在雅典娜神庙俱乐部，无意中听到两名牧师在谴责他的作品，特别是普鲁迪太太这个人物。

> 我不可能听不到他们说的话，也几乎不可能在听到他们的话之后还保持安静。我站起来，站到他们中间，我承认自己就是罪魁祸首。"至于普鲁迪太太，"我说，"这个星期结束之前，我就会回家，杀了她。"于是，我就这么做了。这两个绅士完全懵了，其中一个恳求我忘记他那些无聊的评论。

用"头脑简单"这个词来形容这段话简直太苍白无力。特罗洛普并没有告诉我们，如果那两个牧师不说话，他会对普鲁迪太太做什么。当然，如果不是凭借智力，他从直觉上就已经知道，普鲁迪太太不得不死去，因为克劳利先生是这部小说的中心人物，作者如此大张旗鼓地刻画他，她和她那怕老婆的丈夫再也不会被当成别人的笑料了。你不能仅仅以李尔王为代价来搞笑，从这本书的开篇，我们就知道，普鲁士太太终于遇到了对手，她迟早会崩溃。她很伤心，离开了房间，并且知道她的丈夫非常憎恨她。然后——

> 尽管脾气粗暴，普鲁迪太太在这方面和其他女人一样——如果可能的话，她很想被人爱。她一直都想伺候他。她意识到这一点：在某种程

度上，也意识到虽然她很勤奋、很忠诚、很聪明，但是她失败了。在她内心深处，她知道她是一个糟糕的妻子。

"勤奋的、忠诚的、聪明的"——在她上楼死去之前，这个女人的性格是如何微妙地变得深沉起来。也许，只有讲故事的人才会意识到这些章节所发生的奇迹；这是把两个低级喜剧人物毫不矫饰地提升到高级悲剧人物那种高度的奇迹。即使这些人物显得很荒谬，只有那个能完全理解他笔下人物的人才能如此令人印象深刻地改变光线，揭示出人物灵魂的真实视角。关于普鲁迪太太的这些语句是从三个不同层次来写的，这就好像简·奥斯汀的《爱玛》中女主人公谴责埃尔顿太太粗俗的那个段落一样。在意识层面，普鲁迪太太知道，她一直想做个好妻子。在半意识层面（注意措辞，"在某种程度上，也意识到"）她知道，她失败了。但是，在她的感情里，在她"心里"，特罗洛普认可的唯一终极法庭上，大家都知道她是一个糟糕的妻子，可是，她还没有意识到这一点。

特罗洛普还有另一种维度，那就是描写极端心理类型的力量，这些心理类型都是病态或接近病态。在《他知道自己是对的》（又名《因爱痴狂》，或《醋海风波》，译者注）中，主要人物——从特罗洛普自己的标准来看，这是一部糟糕的小说——巧妙地表现了病态的嫉妒。普鲁斯特可以用类似的手法描写病态的嫉妒，但是，普鲁斯特是他所描写的病态嫉妒的受害者。他能把这种病态的嫉妒描写得这么好，这一事实意味着，还有很多其他心理状态是他根本无法描写的。巴尔扎克能够描写各种极端的心理状态，但是，他的浪漫想象使他无法从简单的常态来看待这些心理状态，因此，他们最终也没能给我们留下深刻的印象。因为他的能力来自他看待他人时带着被动和谦卑的态度，所以特罗洛普能描写很多这样的心理类型。但是，每个人都是从平淡无奇的平凡之中脱颖而出，简单而又纯粹。肯尼迪先生，《菲尼亚斯·费恩》中的苏格兰清教徒，就是这样的例子，他就像"疯狂的勋爵"奇尔屯一样。《巴塞特的最后纪事》中的克劳利先生是最好的例子。他从平凡而平静的故事中崛起。他是一个巨人，即使我们把目光投向别处，他仍然像山峰一样吸引着我们。在所有这些人物中，我们几乎不可能去说，他们什么时候越过了理智的界限，他们被如此密切地观察着，他们迈出的每一步都被如此仔细地记录着。

《巴塞特的最后纪事》是巴塞特系列的最后一卷，我认为还没有人分析过这些作品奇怪的发展过程。以下是作品的时间表：

1855 年　《巴彻斯特养老院》

1857 年　《巴彻斯特大教堂》

1858 年　《索恩医生》

1861 年　《弗雷姆利教区》

1864 年　《阿林顿小屋》

1867 年　《巴塞特的最后纪事》

在《自传》的手稿中，特罗洛普故意删除了《阿林顿小屋》。这样的话，我们就有五部小说，其中四部几乎完全讲述牧师的生活。第五部《索恩医生》，我觉得这本书非常乏味。这本书是根据托马斯·特罗洛普的情节来写的，就连特罗洛普自己都觉得这本书不好。把这本书放进去，你就能看到有以大教堂的城市为中心的英国乡村生活的全景；把这本书拿出来，这是一个关于牧师生活的传奇故事，各个部分以不同的方式处理了同一个问题，在克劳利先生身上，这个问题以最复杂和最悲剧性的形式呈现在我们面前。

传奇故事以一种非常有趣的方式开始。《巴彻斯特养老院》涉及当代一个争议性问题——那就是牧师挂名职务的问题。旨在废除封建特权的英国自由主义者揭露了一系列有关闲职的丑闻，特罗洛普用一种敏锐的新闻方式巧妙地利用了这一点。特罗洛普采取强硬的高教会派路线，他既残酷又巧妙地讽刺了卡莱尔和狄更斯，因为他不喜欢他们这些改革家。他还取笑他自己笔下的改革家约翰·博尔德，他对这个论题非常生气，于是他开始从事一个老太太的伟大事业，这个老太太在收费公路上被另一个老太太多收了钱，"他自己骑着马进了城门，付了过路费，然后，起诉了门卫，并证明所有从某条小巷走来走去的人们都是免费的"。事实上，约翰·博尔德是特罗洛普并不喜欢的另一个道德家，在他看来，他们的坚定原则似乎表达了他们的铁石心肠。

作为博尔德事务上的对手，格兰特利同样冷酷无情。格兰特利在这一系列作品中的发展让人觉得很有趣。在这本书中，他受到严厉的对待。虽然他是一位圣洁的主教的儿子，但他却是一个见钱眼开、崇拜成功的人。当他应该履行宗教职责的时候，他读的是拉伯雷的书。

《巴彻斯特养老院》是一本迷人的书。这本书具有最好的英国小说的品质，一种文明的娱乐方式，但是，这本书没有其他突出的品质。我怀疑如果这本书是单独出现，只有像我这样的特罗洛普狂热崇拜者才会去读。重要的是，这本书并不是单独出现。出于某种原因，特罗洛普的想象力继续徘徊在大教堂附近——就像后来这种想象力徘徊在英国下议院一样——思考英国国教的世俗性和神圣不可侵犯性。他思考的结果就是《巴彻斯特大教堂》，这是一本好得多的书，不管是谁写的，这都是一本出色的书，即使这本书没有续集。这部作品的背景再一次在报纸上引起了争议。因为残酷的辉格党一直在攻击神职人员的闲职，他们现在开始攻击高教会派的主教，并由他们自己提名的人来取代他们，这些被提名的人将会与低教会派和持异议的团体合作，他们都是自由党的支柱。特罗洛普不喜欢低教会派的牧师，正如他不喜欢改革家一样。这本书以上了年纪的主教格兰特利的去世开篇。他的儿子，这个副主教的希望破灭以后，一个自由党，低教会派的主教普鲁迪、他那荒谬可笑的妻子，以及他那奉承献媚的牧师斯洛普先生，这三个人物出现了。这本书是对教堂是英国绅士的专属领地的过去那段美好时光的一声哀叹。

在最初精彩的章节中，没有什么比我们感觉到作者对副主教态度的突然转变更有趣的了。他还是与以往一样世故，他所有的希望都集中在他自己能看清楚的东西上。即使相对于普鲁迪夫妇和斯洛普夫妇来说，我们也认为没有什么是对他有利的。但是，突然之间，特罗洛普用我刚才引用的那句话打断了我们："对于这样的指责，我不能说我完全同意。"

我们的副主教是一个世故的人——我们中间又有谁不是这样呢？他野心勃勃——我们中间又有谁会为"高贵心灵的最后弱点"感到羞耻呢？我的读者会说，他是一个贪得无厌的人。不——他想当巴彻斯特大教堂的主教并不是为了钱财。他是父亲唯一的孩子，父亲给他留下一大笔财产……他作为一名副主教应该会比他当上主教更富有。但是，他当然想担任首要职位；他确实希望能穿着整齐的草坪套袖和王国的贵族们坐在一起；他确实希望，如果真相大白，他那尊敬的弟兄们称呼他为"我的主"。

更有趣的是格兰特利的朋友——学者型牧师阿拉宾的性格。格兰特利把他介绍到教区，为的是得到一个盟友来对抗低教会派。阿拉宾是纽曼的同事之一，他如此埋头于教会历史，使得他曾经被引诱到罗马去，在一个偏远的西部乡村一个半疯的牧师的劝告下，他才得以脱身。这是我们关于这个人物得到的第一个线索，后来，我们知道这个人物就是克劳利，这是特罗洛普苦思冥想创作方式的一个独特例子。

《巴彻斯特大教堂》是一本好书，可是，正如朗曼的读者指出，书中对于斯坦霍普一家的介绍把这本书给毁了，他们是格格不入、不和谐的音符。他的本意是好的，想要展示英国宗教生活中引入怪癖的高教会派纪律，但是，特罗洛普没有考虑到，他们会诱导人们用低教会派的态度来看待整个形势。《弗雷姆利教区》中就没有这样的错误。虔诚和世俗之间的冲突又一次出现。尽管马克·罗巴茨过着不规律的生活，并且让自己债台高筑，但是，特罗洛普却以一种更加直言不讳的方式站在他这一边。这些东西都是一个调子："我们都是一样的。生活就是这样。不要太吹毛求疵。"

对一件龌龊事耿耿于怀无疑是非常错误的。虽然如此，我们却都会这样做。人们可能会说，贪图性事是罪恶的本质所在，而亚当的堕落使我们陷入其中。当我们承认我们都是罪人的时候，我们便承认，我们都渴望得到一时之欢。野心勃勃是一大恶习——正如很久以前马克·安东尼告诉我们——如果一个人的雄心壮志是关于他自己的进步，而不是关于其他人的进步，那么，毫无疑问，这是一大恶习。但是，我们之中又有多少人不是以这种邪恶的方式表现得野心勃勃呢？

在这本书中，克劳利先生代表的是圣洁，他是由他的朋友阿拉宾带到这附近。但是，即使在他身上，世俗的问题也没有被忽略。远非如此。不管他是否意识到这一点，特罗洛普终于找到一个完美的人物，他可以通过这个人物来表达冲突的本质。克劳利是个圣人，但是，他有妻子和家庭，每年只有一百三十英镑维持他们的生活。克劳利的圣洁不得不受到虚荣心的严重打击。

在他内心深处，他总觉得自己和家人受到了不公正的对待，并常常在魔鬼的唆使下自我安慰，他深信，这个世界是如此不平等，而永生将会使这一切变得平等。这是魔鬼用来追捕那些挣扎着躲避他的钓竿和钓线的人的最后的诱饵。

关于克劳利的性格，有一点非常奇怪，我想，还没有人评论过这一点。他的虚荣心正是一个作家的虚荣心，正如特罗洛普在《自传》中描写的那样。他显然没有意识到，他写的每个字都可以同样有力地描绘出他最伟大的形象。

我认为，作家的贫穷比其他任何人的贫穷都更难以忍受。不管他是对是错，这个人都会觉得这个世界极其不公正地利用了他。他失败得越多，越彻底，他就越可能看重自己的优点；工作如此繁重的人却得不到面包，而工作吝啬的人却享受着奢侈，这更容易使人感到受伤。"我以充实的头脑、清晰的才智和所有的天赋，一天都赚不到可怜的一克朗，而那个在商店后面的小房间里假笑的傻瓜，每年都能赚几千英镑。"他常常被迫接受的施舍，让他比别人显得更加痛苦。当他接受施舍的时候，他几乎想要唾弃这只递给他的手，带着这种受伤的感觉，他内心的每一根纤维都在流血。

大卫·塞西尔勋爵把克劳利先生与副主教、邓斯特布尔小姐、普鲁迪太太混为一谈，认为他"简单而积极，专注于普通人的喜好，缺乏同样的心理复杂性和深奥的精神渴望，并且由一些明显的品质和特质组成"。我不认为这段话能够很好地描述特罗洛普笔下的人物，我当然也不会认为这是对克劳利先生的描述。他是所有文学作品中最微妙的人物之一，即使在《弗雷姆利教区》和《巴塞特的最后纪事》之间，特罗洛普也不断对他的性格有所发现，他们至今仍然使我们感到惊讶不已。我们都非常熟悉他表现出的严厉和不守规矩的虔诚。但是，谁又会怀疑这位真正学者的天马行空、粗野的幽默、孩子般的快乐呢？

　　这个人有时候会感受到一种轻松愉快的心情。去年冬天，他把贝特曼勋爵那首高贵的歌谣翻译成希腊文的不规则诗歌，并保持了韵律和韵脚。他带着粗俗的欢乐重复着，直到他女儿背熟为止。

那"粗俗的欢乐"是多么美妙啊！就像犀牛的顽皮一样。

3

评论家的问题仍然存在——为什么要写教派？答案本来应该在那本乏味

的《自传》中，然而，事实却并非如此，至少表面上看起来是这样。为什么特罗洛普如此沉迷于圣洁性与世俗性之间的冲突？为什么他一次又一次地站在世俗性的一边？这也许是他从未有意识地去解决的个人冲突，是他早年那些苦难岁月遗留下来的东西？

在某种程度上，这四部小说中的教派代表了天职，特罗洛普似乎拒绝承认他自己的职业，以及这个职业所赋予的责任。他的性格有些神秘，仍然是个谜。他具有完美的公务员和作家的双重人格，他肯定经常感到疑惑，哪一个是真的安东尼·特罗洛普。阻碍他成为伟大作家的东西，让他的《自传》显得如此深藏不露的东西，也正是让他当之无愧地成为伟大小说家的东西：缺乏自我意识。这位耐心而谦卑的观察者唯一看不到的就是他自己的性格，这种性格中的一个元素肯定就是约西亚·克劳利牧师。

第十二章

福楼拜和新浪漫主义

与居斯塔夫·福楼拜强烈否定巴尔扎克以及他所代表的一切相比，屠格涅夫对果戈理的反抗，以及特罗洛普对狄更斯的反抗，这些都不算什么。也许，这就是法国人的性格；也许，这就是法国中产阶级的特点。"中产阶级"在英语中是个中性词，"知识分子"在俄语中是个表示赞同的褒义词，"资产阶级"是个贬义词，在任何一种语言中，当煽动者想要把暴民的怒火集中到商人和股票经纪人身上时，他们必须依靠法语。福楼拜自己制定了一个原则，那就是"对中产阶级的仇恨是智慧的开始"。多年来，他怀着爱恨交织的心情编纂了一部字典，收录了他认为代表着他们这条特有准则所公认的观点。

我们不能忽视他的这种态度，因为福楼拜是文学圣人之一。我曾经和一位美国朋友讨论过我打算写的一本文学评论著作，书名是《身不由己的艺术家》。这本书将会讲述四位伟大的作家，而我觉得他们根本不应该成为作家。在那一刻，我只能想到三位伟大作家：本·琼生、福楼拜、乔伊斯。我想不起第四位作家的名字。"没关系，"他遗憾地说。"是亨利·詹姆斯"他说对了。

福楼拜不仅是最富有激情的艺术家之一，他也是一位法国浪漫主义者。当时恰好是十九世纪，浪漫主义正变成马里奥·普拉兹①所说的颓废，而我

---

① 马里奥·普拉兹（Mario Praz, 1896—1982），20世纪意大利文学批评家、散文作家、英国文学学者。代表作有《浪漫主义的巨痛》（*The Romantic Agony*, 1930）。

称之为象征主义。我并不是要对他所说的浪漫主义正在变得糟糕的说法有片刻的争论。如果你愿意的话，这就是浪漫主义不再相信自己，开始讽刺自己的时刻。福楼拜的朋友普瓦特万对爱情失去信心，于是，他打算带个妓女到他最初相信爱情的三个地方。在他身上，就像他同时代的许多人一样，这种否定与接受残酷和死亡有关联。他的朋友龚古尔指出，他的思想"被萨德所困扰"。

借着萨德的名义，我们再一次回到《诺桑觉寺》的世界，回到十八世纪晚期的浪漫主义，对此，简·奥斯汀曾经激烈地予以否定。我们与狄更斯对美国法官怒不可遏的激情相去甚远，美国法官曾经为奴隶制辩护说"人们把这说成是一种福气，是一种理所当然的事情，是一种可望而不可即的状态，这样的人真没有理性；对他们来说，要说这样做是出于无知或偏见简直是荒谬至极，这简直太荒谬了，根本无法与之争论"；与托尔斯泰和屠格涅夫的人道主义激情相去甚远；与契诃夫相去甚远，因为他在目睹一顿鞭打之后病了两个晚上。这就是那位住在高级疯人院的亲切的老绅士的腔调，他才华横溢，显然只是有一点疯狂。

> 我们和印度籍法官讨论了鞭打脚掌的刑罚。要打死一个人，四五下足够——他的大腿和脖子都打断了。当他要接受惩罚的时候，他的屁股就会被打：通常是打四百到五百下；之后，病人会生病五个月到六个月的时间——他的身体需要那么长时间长出新肉。这位先生补充最后的细节时笑了。在努比亚，鞭打脚掌的刑罚通常会打在脚底。努比亚人极其惧怕这种刑罚，因为鞭打之后，他们就再也不能走路了。

我希望，你们确实注意到那种超然的、无动于衷的神态，与狄更斯和巴尔扎克等人粗鲁的、粗俗的严词谴责截然不同。这确实是一所非常高级的疯人院——但还照样是疯人院。

普拉兹出色地展示了这种浪漫主义是如何从萨德那里衍生出来的。我们还需要考虑其他方面的原因。一个特别的原因就是文化中心的改变，这是工业和金融业发展的结果。直到十八世纪末，文明的中心总是在地中海盆地的某个地方，而其他所有的文化中心都是以此为基础，最终形成了他们的生活。随着科学的巨大进步，这个中心转移了。到十九世纪初期，至少在决定文化标准方面，伦敦和巴黎比地中海的任何城市都更加重要。从物质上来说，这极大地改善了人类的生存条件。从历史和气候上来说，这些新的中心并不能取代罗马和雅典，而且，他们的文明充满了神经症。福楼拜是一个非常深刻的思想家，他很明白这一点。他意识到，他在面对鞭打脚掌的刑罚时表现出的哲学式的冷静与伟大的古典文明中类似的暴行毫无关系。

> 你想把我变成异教徒（他写信给路易斯·柯莱特），你的身上流着罗马人的血。无论我怎么努力，我的任何努力都是徒劳，因为，在我灵魂的最深处是我从出生起就呼吸着的北方的迷雾。我身上带着野蛮人的忧郁，带着他们迁徙的本能和他们与生俱来对生活的厌恶——这使得他们离开自己的国家，仿佛他们这样做就可以跟自己告别。他们喜欢太阳，所有这些去意大利赴死的哥特人；他们狂热地渴望光明、渴望蓝天、渴望温暖而充满活力的存在。我一直对他们怀有怜悯之心，就像人们可能对自己的祖先怀有的那种情感。唉，我并不是古代的人；古代的人不会像我一样拥有病态的神经。你也不是。你既不是希腊人也不是罗马人；浪漫主义也触动了你的神经。

普拉兹——我认为，恰如其分地——把浪漫主义分为两个阶段。第一个阶段一直持续到二十世纪中叶，是拜伦主义，或者，是致命男人的浪漫主义。在很大程度上，他把第二个阶段的浪漫主义与福楼拜等同起来。这一阶段涵盖了二十世纪的其他时间，这是致命女人的浪漫主义：克里奥帕特拉、萨乐美、佩特的蒙娜·丽莎。就是在这个时候，我们开始注意到日益增长的同性恋倾向。

福楼拜的第一部作品《圣·安东尼的诱惑》的早期版本是一些浪漫的恐怖事件堆积在一起——这并不是说后来的版本非常出众。他的两个朋友杜坎普和诗人布耶绝望地听完他讲述的这个故事。当福楼拜讲完之后，布耶认为，他必须写一部现实主义小说——照着巴尔扎克的方式去写。

杜坎普对整个事件的叙述非常有趣。布耶似乎是一个性格坚强的人，也是一个优秀的评论家，他不停地追问。他后来给福楼拜留下深刻的印象，这个印象就是，德拉玛尔家族的故事是一部现实主义小说的理想题材。

德拉玛尔是福楼拜的父亲的一个学生，他不够聪明，没有资格成为一名医生，只能做当地的卫生官员。他娶了一个浪漫的年轻姑娘，但是，她很快就开始瞧不起他。于是，她找了情人，欠了债，最后自杀了事。德拉玛尔对她的所作所为一无所知，仍然爱着她，觉得没有她的生活简直无法忍受，所以，他也自杀了。

布耶说服福楼拜采纳这个主题的方法也非常有趣。他不得不尽其所能地给现实主义的药丸加上糖衣，他向福楼拜保证，他没有必要像巴尔扎克那样处理金钱问题。德拉玛尔太太欠债了，这只是因为她在金钱方面的无知，至于福楼拜对中产阶级的仇恨，他还能找到比德拉玛尔更好的话题来发泄他的愤怒吗？尽管如此，对于一个严肃作家来说，这是一件令人沮丧的事，因为他正在构思一部作品，在这部作品中，一位女士爱上一个神。

有时候，我不禁想知道《包法利夫人》的真正作者是谁。福楼拜，他写了这部作品，或者，布耶，他意识到，这是他的朋友能够成为伟大作家的唯一途径。这本书是福楼拜唯一一本真正的书，确实是他的杰作，之所以会这样是因为，一个很有批判意识的人给他选了一个不会出错的题目，还告诉他应该怎么写。这是福楼拜唯一一次听取一个眼光比他更敏锐的人的建议。屠格涅夫警告他，《布瓦尔和佩库歇》永远不可能发展成一部小说，福楼拜并不理会他的警告。

《包法利夫人》可能是有史以来写得最优美的一本书。毫无疑问，这是写得最优美的一部小说。这是一本带来盛赞之辞的书。在历史上，这是二十世纪最重要的小说，因为这部小说集合了小说界的新运动——自然主义。自然主义之于现实主义，犹如象征主义之于浪漫主义，是一种倾向的夸大其词。象征主义和自然主义都是对现实生活的一种逃避。"至于生活方式，我们的仆人会为我们做的。"维里耶·德·李尔·亚当的这句话概括了象征主义的信条。然而，乔伊斯为这位艺术家的画像"像上帝一样，修剪指甲"，概括了自然主义的理论。在这两种情况之下，艺术家既没有活着，也没有参与生活之道。实际上，这两种信条在脱离生活方面是相同的，他们往往在一个人身上交替出现。当福楼拜不写药剂师赫麦的时候，他正在写萨乐美，甚至当他写到其中一个人物时，他的注意力已经有一半转移到了另一个人物身上。

结果就是，小说的风格和素材之间出现了矛盾。故事本身极其丑陋和令人沮丧，因为这个故事本不应该如此，因为小说的主题有一种真正的伤感，而福楼拜只有在这本书接近尾声的时候才意识到这种伤感。这个故事的前四分之三完全没有悲怆之感。另一方面，小说的风格相当的优美；这是一位诗人的风格，人们觉得，他应该有一个美丽的主题。相反，这种素材和风格的结合让人联想到冬日里的排水系统，这时候冰雪覆盖了一切，反射出光秃秃的树木和灿烂的天空。这几乎是一种浪漫的风格。

有一次，在冰雪解冻期间，院子里的树木渗出了湿气，外屋屋顶上的积雪也在融化。她站在门口，去找她的遮阳伞。她打开遮阳伞，那把绸缎做的遮阳伞，颜色像鸽子的胸脯一样，阳光照射下来，把她脸上那白皙的皮肤映衬得更亮了。她在遮阳伞下面对着湿热的空气微微一笑，可以听到水滴落下来，一滴又一滴，落在拉紧的丝绸上。

如果风格和内容之间有任何关系的话，我们就可以争论——确实有人对此进行过争论，尽管无法令人信服——这是一种糟糕的风格。这样说当然是不合时宜的，但是，这标志着人们对风格开始形成一种新的态度。这一点在乔伊斯和福楼拜身上变得特别明显，在他们身上，风格不再代表着作者和读者之间的关系，而成为作者和客体之间的关系。这句话听起来似乎有些自相矛盾，然而，这就是福楼拜所说的"恰到好处的词语"。这个恰当的词语通常既不是客体的性质所需要的词语，也不是向读者传达那种含义的词语。相反，这是拟声词的一种美化形式，就像《尤利西斯》中潺潺的流水声，或者《喧哗与骚动》中那个白痴独白的声音。在那里，白痴所处的世界的永恒性应该用一种既没有过去和现在，也没有未来的不受时间限制的散文来表达。

福楼拜还预见到福克纳和乔伊斯会使用某些文学手段代替人为的处理。从严格的字面意义上来讲，如果有任何人物的话，这种方法不适用于人物塑造；相反，人物却正在适用这种方法。福楼拜的主要手段是典型的浪漫主义的对照手法。当这对恋人在农业展览会上坐在一起时，他们热情洋溢的谈话被主席宣布奖品的声音打断了，这两种声音基本上是完全相反的。马丁·特尼尔先生认为，这种对照并不是真正对立，而是类比，旨在表现恋人的动物本性。但是，考虑到对照在其他章节运用的方式，这一点在我看来似乎显得可疑。

> "不错的综合耕作。"主席大声说。
>
> "比方说，我最近去你家的时候……"
>
> "坎康普瓦的比泽特先生。"
>
> "我有没有想过，我会和你一起来？"
>
> "七十法郎。"
>
> "我有一百次想要离开你，但是，我还是跟着你。我留下来了。"
>
> "有机肥——"
>
> "正如今天晚上我会留下来，明天，将来，一辈子。"
>
> "阿奎尔的卡洛先生，一枚金牌。"
>
> "因为，我和别的女人在一起时从来没有这么着迷。"
>
> "贝恩先生，日夫里-圣人-马丁——"

"我也会保留对你的记忆。"

"一只美利奴公羊——"

当爱玛处于精神绝望的状态时，她向教区牧师布尔尼西安神父寻求建议和安慰，他们的对话变成了直接的对照。

"是的，"她说，"你有能力消除一切不幸。"

"你不能那样说，包法利夫人。就在今天早上，我被派到巴斯-迪奥维尔，顺便去看一头奶牛——他们认为这头奶牛被施了魔法，不仅仅是一头奶牛，而是整个牛群——这一切究竟是怎么发生的，我不知道……农民也有很多可抱怨的事情。"

"其他人也一样。"她回答。

"我应该是最后一个否认这件事的人……比方说，大城市里的工人。"

"他们不是那些人……"

"信不信由你，我知道一些家庭的贫穷母亲，她们都是极好的人，她们都是真正的圣徒，实际上，她们却没有面包可吃……"

"你认为那些有面包的女人会怎样，但是，没有……"

"你要说的是，冬天的燃料？"这个牧师打断说。

福楼拜大部分作品的主要效果都是这样；在歌剧院的那个场景，沉闷的丈夫查尔斯与《拉美莫尔的露西娅》中浪漫的男主人公形成鲜明对比；爱玛临终时的场景，两个年老的小丑，牧师和药剂师，他们隔着她的尸体争论伏尔泰；还有，大教堂的那个场景，她来这里是为了跟上帝和解，结果却在一辆出租马车里疯狂地私通，而这辆出租马车的窗帘已经拉下来，在这个城市狂奔。无论人们如何评价托尔斯泰的观点，即引人入胜的复杂情节使人们对事件的兴趣远胜于人们对情感细节的兴趣，当我们谈到这种单一技巧的时候，这里根本就没有空间来容纳任何情感细节。在我之前引用的场景中，教区牧师可能像他看上去那么沉闷，也可能没有那么沉闷，事实是，无论他是沉闷还是有趣，有关他性格的任何细节都无法打破这一场景的对立模式。有人可能会说，在大教堂那个场景中，爱玛已经堕落到这种地步，她那富于浪漫色彩的心灵再也不能被任何形式的苛求所唤醒，这种争论实际上从来没有出现过。福楼拜创造了他的对照手法，他并不在乎这一点在心理上是否具有说服力；他是一个拥有自己写作方法的文人，因为对照手法最容易导致反讽，他很满意他制造的效果具有讽刺意味。它所要求的对人物情感共鸣的抽离应该产生华丽的辞藻，而不是它所追求的超然态度或疏离感，这是对自然主义的一种奇怪的批评。

事实真相就是，这种特殊的文学理论起源于一个画家的画室，因为这种理论具备画家文盲的所有特征，这种职业病很少会致命。马奈能画出一个酒吧，或者，劳特莱克能画出一对女同性恋，还能创作出名作，这根本不是一个作家应该期望自己也能创作出杰作的理由。文学是一种非常不纯粹的艺术。文学的媒介是一代又一代意义不断变化的文字和永远不会静止的思想，文学从一开始就与哲学和道德联系在一起。一位画家在画波吉亚家族的时候，他完全不用担心自己在原则上是否赞成下毒的想法；如果一位作家想这样做的话，就会违反他的宪章条款。当福楼拜描述自己和印度籍法官讨论鞭打脚掌的刑罚，并且用这样的句子结束希罗底的故事："全部三个人，取下老坎纳的头颅，往加利方向逃去。由于这个东西很沉重，他们就轮流拿着。"他使我想起一个哭泣的小男孩："妈咪，看看我不用手骑马。"还会想起莉莎·杜利特尔小姐在客厅的神态，这时她问道："一个力气这么大的女人怎么会死于流感呢？她那顶本来应该放在我这里的新草帽现在怎么样了？有人偷拿了。我想说的是，他们偷拿了，这等于杀了她。"

作为一种纯粹的文学手段使用时，自然主义在作者和大众之间起到有用的屏障作用，正如契诃夫也是这么使用的；这样一来，前者就不会沉迷于萨克雷致命的伎俩，给我们讲解他笔下的人物，清除了媒介中的杂质，我们才能看到我们想象中的客体；当这种手段用来暗示文学的主体与绘画的主体一样没有什么意义时，他就不再是一种文学手段，而变成一种低劣的审美。

屠格涅夫是福楼拜的老朋友和仰慕者，他和福楼拜一样热爱文学，他发现了自己理论中的缺陷，像往常一样，他把这些缺陷转变成政治术语。他计划写一部小说，关于"一个接受了虚无主义者所持思想的俄国女孩，她离开祖国，定居在巴黎。在那里，她遇到一个年轻的法国社会主义者，并最终嫁给他。有那么一段时间，这个家里的一切都很顺利，因为对一切法律和仪式的共同憎恨把这个家团结在一起。最后，这位年轻的妻子遇到一个同胞，并进行多次秘密交谈，这个同胞告诉她俄国的社会主义者在她出生的那片土地上所思、所说、所做的一切。她惊恐地意识到，俄国革命的目的和目标、愿望和渴望，这些与法国和德国的社会主义者所追求的截然不同。她还意识到，就她的思想和情感而言，一个巨大的深渊把她和她曾经以为完全合得来的丈夫分开。"如果把"社会主义者"读成"自然主义者"，你就会明白屠格涅夫的意思，正如他自己表明的那样，这是对"道德伦理绝对原则"的需要。他已经意识到，尽管他和老文学之父福楼拜一样热爱文学，但是福楼拜的信仰里没有他自己的宗教激情。

我们必须承认，这种与政治的关联确实存在。这个世纪初期，只有两种有效的政治态度——保守主义和自由主义，只有两种文学态度——浪漫主义和现实主义。到屠格涅夫开始创作的时候，很明显，自由主义团体正在分裂，并产生一种新型的极端激进分子或共产主义者，而保守主义团体开始产生一些强硬的人，这些人后来被称为法西斯分子。一方面来讲，极端的现实主义者，即自然主义者，和极端的激进主义者，即共产主义者，他们之间的联系太紧密。另一方面来讲，极端的浪漫主义者，即象征主义者，和极端的保守主义者，即法西斯分子，他们之间的联系也太紧密，我们不能忽略他们本质上相同的可能性。共产主义把一切都投射到外部世界，把个体变成影子，这与自然主义的文学理论非常相近。另一方面，法西斯主义倾向于把外部世界仅仅作为个人视角的投射。当维利耶·德·利尔-阿当告诉我们"至于生活方式，我们的仆人会为我们做的"。这仅仅是他想说的意思。"当我想要知道爱尔兰在想些什么的时候，我就去看看我自己的内心，"德·瓦勒拉先生这样说，这使他的政敌感到极大的愤慨——除了象征主义者叶芝，他问我："他还能往哪里看？"正是叶芝让他的男主人公库丘林说："我制造了真相。"一个是法西斯主义者，另一个是象征主义者，当然，他们实际上是完全相同的表述。

第四部分 **04**

现实的荒凉

第十三章

陀思妥耶夫斯基和反常的三角关系

1

从后来的结果判断，费奥多尔·陀思妥耶夫斯基是十九世纪末最奇怪的小说家，也是最重要的小说家。大约在 1880 年，当古典时期结束的时候，他的作品成为后来很多作家的教科书。不管怎样，他是二十世纪最具代表性的小说家。

陀思妥耶夫斯基出生在 1821 年，是一个臆想症医生的儿子。他那愚蠢的父亲买下了一个小庄园，这个庄园由他自己管理，在这个地方，他让所有的人都憎恨他。他的儿子十八岁的一天，他被愤怒的农奴杀害了。

1846 年，陀思妥耶夫斯基只有二十五岁，他的第一部小说出版，并引起轰动。很显然，在同一年，他患了某种类似癫痫的疾病，虽然他和他的医生似乎都不能肯定这是癫痫。

1849 年，在一个对社会事务感兴趣的朋友聚会上，他大声朗读了别林斯基和果戈理的书信，别林斯基是自由主义的批评家，他抨击的是果戈理的反动观点。后来，他和他们组织的其他人都被逮捕。他们被带到谢苗诺夫广场，有人在军队和民众面前宣读了他们的判决。所有人都将被枪毙。一位牧师向他们宣讲经文"罪恶的报酬就是死亡"。在寒冷的十二月清晨，他们被脱得只剩下衬衣，前三个人被绑在行刑队面前的柱子上。就在这时，一名信使带着取消执行死刑的信件开车过来。整个过程是当局一场野蛮的闹剧。平安夜的午夜时分，当整个基督教世界都在庆祝耶稣诞生的时候，陀思妥耶夫斯基的镣铐却被牢牢地钉住，他开启奔赴西伯利亚"停尸所"长途跋涉的旅程。

经历了九年的折磨和痛苦之后，他终于回来了。他并不像人们所预料的那样，是那种最暴力的革命者。相反，他是托利党党员，几乎是帝国主义政权的献媚者，而他理想的政府形式是君主和教会的专政，这是上演他模拟死刑的两组小丑。陀思妥耶夫斯基的反应并不那么容易预测。他憎恨屠格涅夫——他是一个自由主义者，而且，他曾借钱给他——残酷地把他画成漫画讽刺他，他还似乎试图谴责屠格涅夫是个无神论者。屠格涅夫予以反驳，称他为"俄国的马奎斯·德·萨德"，在福楼拜之后，普鲁斯特之前，这个名字的重新出现有着重大意义。

对于与陀思妥耶夫斯基同时代的人而言，这还有另外一层意思。当时流传着一个荒唐的传说，陀思妥耶夫斯基强奸了一个女孩，后来，这个女孩上吊自杀了，陀思妥耶夫斯基向屠格涅夫坦白了这件事，或者有人要求他向屠格涅夫坦白。很明显，这个故事本身就是个传奇。这个故事起源于这样的事实，在陀思妥耶夫斯基的所有作品中，我们都会无意中发现，它们涉及一个女孩强奸和自杀的影射。那些编造和传播这个传说的人显然有充分的理由知道，陀思妥耶夫斯基沉迷于这个主题并不是没有原因。在给托尔斯泰的信中，他的朋友和传记作家斯特拉霍夫①肆意谈论陀思妥耶夫斯基的"兽性淫荡"，他还把陀思妥耶夫斯基与他自己作品中的某些人物进行比较，例如《罪与罚》中的斯维德里加洛夫，《群魔》中的斯达沃罗基。"他被那些可憎的事情所吸引，并以此为傲。"斯特拉霍夫写道。"维斯科瓦托夫开始告诉

---

① 斯特拉霍夫（Strakhov，1828-1896），20 世纪俄国哲学家、政论家、文学评论家。

我，他是如何在澡堂里吹牛，他——还有一个家庭教师带过来的小女孩。"

我不太关心维斯科瓦托夫这番话的可信度，或者，斯特拉霍夫那番话的可信度。我唯一关心的是，这就是许多人对陀思妥耶夫斯基的看法，还有就是，托尔斯泰和屠格涅夫都接受人们对他的这种看法。除非是为了理解他的作品，否则，这些陈述是否属实并不重要，因为任何一个神志清醒的人都不可能相信，一个精神上如此病态的人会对他的行为负责。如果这些陈述都能得到证实，那只会增加我们对这位天才的钦佩，他克服了比我们已经知道他所忍受的更加可怕的苦难。

我认为，除非我们同意这是一位神经过敏者的作品，否则，我们根本就无法理解他的作品。"神经过敏者"是一个含糊不清的词语，这个词语却没有"预言家""神秘主义者""修道士"的一半那么含糊不清。如果是用在陀思妥耶夫斯基身上，这个词语也不是真的含糊不清。这个词语的模糊性在于神经官能症关乎程度问题，而不是类型问题，陀思妥耶夫斯基的反常程度基本上是不可置疑的。

从我个人的理解，神经官能症这种疾病起因于逻辑结构在类似印象和感觉基础上的叠加。在成年人之中，这种疾病的特点是孩子气性格的爆发和退回幼年和青少年时期的行为模式。从这个意义上说，我们都是神经过敏者。只有当这种爆发对合乎逻辑的上层建筑造成损害的时候，这个术语才有意义。我们可以判断上层建筑是否受到损害的一种方法是，这种病人总是不能区分客体和主体。这是基本类比思维的一个特征，也是心理学家所说的无意识，或潜意识。我们自己可以在睡梦中看到这种情形，因为解析他们的主要困难是缺少一个宾格形式。在睡梦中，一个客体可能同时是主体和客体。比方说，"我打了约翰"这个句子可能意味着，在攻击约翰的时候，我实际上是在谴责我自己和他有所关联的那种品质。

这种梦境的行为品质在某些极端形式的神经官能症之中非常明显，例如暴露癖、窥阴癖、虐待狂、受虐狂。几乎无一例外的情况是每一对都相互关联；暴露狂也是偷窥狂，施虐狂也是受虐狂，人们以情感钟摆的单调摆动持续不断地从一种状态进入另一种状态。陀思妥耶夫斯基的作品中有很多这样的例子，正如《卡拉马佐夫兄弟》中的神经过敏者——女孩丽丝。

> "这里有一本书，从这本书里，我读到一个犹太人的审判。他找来一个四岁的孩子，砍下他双手的手指，然后，把他钉在墙上，把钉子钉在他的身上，然后，钉在十字架上。后来，当这个犹太人被审判的时候，他说，这个孩子很快就死了，不到四个小时。这就是'很快'。他说孩子呻吟着，不停地呻吟着，他就站在那里欣赏着。那种感觉很好。"
> "很好？"
> "很好。我有时候想象着是我把他钉上十字架。他就那样悬靠在墙上呻吟着，而我则坐在他的对面，吃着菠萝蜜饯。我特别喜欢吃菠萝蜜饯。你喜欢吗？"

从这段话可以相当清楚地看出，这个客体不是真正的客体，当从施虐阶段进入受虐阶段，这一点不容置疑。特别要注意想象中的犯罪行为和丽丝对自己施加惩罚之间的类比关系。

> 阿廖沙一走，丽丝就打开门闩，门稍微开了一下，她把手指插在门缝里，捏着手指，用尽全力，砰的一声把门关上。十秒钟之后，她把手指松开，轻轻地，慢慢地走到椅子前面，直直地坐下去，专注地看着她发黑的手指和指甲下渗出的血。她的嘴唇颤抖着，不停地自言自语：
> "我是一个混蛋，混蛋，混蛋，混蛋！"

我们可以毫不费力地把这些事件归咎于这个人物，她合乎逻辑的思维上层建筑已经遭到破坏，丽丝无法区分客体和主体。还有，神经过敏者的另外一个特征要与这个小插曲区别开。她不仅没有犯下真实的罪行，她的悔改也同样不真实。从理论上来讲，犯错应该令人愉快，而忏悔应该让人痛苦。实际上，很明显，恰当的情感也同样被转换，就像客体和主体一样不真实。她的快乐是痛苦的，而她的痛苦是愉快的。在她的幻想层面上，很难把两者区分开。

如果不理解这一点，我们几乎不可能理解陀思妥耶夫斯基的作品。一个又一个批评家指出，他只有一个主题：犯罪与惩罚，罪孽与忏悔。我们也看得出，想要理解陀思妥耶夫斯基对这一主题任何一个方面的意思绝对不是一件简单的事情。因为，在他身上，正如在丽丝身上一样，合乎逻辑的思维上层建筑已经被破坏。他呈现给我们的犯罪，极有可能被证明不是犯罪，而他呈现给我们的忏悔也极有可能不是忏悔。对于理性的人来说，无论他的前提看起来多么不合情理，犯罪都会涉及客体。让我们假设，有一张五英镑的钞票放在我的桌子上，然后它被我的朋友约翰偷走了。如果将此作为小说素材，简·奥斯汀可能会冷静而谨慎地分析约翰的性格，从而找出是什么样的性格缺陷导致他做出这样的行为。特罗洛普会很有兴趣知道，是否存在情有可原的情况，如果有的话，他还想知道约翰是如何洗清对我的罪行。巴尔扎克会对一个拥有五英镑的聪明人要做的事情充满热情，到这个故事结束的时候，约翰很有可能已经成为一个百万富翁，拥有一批价值连城的家具和艺术品收藏，并且在道德方面遇到一个非常棘手的问题。

对于陀思妥耶夫斯基而言，这一切都是孩子气和逻辑性。当然，约翰疯狂地爱上了某个女人，想请她吃顿晚饭，因为我是他最好的朋友，他自然会偷我的东西。罪恶感是存在的，约翰从来没有摆脱罪恶感的困扰。我知道他偷了钱，他知道我知道这件事。他渴望大哭一场，然后，向我忏悔，但是，我纵容自己天性中的残忍，并把这种残忍伪装成道德，拒绝给他这个机会。于是，他不得不妥协，通过向我讲述他请心上人吃了一顿刚好花费五英镑的丰盛的晚餐，他在一定程度上承认了这件事。我也讲述我的女仆偷走两英镑，上吊自杀的故事，用同样的方法来反驳他。在对我的残忍感到一阵绝望之时，他试图割开我的喉咙，我的处境仍然非常困难，因为约翰坚持要接受惩罚，为的是他也许会原谅自己，而我，既然已经表现得这么残忍，也不想惩罚他。即使以增加我自己的罪恶感为代价，我也不得不设法减少他的罪恶感。到这个故事结束的时候——如果这个故事会结束的话，除非有一个共同的自杀协议——谁从谁那里偷了什么东西，这一点非常值得怀疑。整个主体与客体之间的关系将会被猛烈地颠覆。这将会是最具有丰富想象力的品质，因为没有任何单一的行动可以不具有象征意义，这甚至比简·奥斯汀、特罗洛普、巴尔扎克记录的一系列事实更接近真相，因为，在我和约翰身上都有很多不能在法庭上探出的东西。正因为他不坚持事实，他肯定会不可避免地缺少一些"平凡生活的普通情感"，而这正是简·奥斯汀本人所赞同的东西。

我知道，这听起来像是一个幽默的短剧，实际上，这是对短篇小说《永远的丈夫》相当接近的描述。这是纪德①最近非常重视的一本小说。尽管，对我来说，这本小说很重要，主要是因为，这是我称之为"反常的三角关系"在文学中的第一个例子：丈夫、妻子、情人之间永恒的三角关系，或者，丈夫、妻子、情妇之间永恒的三角关系，这样的关系会呈现在青少年和神经过敏者的头脑中。这是体现小说中主体与客体之间关系重要性的一个显著例子。

青少年时期，很多人都有过这样的经历，很快成为好朋友的两个男孩经常会爱上同一个女孩。我怀疑，很快成为好朋友的两个女孩很有可能也会爱上同一个男孩。然而，他们没有意识到他们真的是被彼此吸引着，或者，他们对彼此的嫉妒其实是来自第三方的嫉妒。虽然这常常会让人痛苦和自省，但这是差异化原则的一种完全正常的发展，充满了诗意和柔情。在晚年的生活中，同样的青春期反应却是完全不同的类型。

小说开篇，唐璜、维尔查尼诺夫，正被一个神秘人物缠住。这个人的帽子上缠着一条黑色带子，看起来有点像幻觉。由于故事是以幻觉的方式开始，读者也不确定他是不是幻想的人物。后来，一天早晨，在特别的三点钟（陀思妥耶夫斯基身上的数字对于那些本身就关注数字象征意义的人们来说

---

① 纪德（Andre Paul Guillaume Gide，1869—1951），20 世纪法国作家，1947 年获得诺贝尔文学奖。

充满了兴趣），这个陌生人拜访了维尔查尼诺夫，透露自己是特鲁索斯基，他是大约九年前与维尔查尼诺夫有过婚外情的那个女人的丈夫。他正在哀悼他的妻子，带着他八岁的女儿丽萨前来，这显然是维尔查尼诺夫的孩子。他来这里为的是找妻子的老情人巴戈托夫和维尔查尼诺夫，他是在妻子去世之后才知道他们与妻子的关系。巴戈托夫打着弥留之际的幌子躲避他，特鲁索斯基确实有一种参加他葬礼的悲哀的快乐。他严重酗酒，把自己的耻辱发泄到这个孩子身上。为了安全起见，维尔查尼诺夫把她送到几个朋友家里去，但是，她太依赖那个她认为是父亲的男人，她日益消瘦，最后死去。后来，在一个特殊的场景中，特鲁索斯基引诱维尔查尼诺夫和他一起喝酒。

> "现在，我们一起喝酒还不够，阿列克谢·伊万诺维奇。我必须要有别的东西来满足。"
>
> 他把帽子放在椅子上，凝视着他，像刚才一样喘着气。
>
> "亲吻我，阿列克谢·伊万诺维奇。"他突然建议。
>
> "你喝醉了。"维尔查尼诺夫断言，往后退了一步。
>
> "是的，可是，尽管如此，你还是要亲吻我，阿列克谢·伊万诺维奇。哦，亲吻我！为什么，我刚才亲吻你的手了。"

就像《卡拉马佐夫兄弟》中的那个场景，主体和客体之间的关系再一次被扰乱。我们开始意识到，正如丽丝在她虐待狂的幻想中的快乐是虚构的，特鲁索斯基的耻辱在某种程度上是一种喜悦。后来，特鲁索斯基的态度变得更加清楚。

> "我爱你，阿列克谢·伊万诺维奇，"帕维尔·帕罗维奇声音清晰地说，好像他突然下定决心要说话似的，"在 T 的那一年——我爱你。你没有察觉到。"让维尔查尼诺夫感到非常恐惧的是，他继续用颤抖的声音说："和你比起来，我太微不足道了，所以，我不能让你看到。实际

161

上，也许，没有必要让你知道。这九年来，我一直都在想你，在我的一生中，再也没有拥有那样的一年。"

特鲁索斯基快要再婚了，除了把维尔查尼诺夫介绍给他未来的妻子之外，没有什么能让他感到满意。原来，她只有十五岁——这是陀思妥耶夫斯基对不成熟的女孩感兴趣的众多迹象之一，这也是他和他笔下人物共同的弱点。

"这一点让我大吃一惊；她仍然背着书包去上学，书包里装满了习字帖和笔——呵呵。那个书包使我着迷。令我着迷的是天真无邪，阿列克谢·伊万诺维奇；不是因为长相漂亮，而是因为天真无邪。她和她的同学在角落里咯咯地笑，她笑的样子，我的天哪！"

维尔查尼诺夫陪着他去了那个女孩的家，让他自己感到吃惊的是，他发现自己用一种引人注意的充满激情的方式唱着一首情歌。特鲁索斯基不仅想重复自己的耻辱，而且维尔查尼诺夫也被逼到取代他位置的份上，他违背了他的意志，违背了他的意向，因为他似乎从来没有被孩子们吸引。参与其中的这些女性似乎与男性人物毫无关系，男性人物只是用她们作为自己表演的借口。他们似乎没有真正的主体和客体之间的关系，他们几乎被视为彼此的一部分，就像《罪与罚》中的谋杀犯和地方预审法官一样。在无意识层面，人们为了完成某一特定的动作而互相需要。在某种程度上，他们之间存在一种真正的同性间的吸引，在某些时刻，他们甚至可以交换功能。这一点在小说的高潮部分表现得很明显，维尔查尼诺夫患了危险的肝病期间，特鲁索斯基一直照顾他，这时，特鲁索斯基却突然试图割断他的喉咙。在某个时刻，维尔查尼诺夫是主体，在接下来的时刻，他是客体。

这就是纪德非常重视的故事。这种情况也发生在他自己的作品中，特别是在《伪币制造者》中，这部作品混杂着乱伦的情感；在普鲁斯特的作品中，马塞尔和艾伯丁的情人之间；乔伊斯的《流亡者》和《尤利西斯》，劳伦斯的《儿子与情人》，以及他的很多短篇小说，像《吉米与绝望的女人》。劳伦斯这样总结后一个故事。

> 他坐在出租车里的时候，一种对她的有悖常理却非常强烈的欲望向他袭来，使他几乎感觉无可奈何。他强烈地感觉到另一个男人就在她身边，这就像纯酒精一样冲昏了他的头脑。另一个男人！以某种微妙而难以解释的方式，他的身体实际上是在场的，那就是她的丈夫。这个女人在他的气场下移动。她无可救药地嫁给了他。

在陀思妥耶夫斯基的小说中，这是幻想层面上的婚外情。在这种情况下，丈夫或处于丈夫位置的某个人纵容他自己的欺骗行为，从而为了从这种情况获得某种反常的快乐。实际上，他认同他自己的爱人，并强迫爱人也认同他自己，从而改变主体和客体之间的关系，并混淆与之相适应的情感。很明显，主体和客体会经常互换位置，快乐和痛苦也必须如此，至少在普鲁斯特的作品中，也有可能在其他作家的作品中。在某种程度上，这与现代唯心主义哲学有关，这种哲学没有明确区分主体和客体。

2

陀思妥耶夫斯基对轻度神经官能症的问题很着迷。他自己就是一个病态的赌徒，还写了一部关于这个主题的非常有趣的小说。《罪与罚》一开始是一部题名为《酒鬼》的小说，描写的是酗酒狂马尔美拉多夫和他家人的生活。通过潜意识的吸引力，诱使一个名叫拉斯柯尔尼科夫的学生参与一个这样的故事。他谋杀并抢劫了一个放高利贷的老太婆和她的姐妹，然后，第二个主题逐渐主导这部小说。这两个情节之间没有矛盾，正如陀思妥耶夫斯基最初构思的主题，谋杀与酗酒之间似乎没有真正的区别。从他所呈现的他们的情况来看，这两种行为都是强迫性的，谋杀犯和醉鬼对此都没有真正的责任。这个学生，一个对这个主体思考了很多的人，独自得出这样的结论。

> 根据他的定罪，看起来似乎如此，理性的遮蔽和意志力的丧失就像某种疾病一样侵蚀着一个人，逐渐发展，并且在犯罪实际发生之前的短时间内达到高潮；根据每个人的说法，在犯罪的那一刻和之后的一小段时间内，情况都是一样；然后，这就像其他任何疾病一样消失了。

这两个主题在马尔美拉多夫的女儿索尼娅和拉斯柯尔尼科夫的妹妹杜尼娅身上得到联系，索尼娅为了家庭而去卖淫，杜尼娅则与一位斯维德里加洛夫先生有过不愉快的经历之后，完全是为了她哥哥的缘故，她同意嫁给一个叫卢津的人。拉斯柯尔尼科夫的母亲在信中宣布了这桩婚事，这让他有些不知所措。穿过街道，他看见一个女孩"大约十六岁，也可能只有十五岁"，喝醉了，衣服也被撕破了。她被灌醉后，又被强奸，拉斯柯尔尼科夫"第一次"这样想。一个上了年纪的男人贪婪地看着她，拉斯柯尔尼科夫和他大吵一架，叫他"斯维德里加洛夫"，暗示被侵犯的女孩和他妹妹的身份。

在这之后，拉斯柯尔尼科夫做了一个可怕的梦。在梦里，他仍然是一个小男孩，当他和父亲外出散步的时候，他看到一个农民把一匹老马打死了。他冲过人群去亲吻这匹死马的鼻口、眼睛和嘴唇。像陀思妥耶夫斯基一样，拉斯柯尔尼科夫自己显然认为这个梦指的是即将发生的对老妇人的谋杀。尽管，实际上，这似乎是一个跟弑父有关的梦。在梦境中，这匹马代表着父亲。可以想象的是，这可能是癫痫病发作之前的一个梦，象征着癫痫病的症状，这与老妇人无关。

谋杀之后，拉斯柯尔尼科夫觉得需要忏悔和赎罪。就像丽丝一样，施虐狂的发作紧接着就是受虐狂的发作。由于这个醉鬼的罪行是公开的，他几乎可以立刻享受到这种解脱。拉斯柯尔尼科夫和这件事的联系被切断，因此，他与母亲和妹妹所代表着的人类的联系也被切断。他被迫采用神经质的自我表现欲，象征性地在警官和预审法官面前炫耀他的罪行，而后者完全能理解他，事实上，拉斯柯尔尼科夫自己只是在偷窥而已。对于暴露狂和偷窥狂，正如施虐狂和受虐狂，不存在真正的主体或客体；暴露狂只能把他自己暴露给自己，而偷窥狂只能看见他已经知道的东西。

"还不止这些，"预审法官说，"他会变得很有事业心，他会在不需要他的地方戳鼻子，他会喋喋不休地谈论那些他根本不应该提起的事情。说起话来拐弯抹角——从寓言的角度来讲，哈，哈!"

拉斯柯尔尼科夫不仅仅是在背叛他自己。当预审法官和他讨论犯罪本质的时候，前者捍卫社会主义的观点，认为这是对不良和变态的社会情况的抗议，拉斯柯尔尼科夫打断他说"一个四十岁的男人侵犯一个十岁的女孩——是环境驱使他这么做吗?"陀思妥耶夫斯基也说了太多他不应该说的事。

到目前为止，这部小说感觉还是挺规整。至少，这部小说不像后来的那些书，诸如《白痴》或《卡拉马佐夫兄弟》那么复杂，因为这两本书变得越来越狂野，越来越形而上学。后来，地方法官开始揭露一些在这本书的开头才有所暗示的事情。拉斯柯尔尼科夫原来是一篇关于犯罪行为的文章的作者。在这篇文章中，他认为优秀的人才有权利违反道德法则。实际上，拉斯柯尔尼科夫根本就不是一个病人。"罗马的凯撒被压在这个驼峰下面。"就像朱利安·索雷尔一样，他是一个被贫穷压制的拿破仑。

"不，那些人并不是天生如此。"拉斯柯尔尼科夫绝望地想。"人类真正的统治者，一个凡事都允许的人，强行攻占土伦，在巴黎进行大屠杀，在埃及忘记军队，在莫斯科战役中浪费五十万人，在维也纳用一个双关语逃脱惩罚。"

拿破仑这个名字让我们进入形而上学。在十九世纪的小说中，他扮演着一个几乎具有象征意义的角色。司汤达和巴尔扎克以不同的方式尊崇他为英雄人物，这个人的意志和精力能够战胜每一个障碍。但是，在俄国文学中——不仅仅是出于民族主义的原因——他以一个恶棍的形象出现，代表胜利的西方意志，而不是被动的东方梦想。这就是他在《战争与和平》和《罪与罚》中的角色。在陀思妥耶夫斯基的作品中，与其说他是意志的化身，倒不如说他是智慧的化身，反对他的与其说是自然的智慧，倒不如说是宗教信仰。在俄国倾向于东方的那部分思想中，信仰与投降的观念有关，因此，也与直觉有关，而在西方作家中，信仰与好的作品，自制力和判断力并存。

虽然陀思妥耶夫斯基缺乏智慧，因为这种品质不能与神经疾病并存，但是他非常聪明、才智出众，这使他显得与众不同，有别于他所继承并且影响他的作品的浪漫主义作家：萨德、苏①、霍夫曼②、利顿③、雨果。这使他能够把工作主要局限于自己的观察领域——他自己病态的灵魂，还有与之相似的灵魂——起到控制作用，防止他的作品退化为无聊的幻想。渐渐地，随着作品的发展，他认为类比思维的表现更重要。随着人格的这些方面在他面前变得越来越清晰，更加明显的是，这个部分的罪魁祸首就是思维能力。

更有趣的是，恰好在这一刻，一个新的人物斯维德里加洛夫出现了。斯维德里加洛夫就是那个试图引诱拉斯柯尔尼科夫妹妹的雇主。根据陀思妥耶夫斯基传记作家的说法，他就是最像作者的人物之一。我很难相信这一点，毫无疑问，他代表陀思妥耶夫斯基性格中的一个方面，这一定是他的朋友们都能看到的那一面。

---

① 苏（Eugène Sue，1804—1857），19世纪法国小说家，代表作是《巴黎之神秘》（*The Mysteries of Paris*，1842—1843）和《流浪的犹太人》（*The Wandering Jew*，1844—1845）。

② 霍夫曼（Ernst Theodor Wilhelm Hoffmann，1776—1822），19世纪德国作家、作曲家、画家。

③ 利顿（Lytton Strachey，1880—1932），20世纪英国传记作家、文学评论家。代表作有《维多利亚名人传》（*Eminent Victorians*，1918）和《维多利亚女王传》（*Queen Victoria*，1921）。

我觉得这简直难以置信。预审法官对拉斯柯尔尼科夫的观点的揭露并没有在这时候让斯维德里加洛夫出现，或者，换句话说，斯维德里加洛夫的即将出现并没有披露关于拉斯柯尔尼科夫的真相。这两件事情有一定联系。斯维德里加洛夫只不过是拉斯柯尔尼科夫的另一个版本（正如，在更加有限的意义上，早期的拉斯柯尔尼科夫只不过是马尔美拉多夫的另一个版本），报纸上那篇文章中的拉斯柯尔尼科夫，他认为，上等人允许做任何事。他和拉斯柯尔尼科夫的关系很像斯莫迪亚科夫和伊万·卡拉马佐夫的关系。他是思维能力投射到人类事务上的阴影，正是他，而不是谋杀犯拉斯柯尔尼科夫，犯下小说中描写的真正罪行，这是那种人必须去问问是否可以原谅的罪行。

> "一个叫莱斯利奇的女人有一个远房亲戚和她住在一起，我想，是一个侄女，一个十五岁的聋哑女孩，或者，只有十四岁。这个叫莱斯利奇的女人像憎恨毒药一样憎恨这个侄女，舍不得她吃任何东西。她还会残忍地殴打她。有一天，有人发现她吊死在阁楼上。法官裁定她是自杀。办完常规的手续之后，这个案件就结束了。但是，后来，警方得到一些消息，大意是这个孩子曾经——被斯维德里加洛夫残忍地侵犯过。"

"对我来说，"斯维德里加洛夫说，他几乎是用特鲁索斯基在《永远的丈夫》中的话来说，"一个十六岁的女孩——那双依然孩子气的眼睛，羞怯、羞涩的眼泪——对我来说，这一切都比美貌好得多。"然后，拉斯柯尔尼科夫回答："实际上，正是年龄和心智发展上的巨大差距激起了你的欲望。"

这个受到侵犯的孩子的形象在整本书中萦绕不去，同样，这个形象萦绕在陀思妥耶夫斯基的其他许多小说中。从故事开头引用的段落中，她出现了一两页，后来，又在斯维德里加洛夫的梦中再次出现。首先是出于她对人性的绝望，其次是对他曾经天真无邪地享受儿童之爱的讽刺——斯维德里加洛夫相当真诚地说，他爱孩子——他再也不会享受这种爱了。于是，他杀死了自己。

　　我认为，《罪与罚》不是两部小说，而是三部。这其中有以马尔美拉多夫为中心的《酒鬼》；关于谋杀的这部小说是以拉斯柯尔尼科夫为中心，他一开始是这个酒鬼的一种映象，后来，他发展成更阴险的人；而第三部小说是关于斯维德里加洛夫。与其说这是写作目的的改变，还不如说这是作者对罪恶观念的深化理解。酗酒和谋杀只不过是已经犯下的真正罪行的寓言形式。除非我们意识到，到最后，神经过敏者罪恶感的问题并没比这本书刚开始的时候得到更好的解决，否则，我们就无法正确解读《罪与罚》。这个问题在后来的小说中并没有得到解决，虽然我们用形而上学的东西攻击这一点。这个问题无法得到解决。从根本上来讲，在陀思妥耶夫斯基的思维中，这个问题与反常的犯罪有关联，而他的思维能力告诉他这是不可原谅的，虽然他的直觉暗示他这应该可以原谅。作为一个神经过敏者，他不能接受情报机关的裁决，这就是说，既然没有完全的责任，就不可能有真正的犯罪。这是自由主义的信条，屠格涅夫的信条。除了从哲学层面上反对之外，陀思妥耶夫斯基拒绝接受这种观点，因为它剥夺了神经过敏者最宝贵的财富，即他虚幻的独特感。

　　陀思妥耶夫斯基的困境甚至比这还要复杂得多。这些并发症是他很多想法的类比性质的很大一部分，因此，想要客观地描写这些并发症的情况极其困难。斯维德里加洛夫和这本书里这个部分的拉斯柯尔尼科夫都代表思维能力。在陀思妥耶夫斯基的计划中，思维能力就是无神论。除了无神论的思想形式，还有一种神经质的本能形式，这才是陀思妥耶夫斯基唯一真正理解的形式。在反抗父亲的过程中，神经过敏者发现自己反抗所有公认的权威形式，最终以反抗上帝之父告终。但是，他不能就此止步。就像一个青少年，为了反抗父亲的权威，他需要做一些父亲认为是错误的事情来证明他对自己的信念，而神经质的无神论者不得不去违反道德法则。这不仅是"上等人允许做任何事情"，这也是上等人为了证明自己的优越性不得不做违法犯罪的事。这两种态度有天壤之别，陀思妥耶夫斯基要么没有看到，要么直接忽视。他非常清楚，神经质的罪犯无法摆脱自己的负罪感，以及他对忏悔和宽恕的需要。因此，我们达成陀思妥耶夫斯基的典型悖论，这一点在《群魔》中变得更加清楚。他最喜欢的人物相信基督而不相信上帝，相信仁慈而不相信正义。

> "我相信俄国。我相信希腊东正教。我——我相信基督的肉体——我相信第二次降临会在俄国发生——我相信——"沙托夫狂乱地低声说。
> "相信上帝吗？相信上帝吗？"
> "我——我应该相信上帝。"

在幻想的层面，这个悖论并非真正存在。直觉表现为性格中女性的、母性的一面，而判断代表着性格中父亲的一面。这两者总是表现得尽力不去征服对方，而是创造一种合理的平衡。它们有时候会通过一个折中的人物做到这一点，这个人物同时具有女性化和男性化的特征。这个人物有时候是同性恋者，这就导致精神分析学家诸多的误解；有时候，这个人物是基督，或者是代表着基督的某个人——比方说，一个叫克里斯多夫的男人，或一个叫克里斯汀的女人。基督是调解人的象征："若不是通过我，没有人能到达天父那里。"在陀思妥耶夫斯基的形而上学理论中，他的想法在很大程度上都极其相似，这个折中的形象具有上帝的属性。

《群魔》再一次被这个受侵犯的孩子的形象所困扰，但是，出版商通过压制关于斯塔夫罗金罪行的三个章节来掩盖这一点，这和斯维德里加洛夫的罪行一样。在已经印刷了三百份的供词中（这里又有一些数字象征），斯塔夫罗金讲述了他是如何寄宿在一家有一个十四岁女孩的家庭。他曾经抱怨丢失了一把小刀。这个孩子受到责备，虽然他在此期间已经找到这把小刀，他仍然放任她在他面前被残忍而不公正地痛打一顿。

> 每一件非常不光彩、非常可耻、非常卑鄙的事情，尤其是我一生中

遇到的荒唐情况，这些总会在我内心同时激起极度的愤怒和难以置信的喜悦。

到这时，斯塔夫罗金已经下定决心要强奸那个孩子。接下来的几天，他偷了一个穷官员的钱，那个人却因太害怕而不敢指控他。强奸实施之后，他告诉我们，那个孩子变得神志不清，不停地哭诉："我杀了上帝。"她上吊自杀的时候，斯塔夫罗金其实还在房子里。他知道她正在做些什么，只有当他确信她已经死去的时候，他才去参加晚会。在晚会上，他表现得快乐而轻松。从那个时候开始，他说，那个死去的孩子就一直缠着他。

我看见我面前的玛特廖莎，骨瘦如柴，眼睛发狂。从各方面来看，她都跟站在我房间门口，朝我摇头，用她的小拳头威胁我的时候一模一样。没有什么比这更让我痛苦的了。一个无助的生命那可怜的绝望心情（十年的打击），一个尚未成型的头脑，威胁着我——用什么？她能对我做什么呢，哦，天哪？当然，责骂她一个人！这样的事情从来没有发生在我身上。我一动也不动地坐到夜幕降临，我已经忘记计算时间。这就是他们所谓的悔恨或忏悔吗？我不知道，即使现在（想到这个行为本身，也许，这对我来说并不讨厌。也许，直到现在，对这个行为的记忆仍然有一些让我的激情得到满足的东西受到打击）我也说不上来。（《斯塔夫罗金的供词》，贺加斯出版社）

这里又是这样，我们所说的犯罪不是犯罪，我们所说的悔恨也不是悔恨，这显然包含了更多快乐而不是痛苦。我觉得，最大的困难是决定陀思妥耶夫斯基笔下的男主人公承认他们所犯罪行的性质。细节总是让人难以捉摸。这个孩子的年龄总是在变化，从十四岁到十岁，或者，自杀的形式有所改变，正如《罪与罚》那样，从上吊到溺水。从本质上来讲，这样的犯罪太完美，太日耳曼式，太文学化。这可以与后来耸人听闻的小说中的一个诡计相比较。在这个故事中，一个由于她所爱的孩子或母亲的去世而悲痛不已的女人（比较萨默赛特·毛姆和奥尔德斯·赫胥黎）却立即与她遇见的第一个男人发生性关系。这对我来说没有说服力。一个神经质的女人有时候会承认这一点，这并不一定是真的。有时候，至少，这仅仅代表着愿望的满足。我们不能误解孩子所说的"我杀了上帝"的意思。这就是这个聪明的神经过敏者犯罪的真正目的，谋杀天父。

弗洛伊德曾经指出，这样做不是没有原因，这恰恰就是《卡拉马佐夫兄弟》的主题。《卡拉马佐夫兄弟》是陀思妥耶夫斯基小说中最形而上的一部。这三兄弟是一个典型的完整人格的梦中形象——不是来自现实生活中的人物，却是这个人格的各个方面：伊万，思维能力；德米特里，感官；阿廖沙，灵魂。阿廖沙和德米特里只不过是《白痴》中的梅什金公爵和罗戈津变了不同的名字而已。实际上，罗戈津在十二岁的时候就侵犯了女主人公，在《卡拉马佐夫兄弟》这本书的原计划中，德米特里本来就要做那件事。

第四个人物——通常在人格梦境中有一个代表着死亡的影子——是个私生子，是他同父异母的兄弟斯莫迪亚科夫。像斯维德里加洛夫一样，他是行动中表现出来的思维能力的影子，也是真正的谋杀者。这三个人物在某种程度上都对谋杀他们父亲的罪行负有责任。伊万犯的罪最大，正如拉斯柯尔尼科夫和斯塔夫罗金的罪行一样，他的罪行是一种骄傲的、自以为是的思维能力，这给了斯莫迪亚科夫一个教训，那就是没有道德法则这回事。然而，伊万被这个施虐狂的疯子的罪行缠住了，他列举了所有发生在无辜儿童身上的恐怖事件，并否认任何人有宽恕他们的权利。

　　"我不希望母亲去拥抱遗弃她儿子的压迫者！她不敢原谅他！如果她愿意的话，就让她为了自己而原谅他吧，让她为了她母亲内心那无可估量的痛苦而原谅施虐者吧。但是，她没有权利宽恕她那受折磨的孩子的痛苦；即使孩子原谅了施虐者，她也不敢原谅他。如果是这样的话，如果他们不敢原谅，他们之间的和谐关系变成了什么？在这个世界上是否有一个人有权利去原谅，并且能够原谅呢？我不想要和谐的关系。出于对人类的爱，我不想要和谐的关系。我宁愿留给我的是尚未报仇的苦难。我宁愿与尚未报仇的苦难和尚未得到满足的愤怒在一起，即使我错了。除此之外，和谐的代价太高了；我们没办法付那么多钱来入场。因此，我赶紧去还我的入场门票，如果我是一个诚实的人，我一定要尽快还回去。那就是我正在做的事情。并不是我不能接受上帝，阿廖沙，只不过是我非常恭敬地把门票还给他了。"

这个精彩的场景最深刻地说明了陀思妥耶夫斯基所处的困境，按照他的条件，这个问题无法得到解决。据我所知，反常罪行的责任仍然取决于思维能力。这个悖论就是，只有认为上帝负有责任，我们才能真正否定上帝。阿廖沙提醒伊万，基督是因为他所遭受的苦难才有权利去宽恕，这在神学和哲学上都是不合理的，因为，缺乏正义的宽恕似乎包含着矛盾，就像基督的加冕和上帝的废除是一样的道理。

事实真相是，陀思妥耶夫斯基很有可能又一次试图在幻想的层面上解决问题，但是，他失败了，他无法区分主体和客体。这几乎就像是在我们已经注意到其他不那么形而上的困境的两极转换中，他把本能的负罪感转移到思维能力上来。如果是这样的话，他巧妙地预料到了这个困难。虽然真正的谋杀者是斯莫迪亚科夫，道德上有罪的一方是伊万，无辜地为他们的罪行受苦的却是德米特里，而且，新生活是许诺给他的，而不是给他们的。

第十四章

过渡阶段：亨利·詹姆斯

1

对于研究小说的学生来说，詹姆斯的有趣之处主要在于，他是古典小说和现代小说之间的过渡人物。在他作品的某个地方，这样的变化发生在这两者之间。在某个地方，这艘船遇到海盗的袭击，当这艘船终于驶入港口的时候，谁也没有从流畅的船身线条认出这艘船是从海的另一边启航的体面客轮。乘客们似乎是在途中被谋杀，那些站在悬崖边注视着我们的黝黑的外国面孔一点也不熟悉。

刚开始，一切都很顺利。詹姆斯的小说看起来像古典小说，他的小说遵循古典小说的传统。他的小说直接来源于福楼拜和屠格涅夫对狄更斯笔下多余和无关紧要的东西进行净化而得的小说，甚至与左拉和龚古尔的自然主义小说有异曲同工之妙。他的小说似乎是在真实的情况下与真实的人物打交道，然而，当人们来检查他们的时候，在十九世纪的小说家所能理解的任何意义上，人物和情景都不再真实。随着詹姆斯作品的发展——仍然遵循观察和记录最佳的自然主义原则——我们意识到，小说所传达的现实印象与卡夫卡的寓言颇为相似。他们不是通过外部模型的任何比较过程而结合在一起，而是通过某种内在的逻辑，通过人物和事件的内在关联而结合在一起。

这是每一件艺术作品追求的条件。当小说家开始掠夺一些居民区时，他自己就不再关心那个地方的财富了，但是，他会兴高采烈地以最能显示魅力的方式重新布置他的战利品。他仍然认为战利品有价值，他在重新布置的时候注意到纯银和古董家具的质量。他回头看了一眼亨利·詹姆斯，惊奇地发现，詹姆斯关心的是他的私人安排，而不是战利品的价值。他还发现，实际上，他非常乐意用任何一把破旧的椅子或罐子当替身。这些安排简直无可挑剔、一丝不苟，但是，有时候，他们更像天才收集的东西，而不是艺术家收集的东西。他也开始意识到为什么人们不去拜访名家大师。他会让他们感到心惊肉跳。

这其中有一个普遍存在的原因，我把他的名字与本·琼森、福楼拜、乔伊斯的名字联系在一起，还有一些在我看来太热爱文学的伟大文人，我就能很好地阐述这个原因。谁会更注重形式而非内容，并且采用贫穷老女仆继承祖宅的恋物癖的态度。关于他们的忠诚，这一点应该毫无疑问。人们只要听听琼森怎么说的就可以了。

> 我花费夜晚的一半时间和白天的全部时间
> 在这间牢房里，看到一张黝黑的苍白的脸
> 与月桂树或海湾相媲美
> 在这个时代，没有比这更好的恩惠了——

但是，忠诚度还不够。在我看来，关于人类的某些事情，他们使用了暴力。他们都无法描写普通人的爱情，因为，文学是他们唯一的真爱。作为一个艺术家，琼森比莎士比亚更伟大，他至少负责印刷和保存自己的作品。但是，他对自己的后代表现出一种得体的冷漠，这对任何父亲来说都极其不相称，正如西班牙诗人所说，"生命短暂，艺术长久，除此之外，其他的事情都无关紧要"。

2

还有一个特别的原因，为什么普通读者从来都不喜欢詹姆斯。他经常提到对他影响重大的两个作家，屠格涅夫和福楼拜。在他的作品中，前者的痕迹很少，而后者的痕迹却非常多。他盛赞福楼拜是"一个强大的、严肃的、忧郁的、有男子汉气概的、严重腐蚀的、却又不堕落的人"。鉴于我们已经知道小说的发展方向，以及福楼拜和陀思妥耶夫斯基小说中虐待狂的浪漫主义的再现，他对修饰词的选择意义重大。小说发展史上的这个时期，幻想潜流的牵引力变得明显起来。过去称之为十九世纪末王尔德和其他象征主义者的态度进入小说，詹姆斯的很多作品在精神上更接近王尔德的《道林·格雷的画像》，虽然他自己不愿意承认这一点。作品的主题是罪恶，却不是狄更斯认为的那种有形的罪恶，残酷、贪婪、放纵。受到象征主义影响的小说家描写的罪恶没有真正具体的表现，因为，这是萨德和德国浪漫主义者的罪恶，是幻想的产物，这些罪恶没有令人感到满意的客观对应物。至少，詹姆斯认为他写的小说是这种类型。

我们可以从《螺丝在拧紧》（这部小说可以和史蒂文森的《化身博士》相比，因为，两者都有一种梦幻的品质。很显然，两者都暗示了比他们所陈述的多得多的东西。）中看出这一点。从表面上来看，这是一个简单易懂的鬼故事，一个德国的恐怖故事，故事的主题是坎特伯雷大主教提供给詹姆斯的。詹姆斯的笔记本的编辑们认为，这种想法反驳了人们对这个故事的弗洛伊德式解读。在我看来，弗洛伊德式解读似乎与此无关，但是，这并不会否定弗洛伊德式解读，因为当我们听到那些吸引我们的主题时，这些主题与我们为自己创造的主题一样，都可以分析。

通过一个貌似不可信的家庭女教师的叙述，她可是负责一个男孩和一个女孩整个成长过程的人，小说描写了这个家庭女教师越来越深刻地意识到，孩子们正在堕落。她还意识到，那些使他们堕落的东西是他们之前的家庭女教师和一个男仆的鬼魂，这位家庭女教师和这个男仆曾经有一段风流韵事。孩子们知道他们的这段恋情，这件事最终导致这个女人流产，两个人死亡。叙述者——对于她，这两个恶棍可以看得见——和他们为了争夺孩子的灵魂而斗争，却反而导致男孩的突然死亡，因为这个男孩有追求美德的倾向。

对于像我这样老派的现实主义者来说，作为一件艺术品，这首暗示童年时期不道德行为的颂歌就像史蒂文森的表演一样愚蠢。然而，作为理解詹姆斯作品的关键，这当然是无价之宝。

我们首先要看到詹姆斯特有的困难，这同样也是史蒂文森和弗洛伊德之前的其他浪漫主义故事讲述者的特点。为了持有真正的信念，这个故事必须让罪恶在我们面前变得真实，正如陀思妥耶夫斯基让罪恶在《群魔》中变得真实一样。詹姆斯的写作传统要求他阻止那些对我们来说变得有形的罪恶。就像福楼拜自己对他的看法一样，詹姆斯必须被腐蚀，但是，他却没有堕落。在我看来，这就是他在笔记本上反复呼喊的真正含义，他呼喊着，他想"让自己走"，却又做不到。虽然这代表他早期试图将他所谓的"罪恶"进行外化的努力取得很大进步，然而，家庭女教师和男仆之间的恋情，即使紧随其后的是堕胎，却也不一定是坏事。作为读者，我们可以这样说，相反，对一场人类悲剧的受害者友好，可能会对两个早熟的孩子大有好处。

当然，这并不是詹姆斯想要表达的意思。恋情和堕胎只不过是他真正想表达的东西的象征，由于他不能告诉我们他想表达的是什么，他只能依靠风格来说服我们从事实中看起来不明显的东西。这种风格，介于早期小说明晰的风格和后期小说浮夸的风格之间，已经显示出一种障碍，一种文体上的障碍，让我们像个糟糕的结巴一样尴尬。在他后期的小说中，虽然詹姆斯已经朝着"让自己走"的方向迈出另一步，这个结巴变得如此严重，他们读杜佩雄辩的总结要比读詹姆斯自己的话舒服得多。这就是对你有话要说的惩罚，因为，作为一个有道德的人，你说了你觉得没有资格说的话。一个人要被腐蚀得很严重，而自己又不堕落，他就必须变成结巴。

3

詹姆斯作品的主题是关于纯真和堕落，并且，这个主题形成一种对立面，而他整个文学人格的塑造都是基于这个对立面。在《华盛顿广场》这样的早期小说中，主要人物是一个纯真的富家女孩和一个贪图她钱财的、堕落的、无情的冒险家。这也是他临终时在《鸽翼》中使用的主题。

在那部作品，以及在这一时期的其他作品中，他通过扩大这种对立面来支配自己对欧洲的态度，从而极大地使这个主题复杂化。他对欧洲着迷，对他来说，欧洲就是腐化堕落，就像《华盛顿广场》中那个纯真的女孩一样，他也爱上了腐化堕落。民族主义的批评已经把他对居住地和公民身份的选择提升到类似于国家层面离经叛教的程度。因此，如果从字面上理解詹姆斯的"美国"和"欧洲"，那就真的是头脑简单了。

要做到这一点，我们必须假设，对詹姆斯来说，纯真美德的最好代表是华尔街的一位大亨。这似乎是《美国人》的主题，这部小说以最简单的形式呈现了这个模式。美国商人克里斯托弗·纽曼代表着纯真，小说并没有明确指出财富的来源。他爱上贝勒加德家族的一员，这个家族代表着腐化堕落，因为，这个女孩的母亲和哥哥谋杀了她的父亲，为的是让她嫁给某个 M·德-森特先生。很明显，这个主题与《螺丝在拧紧》的主题一致，因为，贝勒加德一家人也受到腐蚀而堕落，这种腐蚀来自另一个世界。

这是詹姆斯笔下对立面的另一个特殊方面。一如往常，他会把纯真描写成财源滚滚，而把腐化描绘成肮脏和贫穷。尽管这一点在措辞上几乎自相矛盾，但是詹姆斯似乎无法想象任何形式的纯真不涉及金钱，或者任何形式的腐化不涉及破产。

这是詹姆斯陷入隐喻陷阱的过程的另一种形式，而他自己几乎都不知道。当时，他还坚信自己是一位秉承小说伟大传统的客观作家。如果按照小说的字面意思来理解他的话，人们不得不把他看作有史以来最贪图享乐、最贪赃枉法的作家。在我看来，如果他不是这类人，我们就必须把"金钱"当做这个词语在文本意义之外的东西来看待。这是一个可怕的想法，这意味着即使在这个时期，一个极度自觉的作家的作品也已经失去他自己的控制。弗洛伊德意义上的"金钱"应该意味着爱情。在内心最深处，这可能意味着，詹姆斯的作品应该被看作是他自己得不到的爱情和柔情的鬼魂之间的斗争。在意识的层面上，在一个詹姆斯本来可以完全应付的层面上，"金钱"的意思似乎是"自由"而不是"必需品"。我不认为"金钱"一定意味着任何物质意义上的自由，而是选择的自由，意志的自由，而这正是"欧洲的"引诱者试图用一些既定的东西窃取并取而代之的原因。人们几乎可以用"选举"和"恩赐"来描写这种对立。虽然这有助于我理解贝勒加德家族想要从纽曼那里得到什么，我却不太清楚纽曼想要从贝勒加德家族那里得到什么。也许是知识，也许是经验。如果真的是这样，人们会认为，詹姆斯的问题是在没有施加历史限制的情况下获得欧洲的经验，跟欧洲人学习的同时又能保持自由，最终"被严重地腐化，却并不堕落"。

随着詹姆斯作品的发展，作品的主题越来越有脱离实体的倾向。《美国人》中的谋杀像《卡拉马佐夫兄弟》中的谋杀一样，是一场形而上的谋杀。即使如此，对于成熟的詹姆斯来说，这也太形而下了。从此以后，他更专注于暗示他无法表述的罪恶。在《一位女士的画像》中，这样的主题是由一个一个的暗示逐渐建立起来。由于他从来没有真正给他所说的罪恶下过定义，我们几乎无法理解这些暗示。我们听着，紧张着，感觉自己耳朵又聋，眼睛又近视，想知道到底是什么让奥斯蒙德和莫尔夫人不同于图柴特和沃伯顿公爵，如果他们真的有什么不同的话。

对待小说《鸽翼》的主题时，詹姆斯闪烁其词到了极点。为什么要把这个主题强加在小说上，这一点并不清楚，因为，小说最初的主题是围绕他最聪明的表妹明妮的死亡和她的求生意志而构想出来的。他笔下的女主人公的求生意志其实是一种爱情的意志。他迅速地把重点从她身上转移到她所爱的男人身上，莫顿·丹什和莫顿的未婚妻，凯特·克罗伊，她说服他让米莉·希尔爱上他，为的是继承她的财富。丹什同意这个阴谋，一直到最后阶段，唯一的条件是凯特成为他的情妇，而她确实这么做了，他却向米莉表示敬意。密谋者们卑鄙的阴谋被邪恶的马克勋爵揭露出来，并告知米莉。于是，这个拥有世界上所有财富的女人——詹姆斯无法停止对希尔巨额财产的热情——在詹姆斯的官话风格中反复出现的浮夸，"把她的脸转向墙壁"，然后，死于一种叫不出名字的疾病，这种疾病就像她的财富来源一样无从说起。她极其慷慨地让丹什成为一个有钱人，虽然是最不快乐的人，因为他直到很晚才意识到他已经爱上她。现在，他只有在凯特同意牺牲这笔财产的时候才能娶她，而凯特当然不会这样做。

这笔财产是假想出来的，密谋者们不仅毁掉了米莉写给丹什的临终遗书，他们也没有打开来自纽约的律师的信件。我们可以这样理解，这封信会让丹什成为有钱人。"毫无疑问，真相就是，事实上，当涉及任何自由处理或命名事物的时候，他们五个人是住在一起，在一种很容易产生'脱口而出'的丑陋效果的氛围之中。"作者温和地说，从来没有这样丑陋的东西闯进来。"必要的"场景被压制，后来通过第三手资料，官腔的风格进行报道：马克勋爵披露的残酷真相，丹什对他正在欺骗的那个垂死的女孩最后二十分钟的采访，米莉的死亡，我们没有得到关于她死亡的任何细节。在坟墓里，看似聪明，戏剧化的场景信息被保留到榨取对话的最后一刻，就像丹什在采访凯特时，他的口袋里装着那封没有拆开的已经死去的女孩的信，那封可以让他成为有钱人的信，那封还没有读就烧毁的信。

这些信息对于普通读者来说太多了，但是，人们可以理解詹姆斯在这部小说中对评论家的迷恋，几乎脱离现实，几乎是自主自立，一个场景产生另一个场景，一个比喻带出另一个比喻，就像在梦中一样。他不用借助笔记本，笔记本所产生的东西超出了读者的想象。威尼斯产生"宫殿"这个词语吗，而"宫殿"这个词语产生把米莉比喻成"公主"的隐喻吗，或者，她是在威尼斯去世的吗，"公主"这个词语首先出现在詹姆斯的脑海吗？乡土特色，小说的实体，这些东西在詹姆斯的作品中从来就不是很强烈，就像他设想的那些精妙的比喻一样，变得从实体中脱离出来。最后，人们踮起脚尖，使劲地，使劲地捕捉那些从舞台后面越来越远的地方传来的最后的低语，而事件和背景进一步推送到作者心灵的迷宫里。

4

人们不得不问，"金钱"在这些小说中意味着什么，因为詹姆斯在作品的发展中获得的是一种更适合于戏剧而不是小说的自由。这种自由意识属于剧作家，就像必要性的感觉属于小说家一样。在剧院里，观众的存在，以及他们对艺术惯例的认同，使得一个人物有必要在需要他的时候出现，无论他来自什么偏远的地区。在小说中，这是为孤独的读者设计的，行为越不做作效果越好，小说家必须在缺乏牵强情节的情况下表现出一种新的优雅。詹姆斯不仅把他自己的行为强加于人物身上，就好像他们享受完全的自由似的，他还把这种形式变成一种模式。这是一种很好的戏剧练习，在剧院里，一个第一次使用就有效的行为，重复使用的时候，效果会好很多倍，詹姆斯故意用这种方式重复他的效果。

这些笔记本尤其让他看到这一点。他说，假设一个社交圈的女孩把她在社会上不怎么体面的母亲说成去世。他意识到，如果从母亲的角度来看，这是一个很好的主题。等到他仔细考虑的时候，这个故事却变成一个在社会上不体面的母亲被她社交圈的女儿抛弃，以及一个在社会上不体面的男人同样被他在社交圈的妻子抛弃的故事。这样的情节不能像在剧院那样增加主题效果；通过剥夺人物的独特性，从而削弱主题效果。他们只不过成为一种模式的一个方面。

因此，在他后期的一个故事《茉莉娅·布莱德》中，我们发现性格明显"不稳定"的一个女孩，她的母亲离过三次婚，而她自己则曾六次解除婚约。

由于她现在打算跟有钱人结婚，茉莉娅开始接近她曾经的继父，要求他承担他与母亲离婚的全部责任。但是，这位继父自己也打算跟有钱人结婚，他不但没有同意茉莉娅的请求，反而想让她免除他离婚的责任。人们觉得，这对任何人来说都应该是一种重复。詹姆斯开始对这些可能性变得更有兴趣。这一次，茉莉娅投靠了一个老情人，要求他为他们破碎的爱情承担责任（还有比这更重要的东西牵扯其中，这是暗示出来的，并没有明确说明）。为了换换花样，她发现他很热情，原因在于，他也想跟有钱人结婚。他不仅急于让他的未婚妻知道，他和茉莉娅之间没有任何关系，由于茉莉娅的年轻男人不仅有钱，还有教养，而他的目标就是想法挤入上流社会，因此，他还想给她一件收藏品呢！有了这样的阴谋诡计，在讲故事的人所理解的意义上，他不可能这样刻画人物。

可能是因为，这阐明詹姆斯作为一个艺术家自身的问题。我一直都对《悲惨的缪斯》情有独钟。这部小说有一种詹姆斯和琼森一样都能理解的情感：一位艺术家对艺术的热爱。正如他所描写的那样，这里的艺术与其他十九世纪伟大小说家所理解的艺术截然不同。这种艺术就像宗教一样——不仅仅是另一种生活方式，而是生活的替代品。正如通常作为它存在基础的罪恶一样，这种艺术是绝对的，对它的追求是一种极不寻常的狂热崇拜。

我们又一次面对詹姆斯的困境，他所写的艺术是一种要求他的信徒达到极致的东西，而詹姆斯发现他不可能描写一个做出让步的人物。这里没有高更或凡·高的容身之处。当然，这不是对詹姆斯的批评。事实上，小说家比任何艺术家都更接近社会，直到诗人指出镜子后面的路——最重要的是，直到像弗洛伊德这样的科学家有条件地批准了这项实验——小说家才开始探索他们自己的媒介资源。

艺术已经成为一种新鲜事物，尼克·多默牺牲自己的政治生涯来追随艺术是徒劳无用的，因为，他那有良好教养的妻子——茉莉娅·达洛会把他变成一个社交圈的画家，加布里埃尔·纳什的预言如此。唯一有能力带着这一切隐含的污秽过上艺术生活的是犹太女人米里亚姆·鲁思，即使她永远也不会成为一个真正伟大的演员，因为，无论外交官彼得·谢林厄姆对她的艺术多么感兴趣，他都会娶小毕蒂·多默，而她一点也没有艺术家的气质。他不会和米里亚姆结婚，和她一起贫困潦倒。他不会写那种能使她给剧院带来新生命的戏剧。就像詹姆斯自己一样，他和尼克·多默站在沼泽地的边缘，热切渴望地看着远处阳光普照的草地，普鲁斯特总有一天会走过那片草地，他们却永远也到不了那个地方。

第十五章

托马斯·哈代

1

众所周知，到 1882 年，特罗洛普去世的时候，小说已经走向穷途末路。在俄国，契诃夫开始为人所知；在法国，莫泊桑也是如此。他们两个都是短篇小说作家，而不是小说家。他们两个都和自然主义有着紧密的联系，这是围绕《包法利夫人》逐渐发展起来的文学理论。在英国，自然主义几乎仍然还是未知的，最后是由爱尔兰人乔治·摩尔介绍过来。事实上，自然主义的社会基础从未奠定，作家和大众仍然执着于把小说当成一种娱乐的想法。但是，象征主义的倾向已经以浪漫主义复兴的形式表现出来，小说和故事大多是由诗人写的，他们设法维持自己的双重身份。哈代和梅瑞狄斯①是早期很好的例子，正如史蒂文森和吉卜林是后期很好的例子。哈代和梅瑞狄斯都是优秀的诗人，而哈代至少是一个伟大的诗人。

诗人并不能成为伟大的小说家。首先，诗人的世界是一个内部的世界，而小说家的世界是一个外部的世界，于是，小说家想方设法融入一个内部的

---

① 梅瑞狄斯（George Meredith, 1828—1909），19 世纪英国维多利亚时代的小说家、诗人。

世界。他们笔下的人物几乎总是像真人一样。他们在绝美的风景面前表现得非常大胆，而降临到他们身上的意外，虽然风景如画，却很少有人类层面的意义。他们也比小说家更容易受到大众思想的影响，小说家的思想必须通过人类的途径来传递，这并不是因为他们的记忆能力出众。我已经引用一位匿名评论家的话，他认为，德国大学的哲学教学可能与德国从未产生过伟大的小说家这一事实有关。

托马斯·哈代和乔治·梅瑞狄斯两个人都受到达尔文学说的影响。可以说，哈代深受其影响。在达尔文之前，英国的受教育阶层已经出现宗教信仰的衰落。在工人阶级中，阿诺德和弗洛伦斯·南丁格尔①都注意到，这种衰落是以无神论的形式出现的。无神论就是穷人的不可知论，而达尔文的理论加速了这一过程。

我们可以说，在小说中，科学与艺术正共同努力，为人类的生存描绘出一幅更加理性的图景，但是，达尔文却把可怜的艺术家在其中的角色远远地抛在身后。在他的领域，传统似乎毫无用处，因为这是希腊和罗马的思想家所不知道的东西。这个理论开启了一幅广阔而可怕的宇宙历史的全景图，使得陀思妥耶夫斯基这样的作家所描写的科学与宗教之间的冲突增加了新的优势，甚至将理性主义者分裂成不同的派别。

事实上，他们可以有两种方式来接受达尔文的世界图景。一种是乐观主义者的方式，他们只把这种理论看作是一种支配一切生命，超自然力量的新鲜的、无可争议的证据，不管他们把这叫作上帝、第一推动力、世界精神、生活力，还是生命力。这是他们共同分享的东西，有助于指导他们。萧伯纳和威尔斯②在很大程度上就是这么认为，对他们来说，这种理论和十九世纪普通的进步信条没有本质区别。事情显然正在好转，现在看来，他们从一开

---

① 弗洛伦斯·南丁格尔（Florence Nightingale，1820—1910），19 世纪英国护士、统计学家、社会改革家。

② 威尔斯（Herbert George Wells，1866—1946），20 世纪英国小说家、记者、社会学家、历史学家。威尔斯以科幻小说创作闻名于世，代表作有《时间机器》（*The Time Machine*，1895）和《世界大战》（*The War of the Worlds*，1898）。

始就是这样做的。人们可以依赖大自然。正如梅瑞狄斯所说，

> 插入长着玫瑰的胸膛
> 我会颤抖着倒下吗？

哈代会这样回答："绝对地。"这里还有一种更隐秘的解释：这些生命形式的变化遵循的是他们自己的规律，而人类的意识，并不是这个过程的一部分，它只是偶然出现的东西。人们可能不得不假设第一推动力的存在，但是，人们对第一推动力本身的发展并不关心。"我们已经达到大自然在制定其法则时从来没有考虑到的智力水平，"他写道，"因此，她并没有提供任何令人满意的东西。""思想，"他在《还乡》中写道，"是一种身体的疾病。"换句话说，上帝创造了一个包含着偶然的智力元素的世界，而他的智慧还不足以预见或提供这些元素。这一观点与莎士比亚在研究蒙田之后提出的观点稍有不同。我曾经把这种观点定义为，审判万能的上帝犯了谋杀罪，然后伪造证据。在我看来，这似乎是一种独特的英国式观点。孤僻的性情中蕴藏着愤世嫉俗的拉丁姆人所不知道的理想主义，于是，当一个英国人发现上帝不玩板球的时候，他所经历的震惊和冲击往往令人难以承受。

阿诺德和弗洛伦斯·南丁格尔正是在工人阶级之中发现了无神论，而哈代恰恰就是他们中的一员。英国社会就是这样，他也不可能离开他们。他去世的时候是个有钱人，但是，他死去很久以后，当我问一个多彻斯特人是否认识这位伟大的作家时，我意识到，我之所以没能侮辱他，只是因为我是个外国人，我知道的不比他多。他耐心而温和地解释"哈代先生在这个国家家喻户晓，他是靠自己的力量成功的人"，他承认他的妻子知道哈代的妻子"善于交际"。在哈代夫人的回忆中，有一段令人尴尬的描写：哈代的母亲被女儿推到路边，她看着客人们离开儿子的游园会，年轻的女人试图阻止老太太欢呼，却徒劳无功。

达尔文主义对哈代的影响比对其他小说家的影响更大，因为，他比他们

中的任何一个要简单得多。他被逼无奈而信奉无神论，因为他不习惯受教育阶层的不可知论。他保持着这种信仰，一直到他去世的那天。至少，他的思想中有相当一部分是宗教的，甚至是迷信的。"有一半的时间，"他说，"（尤其是当我写诗的时候）我相信——在这个词语的现代用法中——不仅在柏格森①所做的事情上，在幽灵、神秘的声音、直觉、预兆、梦境、闹鬼的地方，等等。"这个先决条件尤其能说明问题。表面上看，他的思想是批判的、悲观的，但是，在他写诗的那部分思想中，那仍然是世界上任何地方、任何年龄的人们的思想。

他是历史上精神分裂症一个很好的例子。他站在两种文化的边界上，看着比凯尔特人还要古老的传统消失，而他们的手推车曾经到达附近的山顶，因为铁路的延伸带来了最新的音乐厅的歌曲、最新的情节剧、最新的科学理论。当两种文化以这样的方式发生冲突的时候，当时发生的事情并不是更加精于世故的人获得胜利，而是不那么精于世故的人在心灵深处寻求庇护。这就是他说他有一半的时间相信这些东西的意思，"幽灵、神秘的声音、直觉、梦境、闹鬼的地方，等等"。他为自己的弱点感到羞愧。这个人的意识里产生的不是世故而是天真。作为一个思想家，哈代是天真的，他只用一半的头脑去思考。另一方面，他的感情却是深沉的。

评论家的问题是如何区分这两个哈代。如果人们以看待托尔斯泰或特罗洛普的方式来看待作为小说家的哈代，那么很明显，他根本就不是一个小说家。与其他任何小说家相比，他的社交能力非常有限，他太天真。当然，他是一个天才，他的天赋类似于海关官员卢梭或美国原始派艺术家的天赋。他不仅不知道多赛特工人阶级以外的男人和女人如何生活和思考，当他试图把小说中的浪漫主义传统运用到这些人身上时，他也不知道他们会怎么做。"一个被愚弄的人，说出心中的不满，他还能找到快乐的理由吗？"一个失恋的农民问道。"如果我已经失去，我又怎么能像得到一样呢？天哪，你一定

---

① 柏格森（Henri Bergson，1859—1941），20 世纪法国哲学家。

是无情得很呐！要是我早知道你的爱是多么可怕的甜蜜和苦涩，我又该如何躲着你，宁愿从来没有见过你，对你充耳不闻。"这具有美国原始派艺术家的真正品质，令我们欣喜的不是它与创造世界中的任何事物相似，而是因为它明明与任何事物都不相像，却满怀激情地想要这么做。

哈代的作品中唯一能被描述为令人满意的人物（除了《卡斯特桥市长》中亨查德这个人物，这部小说还是有某种粗略的一致性）是乡下人的合唱队。这并不是因为他对乡下人的理解要比对其他阶层的理解更好，而是因为他并没有尝试把他们当成小说人物来对待。性格谦逊而不善言辞的人可以当成人物来对待，他没有想到这个主意，正如他也没有想到他可以邀请他的母亲参加游园会。哈代笔下的乡下人不是从小说家的角度来看待，而是从诗人的角度来看待，他们是不知名的田园诗般的乡村背景的一部分。因此，他能够赋予他们内涵丰富而离奇有趣的词语，而他觉得把这些词语用在更善于表达的人物身上并不合适。

哈代所有的缺点都是头脑简单的缺点。他的发明基本上毫无意义，而且往往令人十分尴尬。《远离尘嚣》的故事情节和狄更斯作品的故事情节一样矫揉造作，但是，这部小说不能让人感到满意，是因为，不像狄更斯，也不像维多利亚时代的大多数小说家，哈代一点也不是个做作的人。他用这种方式写作，只是因为他读过看过太多的情节剧，缺乏批判性的洞察力，而这样的洞察力能够让他看到，这些东西与他认为自然的东西相差多么遥远。

《卡斯特桥市长》无疑是他构思最好的一部小说，即便如此，这部小说的情节还是过于复杂。考虑一下。亨查德在集市上喝醉，把妻子卖给一个水手。等他恢复理智的时候，他意识到，他那单纯的妻子会相信这桩买卖是合法的，她已经和那个水手一起离开，这件事对他的打击如此之大，他发誓戒酒。二十一年后，他成为一个粮食经销商，并且发财致富。他的妻子带着他们的女儿伊丽莎白·简回来，为了避免流言蜚语，他又娶了她一次。他的合伙人是一个年轻的苏格兰人，名叫法夫瑞，这个年轻人爱上伊丽莎白·简。在此期间，他已经和一个比较富有的女人卢切塔有一段恋情（这个名字本身就有不祥的预兆），她就住在他附近的卡斯特桥。法夫瑞，这个更年轻、更聪明的人，渐渐地把亨查德从这个镇子商业活动的管理高层挤了出去。亨查德太太去世，然后，他发现伊丽莎白·简其实不是亨查德的女儿，而是那个水手纽森的女儿。他强迫她离开他的房子，于是，作为同伴，她就和卢切塔住在一起了。到这个时候，卢切塔已经爱上法夫瑞，而她终于嫁给了他。巧合的是，镇子上那些爱嚼舌头的人拿到卢切塔和亨查德的通信，因此，她在怀孕的这段时间受到人们的羞辱。法夫瑞离开了，亨查德跟着他，警告他，但是，法夫瑞不相信这个竞争对手的信息，他的妻子去世了。然后，法夫瑞娶了伊丽莎白·简，这些都发生在她的亲生父亲，那个水手，死而复生，并且揭露亨查德的冒名行骗之前。到这个时候，亨查德疯狂地紧紧抓着伊丽莎白·简，因为她是生活留给他唯一可以去爱的人。

故事情节本来打算剥夺骄傲的、情绪化的亨查德的一切，让他在荒野中死去，但是，这样做显得有些过分。这个故事本来没必要这么复杂，而故事复杂化的目的不是为了证明哈代的论点，我们不过是诸神面前的苍蝇，他们"为了好玩而杀死我们"，而是为了适度地给哈代的读者提供连续的娱乐，这些读者喜欢在适当的时间间隔有意外的惊喜。我们看到一个令人尴尬的画面：一个头脑简单、冥思苦想的人竭尽全力，以一种他不自然的方式说着他并不想说的话，然而，他真正想说的却是一首老歌那样简单、清晰、凄美的东西。

2

另一方面，我们必须说，对哈代有利的因素是，这部情节剧的大部分内容围绕古老的信仰、古老的习俗、古老的建筑、古老的工艺展开。在最坏的情况下，这样做会削弱构思的普遍性；在最好的情况下，这样做会赋予构思新的生命，因为这样就会取消构思方面约定俗成的模式，取而代之的是对永恒和美丽本质的描述。任何听说过这件事的维多利亚时代的作家都会运用卖掉妻子的桥段来追求戏剧性的品质，只有哈代把这件事当成一个关于婚姻纽带的信仰世界的延续那般感兴趣。

我们甚至可以说，这种想法要证明自己，因为，这第二个，更伟大的哈代几乎没有或根本没有真正小说家的气质。在《绿树荫下》，他写了唯一一部不依靠俗气的巧合和情节剧的小说。这部小说绝对真实。尽管这部作品很迷人，可是，很显然，这根本就不是一部小说。只要人们读到小说，这部作品就会成为人们记忆中的田园诗，不是因为作品中的人物或他们的情感，而是因为这部作品描绘了铁路文化蔓延此处之前的英格兰乡村生活的画面。

这是第二个哈代的真正灵感，诗人哈代。无论他什么时候向前看，他看到的都是一片混乱和阴暗。无论他什么时候往回看，他的记忆都为之着迷。他不仅是伟大的民俗学家和历史学家，他也是十九世纪所见证的最伟大的乡土特色大师，甚至比狄更斯还要伟大。

说到这里，不管他是否明白——他很有可能并不明白——哈代都受到自然主义者的影响。我们可以从他身上追溯到一种纯粹图画式写作方法的发展过程，而这种写作方法最终必然源自福楼拜。与福楼拜不同的是，他从来不让这种写作定格在整洁的小缩影里。早在电影院出现之前，他就发明了一种技术，可以预见到这一点，就像《卡斯特桥市长》中那两个女人第一次看到这座城市的精彩章节一样。哈代从小镇的高空开始，正因为这样的高空处于暮色之中，消失在地平线之上，遥远而平坦的平原之上，沿着四周环绕着绿树成荫的城墙缓缓向前，沿着主干道走下去，时不时地停下脚步，近距离观察船头的窗户、百叶窗、酒馆指示牌。

　　此刻，灯光透过茂密的树林闪烁着，让人感到室内非常舒适、惬意，与此同时也让没有灯光照亮的乡村也显得孤独和空旷，想想这个地方如此贴近生活。这些声音传到他们那里而不是别处，增加了自治都市和平原之间的差别——铜管乐队的音符。旅客们回到大街上，那里有几座木房子，上面有悬挑的楼房，那些小小的格子窗用系着一根细绳的丝绒窗帘遮住，驳船板下的旧蜘蛛网在微风中飘扬。这些房子是用砖填木架隔墙砌成的，他们的主要支撑来自毗邻的房子。石板屋顶上贴着瓦片，瓦片屋顶上铺着石板，偶尔会有茅草屋顶。

考虑一下这段文字的节奏与《卡斯特桥市长》故事情节的节奏之间的差别，你几乎可以感觉到两个哈代之间的区别。一个哈代的思想对人物和事件的感知就像一把刀划过黄油一样，另一个哈代的思想盲目地、慈爱地在事物的表面爬行，就像一只老蜘蛛在他们周围编织着迷人的蛛网一样。读他的作品就像看科特曼①的一幅画，从这幅画上，我们可以根据绘画风格辨别出材料的质量，木材、石头、瓦片。第二个哈代是所有自然现象无可比拟的描述者，也是所有被时间赋予自然现象光泽的物体和人物的无可比拟的描述者。古老的酒馆指示牌、屋顶、墙壁、教堂内的靠背长凳、古老的工具、古风遗俗、在暮色中喋喋不休的老人家，就像他们在凯尔特时代那样喋喋不休。他用一句话就把卢切塔的房子打发走了，因为这座房子是英国乔治王朝风格，要么在他那个时代，房子还不够古老，还没有染上历史的古铜色，要么是因为房子以其有意识的对称，试图把自己强加于风景之上。

因为他没有对他所描写的东西进行解释，所以哈代不是一个现实主义者。尽管像福楼拜一样，他可以说读懂了自己描写的东西，他也不是一个自然主义者。福楼拜大声读出自己，他认为一个艺术家不应该与他的主题有何关联，哈代这样做却是出于不同的原因。人们可以从他经常打扰现场的观察者的方式看出这一点，即使没有提及，观察者也会在场。他经常使用被动语态："被听见""被找到""被看到""被发现""过去是明显的"，还有在这样的短语中，"仔细地检查揭示了""小屋的内部就像现在出现的样子""那种让随意的观察者受到冲击的寂静""我们把注意力转向左撇子这种特征"

---

① 科特曼（John Sell Cotman，1782—1842），19 世纪英国风景画家、诺威奇画派的蚀刻师。

"他开始在脸上涂脂粉"。奇怪的是，利昂·埃德尔①指出，完全相同的手法在亨利·詹姆斯身上也出现过。

这在一定程度上归咎于一种几乎异常敏感的图画想象。想要把这一点与自然主义区分并不总是那么容易，而自然主义是一种受绘画影响很深的写作风格。但是，自然主义不能解释为什么观察者——看者和听者——如此经常在这种干扰不必要出现甚至不可取的地方被打扰。《远离尘嚣》这部小说一开始，盖伯瑞尔·奥克从隐蔽之处盯着芭丝谢芭·伊芙丁正赞许地看着镜子中的自己。在第二个章节，他透过墙上的裂缝看到她，这天傍晚，她和阿姨正在牛棚墙边干活。在第三个章节，他又一次看到她，这时，她在马背上耍把戏，没有注意到有人在看她。同样，在《还乡》中，我们也有一个伟大的开篇，当尤斯塔西娅·维伊爬上荒冢寻找爱人归来的蛛丝马迹时，红砠石商人在山谷里守望着。

> 那个人形站在那里，一动也不动，就像脚下的小山一样。荒原之上耸立着山丘，山丘之上凸起荒冢，荒冢之上立起人影。这个人影之上，除了天穹之外，没有其他可以勾勒的东西了。

这并不意味着哈代把自己排除在这个场景之外。更确切地说，他似乎被排除在外，然后，他以一种脱离肉体存在的形式回归，一个亡魂，一个性质不同的人，他不能与他所观察到的人类的素材混合在一起，只有当他们凝视着周围的自然环境，或者在看不到他的乡下人面前，他才会感到幸福。他们似乎只能看得见、听得见风景的一部分。男人和女人之所以会永恒，只是因为，像动物一样，他们保持沉默，保持耐心，让人不可理解。

---

① 利昂·埃德尔（Joseph Leon Edel, 1907—1997），20世纪美国文学评论家、传记作家，代表作是五卷本的《亨利·詹姆斯传记》（*Henry James: A Biography*, 1953—1972），1963年获得普利策奖和国家图书奖。

"约瑟夫·坡格拉斯，你在那儿吗?"

"是的，先生——夫人，我的意思是……我的名字是坡格拉斯。"

"那么，你是干什么的?"

"在我眼里，什么都不是。在别人眼里——当然，我没这么说；尽管公众的想法会这样说出来。"

"你在农场做什么?"

"我一年到头都在搬运，搬运东西，在播种时期，我用枪打白鸭嘴和麻雀，还帮忙杀猪，先生。"

"给你多少钱?"

"请给我九，九便士，这是一个好的，这里还有一个坏的，先生——夫人，我的意思是。"

在哈代的日记中有一段很奇怪的文字，在我看来，这段文字很好地阐明了这种态度。

就我而言，如果有什么办法能让人从生活中获得一种忧郁的满足感，那就是在人还没有脱胎换骨之前就死去。我的意思是我可以装出幽灵的样子，在他们出没的地方游荡，采用他们对周围事物的看法。把生命看成消逝或终结是一种悲哀；把生命当成往事或经历至少可以容忍。因此，当我走进一个房间去叫醒一个人的时候，我也不知不觉地养成这样一种习惯，看着眼前的场景，就好像我是一个幽灵，还没有足够的力量影响我的环境；只适合看着，然后说，作为另一个幽灵说的话："愿你平安。"

这不仅仅是长期的悲观主义或短暂的情绪，因为，在他的诗歌中，他一次又一次地为死者说话，为"那个斯夸尔和苏珊女士"，以及"可怜的范妮·赫德"。如果哈代不是一个像狄更斯那样的现实主义者，他就是"还没有足够的力量影响他的环境"，但是，他也不是福楼拜或乔伊斯，"像上帝一样，修剪指甲"。他是一个幽灵，一个觉得生命的流逝让人无法忍受的幽灵，他只能沉思，仿佛生命已经逝去，苦难已经结束。他笔下的所有人物都被当做已经死去的人，即使在他所唤起的阴影中，他也会避开那些过于美丽的面孔，或者冒险去瞻仰那些凯尔特的城堡，或者十五世纪的小屋，这些地方早已历经一代又一代热切渴求的灵魂。艺术家几乎不可能逃避一个时代的精神，即使在远离詹姆斯时代社会喧嚣的英格兰西部，小说也正在自我封闭，小说家被推到经验的极端边缘。哈代和詹姆斯一样，他们无法再一次站在特罗洛普和托尔斯泰原来待过的地方，也就是小说发展的中心。

第十六章

契诃夫

1

如果不首先了解十九世纪八九十年代受教育阶层本身是如何分裂的，我们很难追溯古典小说的崩塌。以英国为例，一方面，英国有萧伯纳这样科学的乐观主义者，他们相信科学进步是人类继续存在的真正关键；另一方面，英国还有王尔德和叶芝这样的象征主义者，他们不相信进步。后者对小说感到厌倦，就像他们对维多利亚后期带有倾向性的诗歌感到厌倦一样，而另一种选择就在那里，在他们自己的幻想中。简·奥斯汀对诺桑觉寺的浪漫主义行径感到恐惧，她退缩了；十九世纪末的年轻作家们对曼斯菲尔德庄园的单调乏味感到厌倦和憎恶。所以，诺桑觉寺回来了。文学永远在诺桑觉寺和曼斯菲尔德庄园之间摇摆不定。两者都不会消亡。诺桑觉寺在我们所有人最早的快乐和力量的梦想之中；哥特式城堡不是在历史中，而是在我们的想象里。

整个十九世纪，他们都在小说面前徘徊，在巴尔扎克的计划中与科学互换位置，最后在福楼拜和陀思妥耶夫斯基那里出现黎明。那个时候，他们已经被一个伟大的诗人波德莱尔取代，后来，又传递给其他诗人，直到最后，他们影响了叶芝和里尔克①。在英国，他们可能是从罗斯金②对中部工业城镇建筑结构的厌恶开始，以及前拉斐尔派满腔热情的中世纪精神，直到他们融入像斯温伯恩③那样真正躁狂者的作品，随后，他们融入王尔德和象征主义者的作品。在鼎盛时期，他们代表着人类的想象力对残酷的唯物主义和这个时代丑陋的东西的抗议，而现代科学极大加强了这种抗议。在最糟糕的情况下，他们只不过是无能之人脑子里病恹恹的水蒸气。随着宗教的衰落，人们对魔法的热情不断增长，在阿利斯泰尔·克劳利这样的人身上，我们看到邪法巫术和安魂弥撒的复兴。幻想在任何地方都与象征主义联系在一起，还与外部世界根本不存在或被忽略的看法，以及只有内部世界才有的价值观联系在一起。"至于生活，我们的仆人会为我们做的。"

现实主义运动试图让自己更接近科学。巴尔扎克笔下事实与幻想的结合被认为是严格符合科学，左拉和自然主义者继续写着他们认为是巴尔扎克那样的作品，而把幻想省略掉。在这两种态度日益扩大的差距之中，出现了一种新型作家，布尔热④和陀思妥耶夫斯基——他们那个时代的格雷厄姆·格林——坚持物质和精神、科学和宗教，以及科学和艺术的二分法。整个冲突似乎都集中在二十世纪末德雷福斯案件上面。左拉对德雷福斯的辩护，对一个无辜之人的真诚辩护，这些都被放大成他对军队和教会的攻击。正是在这一点上，人们开始认识到象征主义和法西斯主义之间的密切联系。不仅仅是宗教，科学也一样，正被夸大成一种乖戾而残忍的狂热。

如果想要写关于契诃夫的评论，人们就必须试着了解这样的背景。从某种意义上讲，他是最后一个自由主义者，最后一个尝试着整合那个在他周围已经陷入混乱世界的小说家。这样的整合对小说家来说已经不可能了，契诃

---

① 里尔克（Rainer Maria Rilke, 1875—1926），奥地利诗人，二十世纪最有影响的德语诗人。

② 罗斯金（John Ruskin, 1819—1900），19 世纪英国作家、美术评论家。

③ 斯温伯恩（Algernon Charles Swinburne, 1837—1909）19 世纪英国诗人、剧作家、文学评论家。

④ 布尔热（Paul Bourget, 1852—1935），20 世纪法国小说家、文学评论家。

夫只能从短篇小说闪电般的亮光中，从孤独的生活中，才能感受到这一点。小说这种文体从本质上就预先假定了一个群体，一个能够吸收孤独人物的社会体系。短篇小说是一种与个体打交道的艺术形式，当社会不再吸收他的时候，当他不得不存在的时候，可以说，他是被自己的内心之光驱使着。紧跟着契诃夫走来的是高尔基，俄国最后一位重要人物，他笔下的人物不仅仅是孤独的个体，他们是流浪者，永远徘徊在社会的边缘。

契诃夫的冲突是屠格涅夫冲突的非常加强版。屠格涅夫只是不得不抵抗来自亲斯拉夫派和激进派的双重压力。然而，一方面，契诃夫不得不面对宗教虔诚者和保守派的攻击，另一方面，他不得不面对社会主义者和唯物主义者的攻击。他被迫在两个出版社之间达成某种微妙的平衡，这一点充分说明他的整个立场。苏沃林是个保守派，他出版了契诃夫早期的短篇小说，拉夫罗夫是个进步分子，他出版了契诃夫后期的短篇小说。契诃夫远远不是政党党员。他显然对苏沃林有着很深的情感寄托，就像他对待所有温文尔雅、聪明伶俐的文明人一样。虽然他彬彬有礼、含糊其辞、优柔寡断到了令人乏味的地步，但是每当逼不得已的时候，他总是会表明自己的立场。在德雷福斯这个案件的问题上，他与苏沃林站在同一立场。

拉夫罗夫一定有一种真正的低能倾向，他曾经说契诃夫是"没有原则的"，他还拿出那腼腆的、逃避责任的人写的愤怒的信件中的一封。苏沃林是一个好得多的人，他也不断抨击契诃夫，只不过他是用一种更加文明的方式。他还引发了一系列伟大的信件，在这些信件中，契诃夫为现代科学辩护，反对"理想主义者"，并拒绝承认科学与艺术之间的任何冲突。

> 解剖学和文学有着同样显赫的祖先，同样的敌人——魔鬼——他们没有理由打起来……如果一个人懂得血液循环，那么他是富有的；如果他还研究过宗教的历史，而且知道"我回忆起那个美妙的时刻"这首民谣，那么，他就更好了；因此，我们只论及有益的品质。

科学、宗教和艺术都是好东西。这就是契诃夫的教训，想要跟他们之中的任何一个争论，那都只是自讨苦吃。他特别崇拜的男主人公，以及在他的故事中不断出现的男主人公，是医生和教师，因为他们每个人都有那么多可以奉献的东西。这些东西即使不能让我们的生活变得更美好，也会让我们孩子的生活变得更美好。布尔热家族和陀思妥耶夫斯基家族试图在他们之间制造一个错误的二分法，与其说他们丰富了人们的思想世界，倒不如说他们耗尽了人们的思想世界。

虽然他自己的宗教信仰似乎仅限于相信上帝和魔鬼，上帝代表着文化和知识，魔鬼代表着无知和激情，但是他也被试图谴责宗教的行为激怒了。梅利日科夫斯基把《复活节前夕》中的老和尚描述为"失败者"，于是，契诃夫恼怒地问："他怎么会是失败者呢？他相信上帝；他有足够的食物，他还有写赞美诗的天赋。"像诗歌和解剖学一样，信仰上帝也是一种优势。为什么要把自己置于交战的一方，还假装另一方是一种负担？你耗尽的只有自己而已。"诺亚有三个儿子，他们是闪、含、雅弗，"他打趣地说，"含只注意到父亲是个酒鬼，他完全忽视这样一个事实，他还是个天才，他建造了一艘方舟，拯救了世界。"

有一些年，他深受托尔斯泰教诲的影响，甚至他自己也有点沉迷于说教。但是，他最终否定了这一点，并且说"电力和蒸汽加热比贞操和戒绝吃肉更能体现人性的爱"。事实真相是，他对所有的派系都充满厌恶和不信任，不管这些派系是宗教的、政治的，还是文学的。他写道，"党性精神，特别是当它比较沉闷，没有一点才气的时候，就会痛恨自由，大胆和主动性"。"自由"在这里是个有意义的词语。契诃夫是一个奴隶的孙子，他靠着自己的努力，使他自己从那个肮脏、卑贱的奴隶住处挣脱出来。他还得继续这样做，继续让自己摆脱一切类似的东西。

他对自己和苏沃林争吵的总结可能包含在一个题为《罗斯柴尔德的小提琴》的令人心碎的小寓言中。这个作品的主要人物是雅科夫·伊万诺夫，他是一个反对犹太人的棺材制造商，他一生都在哀悼自己的损失，却一次也没有意识到他自己的人生令人失望，他是个没用的人。他为人既不勤奋，也不慷慨，从他自己邪恶的会计学角度来看，唯一能确定利润的事情就是死亡。他有一个本来可以去爱的妻子，还有一条本来可以垂钓的河流，但是，妻子去世的时候却没有听到一个能够表达他爱意的词语，他也从来没有在那条河里钓到最小的一条鱼。那条河——既然我们现在处于隐喻时代，我们有易卜生和詹姆斯——当然，就是人生。

> 然而，这是一条非常重要的大河，可不是什么小沟渠；他本来可以在这条河里捕鱼，把捕到的鱼卖给商人，官员和火车站快餐部的服务员，卖的钱本来可以存到银行；他本来可以从一个庄园漫游到另一个庄园，拉着小提琴，大家都会付钱给他；他甚至可能尝试过驳船——这可要比做棺材好多了；他本来可以养鹅，宰鹅，然后，到冬天的时候，把这些鹅运到莫斯科去——光是这些鹅毛，他一年就可以挣到十卢布。但是，他打了一辈子哈欠，却什么也没有做。

这个小寓言是契诃夫最严肃的寓言故事。这个作品的意思是说，我们都是制造棺材的人，我们都是种类与范畴的界定者，我们都拒绝在人生的大河里垂钓，我们把上帝让我们做得到的事情，当成我们失去的东西。

2

我们把契诃夫仅仅看作俄国人和陀思妥耶夫斯基的同胞是不够的。他用他急躁的方式，把陀思妥耶夫斯基描述为"优秀，但是自命不凡"。这就是民族主义批评的错误。严格意义上来说契诃夫也是萧伯纳同时代的人，与陀思妥耶夫斯基相比，他与萧伯纳的相同之处要多得多。像萧伯纳一样，他从根本上是乐观的（把他看作一个悲观的作家，这是一种很肤浅的批评）。像萧伯纳一样，他是乐观的，因为，他相信科学，并且认为"两百年后的生活将是难以想象的美丽"。他与萧伯纳的不同之处在于他对文化的坚持。人们只有把自己变得更好，生活才会变得更好。人们只有把自己从无知和偏见的魔鬼骗局中解脱出来，不再谈论资本家、互济会会员、耶稣会信徒、犹太人，人们的状况才会开始好转。与萧伯纳不同的是，他是从人的角度提出这个问题。在这个方面，比起萧伯纳，他甚至更像简·奥斯汀，因为他总是以道德家的身份写作，但是，他的道德不再是一个群体的道德。这是一个短篇小说作家对孤独的个体灵魂的道德。

契诃夫最初是一个写短剧和杂耍小品的作家。他在这一写作分支中学到的很多东西，以一种极其崇高的形式，在他后期的著名故事中重新出现。矛盾和荒谬，最初的设计只是为了引人发笑，现在却代表着人类灵魂本质上的孤独。像"我送你一磅茶，为的是满足你的生理需要"这样的滑稽短语现在成为一个令人痛苦的提示，一个人的灵魂是如何不可能与其他人的灵魂进行沟通。契诃夫对于一些读者来说是如此难理解，其中的原因是，他专注于不善言辞和孤独的悲剧。他最感人的故事之一是描写了一个年老的马车夫。这个年老的马车夫试图告诉那些富有而忙碌的客户，他的儿子去世了。他却没有找到一个倾听者，最后，他去了马厩，把这件事告诉他的老马。契诃夫最有趣的故事之一描写了一个牧师，这个牧师找到一个受过良好教育的和尚，写信谴责他那任性的儿子。然后，他又加上几行欢快的丑闻和闲话，却破坏了整封信极好的效果。这可不仅仅适用于没有受过教育的人。垂死挣扎的主教的悲剧是，他无法让自己的母亲停止称呼他为"阁下"，而快乐的人，和悲伤的人一样，却对他们自己什么也不说。或许，契诃夫最典型的谈话是对心不在焉或半睡半醒的人的独白，就像《樱桃园》中那个场景，那个失恋的女仆把自己的罗曼史告诉了在窗边打哈欠的女孩。无论我们是好还是坏，我们仍然是孤独的。尽管如此，还是孤独和善良好一些。

尽管他可能和苏沃林争论过，解剖学和艺术却没有什么可争论的。他自己的故事说明，他们之间的斗争总是发生在他身上。虽然一个伟大的艺术家必须有信仰的前线，但是这个前线只能通过判断与直觉之间的内部斗争来维持。他最著名的一个故事的女主人公是一位医生的妻子。她成了一个画家的情妇，却忽略她那看似愚蠢而又善良的丈夫，直到他从一个孩子的喉咙里吸吮毒药之后死去。直到那个时候，她才意识到，除了她自己之外，很长时间以来，每个人都认为他是一个伟大的、优秀的男人。

　　奥尔加·伊万诺夫娜想起她和他在一起度过的一生，从头到尾的所有细节。她突然明白，事实上，他是一个少有的、了不起的人，与她认识的那些男人相比，他是一个伟大的人。想起她已故的父亲和他的同事是如何对待他的，她明白，他们看得出他是个即将成名的人物。墙壁、天花板、台灯、地毯都嘲讽般地向她眨着眼睛，好像他们想要说"想念他！想念他！"

　　但是，对待科学只有尊重还是不够，因为，艺术家，尽管看起来一点也不受人尊敬，却对两百年后的美丽世界也有重要的贡献。事实上，如果没有艺术家，这是不可能实现的。这就是契诃夫最雄心勃勃的作品，短篇小说《决斗》的主题。这个作品描写了一个邋遢的文化混混，拉耶夫斯基，以及他的情妇娜狄耶兹达。他们住在克里米亚，可是，他们早已厌倦了彼此。

　　"这汤尝起来像干草。"他笑着说。他竭力克制着自己，装出和蔼可亲的样子，然而，他还是忍不住说"没有人照料家务……如果你病得太厉害，或者读书太忙碌，让我来做饭吧。"
　　要是在早些时候，她会对他说："尽一切办法，做吧"或者"我看你是想把我变成厨师吧"，但是，现在，她只是胆怯地望着他，脸色涨得通红。

　　这可不只是自然主义的细节问题，就像这样的细节问题出现在当时法国作家的作品中一样。这是一个道德家的细节问题，就像莉迪亚·贝内特和她母亲的那种粗俗，其目的是通过隐含着一种行为的理想主义来定义。这种行为是拉耶夫斯基和他的情妇所不希望看到的，也是他们不幸的真正原因。娜狄耶兹达用另一个男人来欺骗他，并且把自己置身于另一个男人的控制之下，以至于她没法拒绝他那下流的求爱方式。拉耶夫斯基打算离开她，并跟她隐瞒事实，她的丈夫已经去世，因此，他终于可以和她结婚了。当地的医生（像往常一样，是个圣徒）为一位名叫范·科伦的科学家和一个头脑简单的神学院学生经营着一家小餐馆。这个医生愿意把钱借给拉耶夫斯基，但是，反过来，他不得不从范·科伦那里借钱，而范·科伦讨厌娜狄耶兹达和拉耶夫斯基，因为，他们对科学提出了一些愚蠢的批评。这还是解剖学和艺术之间的老冲突，而范·科伦并没有意识到，不管拉耶夫斯基和娜狄耶兹达有什么缺点，在上帝看来，他们仍然是——这是契诃夫所崇拜的文化和知识的上帝——敏感的、有教养的、有美感的，他们远远比围绕着他们的平庸之辈优越得多。以他们那种不假思索的方式，他们可能已经加入反对科学的阵营，范·科伦却更加坚定地站在唯物主义的对立面。事实上，危险取决于他自己，而不是取决于拉耶夫斯基。契诃夫认为，他冷酷无情、麻木不仁、毫无敬畏之心或怀疑之心。

直到拉耶夫斯基同意带着娜狄耶兹达一起走，范·科伦才会拿出这笔钱，而他最终也把拉耶夫斯基气得向他挑战。对即将来临的死亡的设想在拉耶夫斯基身上显示出一种真正的严肃性和男子汉气概。决斗发生了。这位科学家正要冷血地杀死他，这时，和蔼可亲而又脑袋糊涂的宗教代表打断了他，于是，子弹刚好擦过拉耶夫斯基的脖子。但是，他也接受了教训，与范·科伦和解，娶了娜狄耶兹达，并且安定下来，和她一起庸庸碌碌，安于现状。

也许，《决斗》并不是契诃夫最伟大的故事，虽然这个故事讲得非常好。在这个故事里，那种不自信、急躁的声音稍微大了一点，而且说话的声音也更清晰。这个故事照亮了其他所有神秘而美丽的故事，那些故事就像诗歌和音乐一样，在我们的记忆中萦绕多年。正如萧伯纳的《坎迪德》和乔伊斯的《尤利西斯》，我们知道这两个对比的人物实际上是同一个人物的两个方面。这就是作者的人物性格，我们也知道这两个人物使作者自己的目标冲突外在化。我们看到，他试图保存的那种微妙的平衡是个人的平衡。那种平衡是他作为医生和艺术家之间，他对库页岛的报道和他的故事之间，以及解剖学和艺术之间的平衡。我们还看到，契诃夫，这位虔诚、热心公共事业的医生，修建了学校，捐资兴建了图书馆。他还有艺术家阴暗的第二自我，他并不真正关心学校、图书馆，或社会的进步。他对生活的要求无非是"无所事事，爱上一个胖姑娘"。

《决斗》是对十九世纪小说的一种奇特的告别，以及十九世纪小说所有激情的努力、野蛮的愤怒、燃烧的希望。"如果我们尊重科学和文化，"作家似乎在说，"我们最终会战胜疾病、贫穷、无知。两百年以后的生活将会是难以想象的美丽，因为，不管我们可能说些什么，我们会看到积极的事情和消极的事情，而最终，积极的事情将会取得胜利。我知道，因为，我的祖父是个奴隶，而我是个自由人。小时候，我被人打过；我长大了，他们不再打我，这就是进步。除非这种进步意味着精神的进步，除非我们继续反抗奴隶制，反对我们自己受到残酷的幻想的奴役，否则进步又有什么用。如果我们仍然对我们的家庭关系感到厌恶，没有用的，积极的工作让我们忙碌起来，帮助我们取得进步？因此，我们都必须更有礼貌，更温柔、更诚实，比现在更加努力地工作，学会吹毛求疵，不要把注射器放在浴室里。在遥远的未来，人生将会真正有价值、有意义。当然，即使在这一点上，我们也不能太过于狂热，无论如何我们都会死去。尽管如此，阿法纳西·安德赖希，我的天竺鼠，我的羽翼未丰满的小鸽子，我们确实应该更加努力地工作。"

这是对十九世纪小说的中产阶级信条决定性的、无可辩驳的质疑和重述。

第五部分 **05**

镜子的后面

第十七章

最后一个阶段：弗洛伊德和破碎的意志

契诃夫于 1904 年去世。到那时，莫里斯·巴雷斯①已经在写我们该如何"摆脱处于我们潜意识深处的积极现实"。到 1907 年，爱德华·摩根·福斯特随意提到"潜意识"。到 1912 年，劳伦斯发现他对母亲的爱其实是一种存在于"无意识"的俄狄浦斯情结，而到 1914 年，普鲁斯特谈到"非意愿记忆"，这种记忆存在于我们的无意识之中，这种记忆会被一些熟悉的感觉触发从而成为瞬间的意识，这就像蘸了茶水的糕点的味道。现代小说已经开始了，毋庸置疑，现代小说的一个主要来源就是 1900 年出版，弗洛伊德的《梦的解析》。

这个主题已经引起人们的广泛兴趣。浪漫主义的复兴激发了人们对隐讳教导、魔法和梦境的兴趣。史蒂文森的《化身博士》是一个梦境。契诃夫的《黑僧》也是一个梦境。陀思妥耶夫斯基的作品充满了迷人的梦境。心理学家们打开大脑的一个区域，这个区域的反应方式与大脑的其他部分不同。他们用各种不同的方式描述这个区域，而梦境显然与这个区域的运作有关。

最后，弗洛伊德不仅展示这些梦境与这一区域的关联，还教给人们如何解释梦境本身。史蒂文森可爱的小"棕仙们"，他把最好的创作归因于这一点，现在却变成最不像童话的生命体。《化身博士》表现的是作者本人而不是小说人物极端的心理状态。弗洛伊德的理论并没有逃过他自己的学生和同

---

① 莫里斯·巴雷斯（Maurice Barres，1862—1923），20 世纪法国作家、政治家。

事的毁灭性的批评。他解释梦境的技术更容易产生神经疾病而不是治愈神经疾病。但是，他的书代表了人类思想的伟大成就之一。在其主要原则方面，他的理论得以延续，并继续对文学和艺术产生越来越大的影响。

这一点在有关梦境意象的运用方面最为明显——弗洛伊德宽泛地称这些意象为"符号"。这种意义上的"符号"在十九世纪的小说中一直都有相当广泛地使用。十九世纪下半叶，这些"符号"更是非常广泛地使用。麦尔维尔和霍桑这样的作家就会使用这些符号来赋予散文丰富的诗体结构。在年老而疲惫的作家的创作中，这些符号总是倾向于出乎意料地替代分析。叶芝冷笑着说，易卜生后期的作品"溢出了诗歌的气味"，而詹姆斯后期小说中的这种气味相当浓烈。即使在契诃夫身上，我们也很可能会遇到《罗斯柴尔德的小提琴》那样的寓言。在这个作品中，"棺材"代表着类别，"河流"代表着人生，诸如此类。

无论它们在哪里出现，它们总是与欧洲散文客观的分析传统相冲突。如果简·奥斯汀用现代的方式来写《傲慢与偏见》，男主人公永远都不需要用简·奥斯汀分析过的那些微妙的手法来显露他的傲慢。他会对草坪上的一只孔雀感到心满意足，而伊丽莎白·贝内特最终会扭断这只孔雀的脖子。劳伦斯的《冬天的孔雀》与这个做法非常接近。最重要的是，这个人物将会用一种形象来表示，这个形象应该与作者对他痴迷的事物的看法相对应，或者与作者对他在诗情画意中扮演的角色的看法相对应。不管是哪一种方式，他的人物和角色是确定的，而他在故事中的角色更多的是隐喻而不是真实。随着时间的推移，小说更明显地朝着寓言的方向发展，而寓言完全是隐喻式。《芬尼根守灵夜》和卡夫卡的《城堡》中的人物都是隐喻。

这对小说产生的一个严重影响就是关于个体的概念。弗洛伊德理论与机械学家的决定论联系在一起，并且向普通的知识分子暗示，他无法掌控自己的命运。他生活中所有重要的事件都发生在很早的童年时期。那个时候，他既不能欣赏这些事件，也不能影响这些事件。还有，从任何意义上来讲，他都是遗传和环境的产物，从子宫到坟墓都受到制约。毫无疑问，维多利亚时代的小说夸大了个体的自由，但是现代小说却更加严重地夸大了个体的不自由，而乔伊斯、普鲁斯特、福克纳笔下的人物完全受到环境的支配，他们在意志上太软弱，永远无法从他们自己单调的工作中解脱出来。我们从来没有发现这些人物在反抗、斗争、追寻。他们被那些盲目的直觉依附在他们身上的女人（或男人）击败了，而某种形式的自杀似乎是他们唯一的命运。这是显意识的黄昏。

弗洛伊德的理论关于人们对性的态度的影响虽然不那么严重，却仍然很重要。浪漫主义的复兴，或多或少转入地下秘密进行，陶醉在半色情的幻想之中。在我已经提过的普拉兹教授的书中，他追溯了从十八世纪末期到纪德和巴雷斯对某个性别角色一定的痴迷。他们有一部分是同性恋，自福楼拜之后，大部分都是同性恋。这些都是色情文学作家和被诅咒的诗人的主题。弗洛伊德的理论驯服了他们，表明我们都有相似的倾向。事实上，他们并不比传统意义上儿子与母亲、丈夫与妻子之间的关系更加反常。

这就是陀思妥耶夫斯基对后来的欧洲文学产生巨大影响的原因。陀思妥耶夫斯基确实是用特殊的方式对待那些主题，而弗洛伊德已经表明他的态度在科学层面上是正确的。

很多遵循弗洛伊德的理论的文学作品都可以被描述为"放纵的浪漫主义"——把诺桑觉寺当成曼斯菲尔德庄园对待，还没有在早期的浪漫主义者的作品中总是伴随着作品的那种感到内疚的战栗。当你去检查素材的时候，你会发现这也不是小说，就像陀思妥耶夫斯基的作品不是小说一样，现代小说的奇特之处大多来源于这个事实。从现实的角度来看，这确实是老套的。浪漫主义哗众取宠的说法。

除此之外——这可能是最重要的区别——弗洛伊德的理论几乎完全停留在想象之中，这种理论使得现代小说家对他们所写作品之后的客观现实的存在产生了怀疑。潜意识不会区分主体和客体，这是梦境解析过程中的主要困难。对简·奥斯汀或特罗洛普来说，这样的怀疑不可能存在。如果屠格涅夫和托尔斯泰曾经怀疑过，他们将会冒着被不存在的东西抓住，或者被那些即使存在却依然无法理解的东西抓住的风险，他们还会冒着被关进地牢学习亚里士多德哲学的风险。现代法国作家马塞尔·埃梅①说，当联军突袭贝尔森和布痕瓦尔德的时候，他们看到的是波德莱尔的一首诗。我认为，如果这个时期的作品已经成为历史，那是因为，在贝尔森和布痕瓦尔德之后，浪漫主义小说家已经无处可去。他们的未来在亚里士多德派学者那里。

---

① 马塞尔·埃梅（Marcel Ayme, 1902—1967），20 世纪法国短篇小说家、剧作家。

第十八章

乔伊斯和分离的隐喻

1

普鲁斯特和乔伊斯是我年轻时的英雄人物，然而普鲁斯特的作品越来越让我喜欢，乔伊斯的作品却不断失去魅力。这可能是因为，我太了解这些作品了。这么说的原因也许是，我还是对这些作品知之甚少。

乔伊斯作品的弱点并不是从《芬尼根守灵夜》开始，而是从他的第一部小说开始。也许，《都柏林人》早期的故事还算一帆风顺，可是，对我而言，后期的故事极其晦涩难懂，我不得不佩服那些如此殷勤地宣称要诠释这些故事的评论家。

让我用一个小细节开始，稍后，我会对这个小细节做出更多说明。这是一个题名为《两个浪子》的故事的第一段，我只想指出，这种写作风格有些与众不同。

八月那灰色、温暖的夜晚降临在这座城市上空，温和的暖空气，这是夏天的记忆——在街道上飘荡。由于星期天是休息日，街道上店铺的百叶窗都关闭着，挤满了兴高采烈、五颜六色的人群。一盏盏灯就像点亮的珍珠，挂在高高的柱子顶上，照耀着灯下的芸芸众生，人影绰绰，不断变化的形状和颜色，不断地，把一种不变的、不间断的低语声输送到温暖的灰色夜空之中。

这个漂亮的段落显然是在模仿福楼拜的散文。这种深思熟虑和自我意识在一个年轻人的作品中极其罕见，事实上，在福楼拜身上也很少见。在这里，作者故意重复某些关键词。有时候，这种重复会稍微改变一下形式，就像"温暖的""灰色的""改变"以及"停止"，这样做会产生一种奇特效果，它并不是精确观察的结果，而是故意制造催眠的结果。

据我所知，这个特殊的实验后来暂时停止了。但是，《会议室里的常春藤日》《圣恩》《死者》这样的故事里，有一种对形式刻意的、自觉的使用，这样做会产生相似的效果。这些故事我读过很多次，我却不敢说自己能够读懂。有人提出，这些故事应该"简单明了地"去读，我对这样的论点不感兴趣。我嫉妒能够"简单明了地"读我所引用这个段落的那些人的能力，我却无法效仿他们。对我来说，这种写法看起来很奇怪，而我忍不住要去寻找出现这种古怪行为的原因。

在《会议室里的常春藤日》中，帕内尔去世之后，我们置身于都柏林市政选举候选人的总部。我们见到看门人和一个游说者，他的名字叫奥康纳，为了纪念帕内尔，他佩戴了徽章。这个看门人抱怨儿子有酗酒的习惯。另一个名叫海因斯的游说者出现，然后，他们讨论起他们获得报酬的前景，还有爱德华七世访问都柏林的事情。第三个名叫亨奇的游说者出现，亨奇已经靠近候选人——一个收税员——要求付款，但是，他的运气不好。他要几瓶烈性黑啤酒的要求似乎也被忽略。书中提到收税员的父亲，他经营着一家旧的服装店，他曾在那里兼职卖酒。海因斯走出去，然后，亨奇愤怒地问他在那里干什么。他的父亲是个体面人，据亨奇先生所说，这个儿子比英国间谍好不了多少。这个场景被一个没有穿长袍的牧师打断一会儿，他就是基翁神父，他正在寻找收税员。之后，十几瓶黑啤酒送到，送信的男孩被派去拿螺旋形开瓶器，他后来拿过来。两个新来的游说者到了：他们是克罗夫顿先生，一个新教徒，社会地位比其他人高，还有里昂先生。由于这里没有螺旋形开瓶器，两瓶黑啤酒就放在炉火前面。第一个软木塞弹出之后，男人们讨论起爱德华七世——一个体面人，他喜欢喝烈酒——还讨论起帕内尔，直到海因斯先生，这个所谓的间谍，回来，并且为他准备第三瓶酒。亨奇先生是他以前的评论家，现在称他为"乔"，并且请他背诵。他背诵了自己写的一首打油诗，这首诗用来赞美死去的领袖。然后，第三个软木塞弹出来。最后一行是这样：

"你觉得那篇文章怎么样，克罗夫顿？"亨奇先生大声问。"这不是很好吗？什么？"

克罗夫顿先生说，这是一篇很好的文章。

这个故事因为本身结构明显松散而引人注目，这在文学中几乎是一件新鲜事。事情的发生似乎像它们在日常生活中可能会发生的那样，人们进进出出，这里没有明显的设计。但是，故事本身却吸引着我们的注意力。作为一个讲故事的人，我对这样的成就印象深刻，然而，我很清楚，随意性只停留在表面。首先，这种形式建立在政治评论的基础之上，这些评论是从酒宴的男低音冒出来的。故事中的每个人都在思考或谈论喝酒，即便如此，当亨奇先生的情绪变得舒缓一些，他用受洗时取的名字称呼海因斯，这场危机正是十几瓶黑啤酒的结果。爱德华国王与"爱尔兰的无冕之王"帕内尔之间的相似之处显而易见，虽然反复提到"父亲们"——人类的父亲、基督教圣父、城市元老和市政府官员——我却不能理解。还有其他细节能显示这个故事精细的结构。比方说，我们以这么多瓶黑啤酒为例，螺旋形开瓶器没有了，所以，我们从最近的酒馆借了一个，又还回去。这就给我们留下三个瓶子，我们必须用最原始的加热方法来打开这些瓶子。毫无疑问，设计这个插曲的目的是让人联想到射向死去英雄坟墓的三发子弹。

作者的弟弟告诉我们，《圣恩》本意是对《神曲》的戏仿，酒馆、家园、教堂分别代表着地狱、炼狱、天堂。在我看来，即使这样也不能解释这个故事所有的古怪特性，反而，再次给人一种精心设计出来的随意性的印象。一个商业旅行者从地下厕所的台阶上摔下来并受伤，他被一个有权势的朋友从警察手中救了出来。之后，这个朋友组织了一场运动，为的是让他戒酒。最后，这个故事在一个耶稣会教堂结束，这里面有适合柯南先生这种商业绅士的商业式布道。故事里有两次长时间的讨论，一次是关于警察，另一次是关于牧师，这些似乎代表着世俗权力和精神力量。即使这些讨论也有一种奇怪的特质，因为每一次讨论都是关于好类型和坏类型的问题。就像这个故事里的人物一样，这些人物似乎既不太好也不太坏。故事的整体风格是模仿英雄气概，这似乎是对平庸的一种谴责。

不管我提到的这两个故事中是否有隐喻的隐藏结构，毫无疑问，在《死者》中，这种隐藏结构是存在的，《死者》是作者最精心构思的作品。这种隐喻的独特性在于它是隐藏起来的。很多十九世纪作家，尤其是美国作家，使用隐喻和寓言。然而，乔伊斯的隐喻类似于梦境的分离式隐喻，这种隐喻是为了迷惑和欺骗有意识的头脑。

这个故事是关于一个住在爱尔兰西部，患有肺结核的年轻人，他爱上一个名叫格丽塔的女孩。他在这个女孩家的窗外待了一整夜，不久之后，他就去世了。很多年以后，在都柏林一个音乐舞会上，格丽塔现在已经是一个名叫加布里埃尔·康罗伊的男人的妻子。她听到那个年轻人最喜爱的一首歌曲《奥赫里姆的少女》，于是，她把那件事告诉丈夫。康罗伊看向外面，他看到雪花在城市上空飘落，这是死亡的象征。

在这个故事中，回忆的过程是无意识的，是由一些古怪零散的隐喻建立起来的。康罗伊进来的时候，一连串的典故连续提出，"从他的橡胶套鞋上刮雪"。他打趣地问起女仆的婚礼，而她怨恨地回答"现在的那些男人只是说说而已，他们能从你身上得到什么"。在爱情和婚姻方面对生活的否定是加布里埃尔在故事结束时对他自己情感的一种期待。他的姨妈，那些年老的音乐教师，问道，他和格丽塔今天晚上是不是真的不回"蒙克斯镇"的家。加布里埃尔回答说，前一年的舞会之后，格丽塔就得了"感冒"。加布里埃尔故意提及"感冒"，正如，或许，姨妈故意提及蒙克斯镇，因为，后面提到西多会的修道士应该"睡在他们的棺材里"，他们是死亡的另一个隐喻。当然，这个舞会是音乐舞会，而那个年轻人曾经是歌手。那件事的背景也必须用典故的方式来布置，其中一位客人，艾沃斯小姐，是个民族主义者。她说夏天她要和一些人去爱尔兰西部，她还和加布里埃尔起了争执，因为他更喜欢出国。故事开头提的婚姻继续以某些事物的形式出现，就像那首老歌《为新娘梳妆打扮》。还有，一提到卡鲁索，"现在的那些男人"的缺点就会凸显出来，而卡鲁索虽然可能是个好歌手，他还远不如一个被人遗忘的名叫帕金森的男高音。在加布里埃尔的演讲中，他把艾沃斯小姐和姨妈进行比较，他发现她"缺少那些属于旧时光的仁慈博爱、热情好客、亲切幽默的品质"。他对死者的悼念只不过是这个主题的另一根和弦。简单地说，所有的爱情、美丽、优雅都与死者同在。作为丈夫，他自己永远也不能与那个早已死去的年轻人竞争，直到他自己也被大雪覆盖。

这是一个美丽的故事，在这里，分离式隐喻的神秘效果并非完全不合适，然而，在其他地方，我发现这种分离式隐喻让我产生一种类似于幽闭恐惧症的感觉。我渴望知道，柯南先生和马丁·坎宁安先生如果暂时从这种该死的隐喻中解脱出来，他们将如何真正表达自己。

2

德斯蒙德·麦卡锡①先生在一篇文章中描述了我是如何首先注意到乔伊斯独特的思维模式。这件事与乔伊斯家的走廊上一张科克市的画像有关。我

---

① 德斯蒙德·麦卡锡（Desmond MacCarthy, 1877—1952），20世纪英国文学评论家。

看不出框架是用什么材料做的。"这是什么?"我问。"科克市。"他回答。"是的,"我说,"我知道这是科克市,可是,框架是什么?""科克市,"他笑着回答,"我费了很大劲才找到一个愿意装裱这幅画的法国画框制造商。"

我在想,这是否表明,他患有联想狂躁症。这是很有价值的关键点,尤其是,在我努力去理解他的作品的时候。

这也是很有必要的关键点。尽管在乔伊斯成名的时代,他会有大量翻译人员,他们在乔伊斯的作品完成之前就把这些作品介绍给公众。然而,对于乔伊斯早期的故事和《一个青年艺术家的画像》,我们却没有这样的翻译人员。

在我看来,这似乎是一本极其晦涩难懂的书。我首先注意到,《两个浪子》故事开头的独特风格现在已经成为一种常规手法。我们最好把这种风格描述为"机械散文",某些关键词语被刻意地、机械地重复,从而对读者产生一种催眠的感觉。

　　"触摸"这个拉丁词是柔美的,这种柔美带有一种令人着迷的"触摸"夜晚的"黑暗"的感觉。这种感觉要比"触摸"音乐或一个"女人"的手的"触感"更柔和,更有说服力。他们内心的斗争得到平息。一个"女人"的身影出现在教堂的礼拜仪式上,这个身影在"黑暗"中静静走过:一个穿着白色长袍的身影,身形娇小而苗条,像一个男孩,还有一条滑落的腰带。她的"声音"就像一个男孩的"声音"一样,微弱而音调极高,这个"声音"从远处的唱诗班传来,那是一个"女人"说的第一句话,这句话穿透最初的激情吟唱的阴暗和喧嚣。

　　……

　　这时,每个人的内心都有所"触动",都转向她的"声音"。这个"声音"就像一颗年轻的星星一样闪耀,随着吟诵重读音节的"声音"响起,这颗星星的光芒变得更加清晰,而随着抑扬顿挫节奏的消失,这颗星星的光芒变得更加微弱。

我把几个主要的词语用双引号（原文用斜体）标示出来，为的是说明某种联想如何建立起来。读者自己可以看到，其他一些词语也以同样的方式重复。这本书的整个结构很有可能已经迷失，除非他的笔记本能说明这种结构是什么。然而，我却有这种印象，乔伊斯写作的时候，他面前有一张几百个词语的单子，每个词语都代表着某种联想。这些词语会不时地加入进来，就像在蛋糕中加入葡萄干一样。每次只放进一把葡萄干，这样做的话，这些词语的存在就会被读者感知而不是被读者识别。我怀疑很多这样的词语，就像上面那个段落中显眼的"触摸"一样，都具有感官上的意义。他选择这些词语的目的是让我们在潜意识中保持亚里士多德心理学体系的隐喻，而其他词语，就像"走过"这个词语一样，似乎相对于个体在时间和空间的运动方面具有普遍意义。每当情感满溢的时候，就会表现为语序倒置和词语重复。我们可以通过下面几个段落研究整本书的主题：

> 他孤身一人。他是没人理睬的，他是幸福的，他接近生活的狂野之心。他孤身一人，年轻、任性、野性十足。他孤身一人，在荒野的空气中，在有咸味的水中，在大海里收获的贝壳中，在杂乱的、朦胧的灰色阳光中，在孩子们和姑娘们轻盈的身影中，在空气里弥漫着稚气的、少女般的声音中。

> 一个女孩伫立在他面前的激流之中；孤独，安静，望向大海。她似乎被魔法变成一只奇异而美丽的海鸟的模样。她那修长的、裸露着的双腿像鹤的腿一样纤细，皮肤上面除了有一道翠绿色的海藻的痕迹之外，这双腿是那么纯洁。她的大腿更加圆润，像象牙一样柔滑的色泽，几乎裸露到臀部，而她衬裤上的白色流苏就像柔软的白色羽绒。她那石蓝色的短裙显眼地褶在腰间，塞在背后如同斑鸠的尾部。她的胸脯就像鸟儿的胸部一样，柔软和纤细，就像有着深色羽毛的鸽子的胸部一样，纤细和柔软。她的金色长发却是少女般的：她的脸庞充满着少女的气息，有一种超凡脱俗的惊鸿之美。

她孤独，安静，望向大海：当她感觉到他就在面前，还有他那崇拜的眼神，她把眼睛转向他，安静地默许他的凝视，没有羞愧，也没有放纵。她领受着他长久的凝视，然后，她悄悄地把双眸从他身上移开，并且，把目光投向小溪。第一阵微弱的，轻轻流动的水声打破了这份寂静，小声地、微弱地低语，像睡眠的钟声一样微弱；此起彼伏，到此起彼伏；她的面颊上有一缕淡淡的红晕在颤动。

我发现很难去转录这些文字，更不用说去分析这些段落了。在我看来，这似乎是一种令人难以忍受的自我意识的体现，就好像沃尔特·彼得已经开始经商，已经把他的文体风格变得商业化，从而供学校和大学使用。然而，那些欣赏这种散文的人必须考虑这种文体是如何建构的。我怀疑这些段落中至少有两种活动方式，一种是局部的活动，似乎在段落的框架之内起起落落，并且与主要的形象有关，还产生一些词语，例如"鹤""羽毛""羽绒""鸠尾""鸟类羽毛"；另外一种是整体的活动，在这种活动中，关键词语，特别是那些有感官意义的词语，例如"触摸""眼睛""凝视"，不断地重复和变化。我猜想这些活动都可以在整本书中找到，而且，对这些活动的研究将会相当清楚地阐明乔伊斯的意图。

值得注意的是，这可是文学中的新现象，它代表着福楼拜所期待的时刻。在这一刻，风格不再是作者和读者之间的一种关系，而变成作者和客体之间的一种神奇的关系。恰当的语句不再是为了读者而恰当，而是为了客体。作者这样做并不是打算把这种体验传达给读者，因为读者应该是出于礼貌起见才会出现，作者这样做是要把散文和这种体验等同起来。人们可能会说，这样做的目的是用散文来代替这种体验。当乔伊斯和他的翻译人员把《尤利西斯》中的一个章节称为神曲，或者，他们更喜欢用他们惯用的方式"正典赋格曲"来描述的时候，我们可能会认为这个过程已经完成。《尤利西斯》却不是这样，从散文和正典赋格曲的性质而言，《尤利西斯》也不可能是这样。

据我所知，《一个青年艺术家的画像》是一篇以亚里士多德的《灵魂论》

和圣-托马斯的《评注》为基础的区分研究。第一页看起来就像一段很长的婴儿呓语，这是一种将感官的发展与艺术的发展联系起来的复杂结构。这是后来在《尤利西斯》中使用的一种文学手法，我们发现灵魂转世是在物质转换的潜在隐喻中进行讨论。"从前，"这本书以这样的文字开头，代表着讲述故事，这是艺术的主要形式。整篇文章是一篇引人入胜的论述。第一个被孩子认识的外部人员是他的父亲，孩子首先通过视觉认识他，然后通过触觉认识他。至于他自己，他从父亲给他讲的故事中的一个人物那里获得认同。他从睡前故事抽象的"道路"构建了一条真正的道路，包含他通过味觉认识的一个真实人物——"她卖柠檬，普拉特。"他学会一首歌，这是艺术的第二种形式，其中包含"玫瑰花"和"绿色的"这样的关键词，他不自觉地把这些与"热的"和"冷的"等同起来。当他想起"哦，绿色的灌木"，而不是"哦，野生的玫瑰在绿色的小地方开花了"，我们知道他尿床了，因为他把这些符号联系起来表示热的和冷的。从这个插曲开始，无意识的意象变成有意识的意象。根据亚里士多德的观点，作为最基本的感觉，触觉有明显的区别。"当你尿床的时候，一开始是温的，后来是凉的。"这个隐喻可以用在国内分裂的政治中，因为"但丁在她的报纸上放了两把刷子。栗色天鹅绒的刷子是给迈克尔·戴维的，绿色天鹅绒的刷子是给帕内尔的"。

随着第一章的展开，我们发现这个男孩在学校发着高烧，他觉得忽冷忽热。文章用隐喻的交替出现来说明这一点。这个男孩还记得在威克洛酒店洗手时的情景，那里有两个水龙头，一个是热水，一个是冷水。在学校里，他的班级分成两个组，约克和兰卡斯特，红色和白色。当他上床睡觉时，我们知道他身体颤抖的厉害，因为他在想鬼故事，黑狗和白斗篷，老人和怪人。当他开始想到假期，温暖的颜色和熟悉的面孔时，我们知道他的床铺暖和起来。最后，当他精神错乱的时候，戴维和帕内尔之间的内战也用作一个隐喻。这出小戏是在其他一些事物相互对照的背景下上演的：大的和小的，令人讨厌的和让人开心的，潮湿的和干燥的。这里没有精神上或道德上的对立，因为这个男孩只知道回答课本上问题的答案是"对的"和"错的"。他不会思考。因为他只能感受，所以，他身上唯一的特质就是"心"，这也是亚里士多德赋予其感觉的器官。随手拈来，我们读到这个句子，"他心里很难受，如果你也感到难受的话。"

在下一个章节，我们看到"好的"和"坏的"，"正确的"和"错误的"，会重复出现。这些词语对男孩来说还没有真正的意义，因为，这时候，对这些词语他的脑袋里没有什么概念。当他受到不公正的惩罚时，他才会明白其中含义。乔伊斯再次随口一提——"在他下定决心之前"，为的是表明奇迹已经出现，他开始区分这些词语之间的差别。所有女性都会因月经的到来而知晓男女之事，然而，那些犯下这种弥天大罪的男性才会明白这一点，所以，直到那个男孩和一个妓女混在一起之后，书中才开始提及。之后，这种事就多得写不下了。

这种差异还体现在文学形式上。在这本书的最后几页，林奇提出他的美学观点。

> "艺术必然分为三种形式，从一种形式发展到另一种形式。这三种形式是：抒情形式，在这种形式中，艺术家把他的形象与他自己直接联系起来；叙事诗形式，在这种形式中，艺术家把他的形象与他自己和其他人直接联系起来；戏剧形式，在这种形式中，艺术家把他的形象与其他人直接联系起来。"

这个过程也被用作这本书隐喻结构的一部分，用来说明斯蒂芬这个人物的性格发生了变化。开始的时候是抒情形式；当他去上大学的时候，变成叙事诗形式；最终，当他下定决心离开家的时候（行为），变得具有戏剧性——日记的形式。"抒情形式，"斯蒂芬说，"事实上，是瞬间的情感最简单的语言表达，是一种有节奏的呼喊，就像很久以前为那个划桨的人或把石头拖上斜坡的人呼喊一样。"因此，早期的每一部分都代表一种"瞬间的情感"，并且以呼喊声结束，虽然这种呼喊声似乎相对于个体所达到的自我意识的阶段还有所区别。第一次呼喊，"帕内尔！帕内尔！他死了"。虽然据说是从岸边一群虚构的人物身上发出来的，却是这个生病的孩子在精神错乱的状态下发出的非个人的、非个性化的呼喊，把他自己的痛苦归咎于梦境中的人物。在下一个章节，当凯西先生大声喊道："可怜的帕内尔！我死去的王！"，这种呼喊虽然是非个人的，却是个性化的，紧随其后的是他流下的眼泪，虽然这些眼泪并不是斯蒂芬自己的。直到他自己受到不公正的惩罚，他才痛苦地尖叫，他的眼泪才流下来。当他去找妓女的时候，他再一次大声喊叫起来，但是，这一次的呼喊带着欲望的意味，他的眼泪是解脱的眼泪。当他想到自己的罪过时，他又吓得哭起来，这时，他的眼泪是忏悔的眼泪。最后，他和年轻女孩在一起的场景，他又哭了，但是，这一次他没有流眼泪，因为艺术情感不形于言不动于色。

　　阅读乔伊斯的作品就是阅读文学——这里的文学，首字母是大写。潮水在小人物周围涨起来，在一片汪洋之中，这些小人物聚集到散落在这里或那里的岛屿上，然后，他们逐渐消失，什么也没有留下，除了空旷的文学，映照着天空中茫然的脸庞。

3

　　我相信，《一个青年艺术家的画像》中的每个细节都是经过深思熟虑。然而，在创作这本书的时候，我们却没有鲍斯威尔①来告诉全世界乔伊斯的意图是什么。况且，乔伊斯的头脑如此古怪，对于读者来说，想要知道他这样做能够得到什么并非易事。到《尤利西斯》和《芬尼根守灵夜》出现的时候，乔伊斯身边有了鲍斯威尔，他的评论都能排到书的前面。遗憾的是，这些评论并不总是准确，因为乔伊斯热衷于故弄玄虚，他甚至通过迷惑那些他

---

　① 鲍斯威尔（James Boswell，1740—1795），18 世纪苏格兰作家，现代传记文学的开创者。

启发的人来自娱自乐。

《尤利西斯》出版之前，乔伊斯有一部戏剧叫《流亡者》，对这部戏剧的全面理解绝对有必要。这部戏剧是关于一位爱尔兰作家，理查德·罗恩，他相信妻子和另一个算得上门徒的男人一起欺骗了他。罗恩还发现，对于他的母亲，一个虔诚的天主教徒，他自己处于悲惨的境地。我们可以从剧本第二版的注释中看到，前一个主题具有自传性质，基于乔伊斯自己、他的妻子，以及一个意大利熟人之间的关系。最有趣的是罗恩表明身份的方式，他自己也渴望欺骗自己，并且故意让自己成为其中的一员。他是《永远的丈夫》中特鲁索特斯基的另一种形式。同样有趣的是，罗恩的性格与基督有着明显的相似之处，他还有在朋友之中寻找犹太人的倾向。

这部戏剧是《尤利西斯》真正的基础。罗恩的角色分成两个人物，斯蒂芬·迪达勒斯和布鲁姆，前者被他死去的母亲所困扰，后者被他妻子不忠的想法所困扰。尽管如此，一旦人们掌握类比关系，他们就会意识到，这些人物其实都是一个人，可以被看成一个人的青年和老年，或者，看成同一个人的两个方面。这本书的主题就是试图让他们趋于调解。他们走过去，一整天都绕开彼此，只有到了晚上才会见面。当斯蒂芬与一些士兵发生冲突的时候，布鲁姆忘记他天生的克制，叫道"斯蒂芬"，正如《会议室里的常春藤日》中的亨奇忘我地称海因斯为"乔"。

这部小说的风格极其精致，即使是大部头的著作，也就是斯图尔特·吉尔伯特先生在乔伊斯的帮助下为之奉献的巨著，也不能说明其隐喻的复杂性。每个章节都用不同的风格写成，我的一个学生巧妙地指出，吉尔伯特和他的作者给这些风格所起的名字本身就是隐喻。布鲁姆先生和他的妻子旨在代表现代的尤利西斯和佩内洛普，第一章展示了他们对灵魂转世的讨论。灵魂转世基本的隐喻就是物质的转换，因此，小说的第一行告知我们，布鲁姆"吃着野兽和家禽的内脏，吃得津津有味"。他出去，买了肾脏做早餐，收到女儿米莉的来信。令人难以置信的是，她在马林加的一家摄影店工作，马林加是爱尔兰养牛业的中心。最后，他没有去楼上的厕所，因为这可能多少有点打乱这个隐喻。于是，他走到房子外面的户外厕所，把那些将来可以当做牲畜食物的东西掩埋到土里，如此循环往复，永无止境。

　　每个篇章不仅具有隐喻性，这些隐喻还是由双关语支撑起来。比方说，在"风神伊俄罗斯"这个章节，"扬起风"这样的词语频繁地提到。同样地，在"冥界之神哈德斯"这个章节，死亡的概念是由"抵押"这样的词语和"托德"这样的名字支撑。我所能找到最糟糕的双关语描述的是布鲁姆太太看着两只狗。"中士咧着嘴笑了起来。她穿着那件奶油色的礼服，上面有一条她从来没有缝合过的裂缝。'给我们一个提示，波尔迪。天哪，我渴望得到它。'""渴望得到它"是其特点；只有爱好文学的文人墨客才能捕捉到书中提及的"死亡中士"和他的咧嘴一笑，但是，"带有 R. I. P. 字样的礼服"属于纵横字谜游戏的范围。然而，这不仅仅是对读者开的玩笑。对于乔伊斯来说，所有的思想都来自无意识，并且返回到无意识之中。他一想到他必须从卡佩尔街图书馆"续借"这本书，布鲁姆就想起他一直在寻找的"转世"这个词语。阅读《尤利西斯》最简单的方法是自由联想的过程，因为这是乔伊斯自己的思考方式，也是他笔下人物的思考方式。

　　《尤利西斯》开篇几个章节可能是乔伊斯独特天赋的最高发展，这与习惯性、平常化、日常式的生活息息相关，而且，他的兴趣和观察是由一套复杂的类比系统维持。但是，类比并不允许成长和发展，这些东西必须是人为地强加在书上。于是，随着危机的临近，他就会越来越陷入复杂的技术手段，就像产科医院的那个章节，胚胎的发展是用英国散文的发展过程来说明，而英国散文从最原始的形式发展而来，还有所谓的"正典赋格曲"，在这里，"Blstp"应该代表空格的五分之一。

　　这样做的问题是，他会把人类简化为一个隐喻。在《芬尼根守灵夜》中，这是公开迈出的一步，而且，我们一开始所讲的亚里士多德哲学已经过时。从布鲁姆，这个连排便都能阐释某种意义的人，再到 H. C. E.，这个在上帝心中只是一个隐喻，不能作为个体存在的人，他们之间只有一步之遥。

　　就像原子弹一样，这只能导致人类的毁灭，而人类别无选择，只能追寻自己的足迹，重新开始，重新学习生活之道。

结　语

在我小的时候，十九世纪的小说仍然是当代小说，而我就是在这样的社会中长大。因此，我经历了两个时期的文学品位，我还觉得我也许正站在第三个文学时期的开端。当我在战后从事小说评论的工作时，我第一次注意到这一点。我发现一个又一个明显反抗当时文学观念的作家。他们之中有个查尔斯·珀西·斯诺，他在那时已经成名，而且已经离开文学界，因为，他对战前时期的文学传统感到不满。他的一位批评者曾经强烈地抱怨说，斯诺并没有把小说从乔伊斯时期向前推进，反而试图把小说带回到特罗洛普时期——我想，斯诺自己应该会很乐意维持这个位置。我相信，没有人会提议继续维持《芬尼根守灵夜》所描写的进程。

我注意到，在一位非常难以捉摸的作家马塞尔·埃梅①的一些作品中也有类似的倾向。当然，也许我的这种想法是个错误。他有一本鲜为人知的书，这本书以法国人的邪恶意图和机智假定了现代作家的地位。在这本书里，一位年老的贵族试图怂恿一位年轻的小说家公开宣称，这个小说家正是埃梅自己，自波德莱尔以来，文学已经严重误入歧途，越来越远地偏离生活。这样的论点并不陌生。这种论调一直受到那些似乎从来都不关心文学的人们欢迎，但是，人们并不经常听到真正的艺术家这样争论。在一系列独白中，怂恿者，当然也是埃梅，也就是评论家埃梅，试图让这位年轻的作家相

---

① 马塞尔·埃梅（Marcel Ayme，1902—1967），20世纪法国短篇小说家、剧作家。

信他所说的是事实。在书的结尾，作者愤怒地拒绝说出这样的异端邪说。"先生，"他充满感情地说，"我应该禁止进入法国的文学界。"这是典型的法国式论证和典型的法国式结论，这表明作者不会特别去做些什么。

英国作家的决心要坚定得多，即使他们并没有以同样的力量提出自己的结论。可以肯定的是，持有这种观点的作家不止查尔斯·珀西·斯诺一个。在乔伊斯·卡里①的作品中，整个十九世纪的地位将被重新评价，这标志着他和战前那一代人的对比。人们打开他的一本小说，会读到这些段落：

> 跟安这样的孩子谈话没有什么用，因为他们没有受过教育；他们只有信息。他们就像装满废旧报纸和伪造传单的废纸篓。他们并不介意一起上床睡觉，或者胡言乱语一番，或者把世界变得一团糟。让他们感到震惊的是，对待坏孩子应该用棍棒进行惩罚。

> 告诉安这些事情没有什么用，对于露西和我，她很同情我们艰难的成长过程。然而，我们的童年很有可能要比二十年之后她和罗伯特在同一所幼儿园的童年快乐得多。

> 他们不能理解法律的美德、纪律的美德，而这能够给予人们在这个动荡的世界上享受的唯一平静：他自己灵魂的安宁。

当然，这只是戏剧性的独白，我们不能视之为卡里先生观点的表达。但是，这些观点已经被戏剧化，这在我们这个时代还是新鲜的。正如在十九世纪，文学的未来问题与人类的未来问题紧密相连。也许，这两者都没有，因为，不仅毁灭性的武器超出了人类能够控制它们的能力，中产阶级，这个唯一可以控制它们的群体，正逐渐被排挤出去。另一方面，人类以前也曾面临过危机，中产阶级却有很高水准的适应性，也许，可以创造出一个相对长治久安的新时代。

---

① 乔伊斯·卡里（Joyce Cary，1888—1957），20 世纪英国小说家。